ドーナツ事件簿③

# 雪のドーナツと時計台の謎

ジェシカ・ベック　山本やよい 訳

Sinister Sprinkles

by Jessica Beck

コージーブックス

SINISTER SPRINKLES
by
Jessica Beck



挿画／てづかあけみ

Tへ
あなたは自分が誰なのかを知っている。
そして、なぜこの本があなたに捧げられたのかも！

わたしはドーナツを買い、店の人がレシートをくれた。
ドーナツを買ったことを証明する必要に迫られるときは、はたしてあるのだろうか。

——ミッチ・ヘドバーグ

# 雪のドーナツと時計台の謎

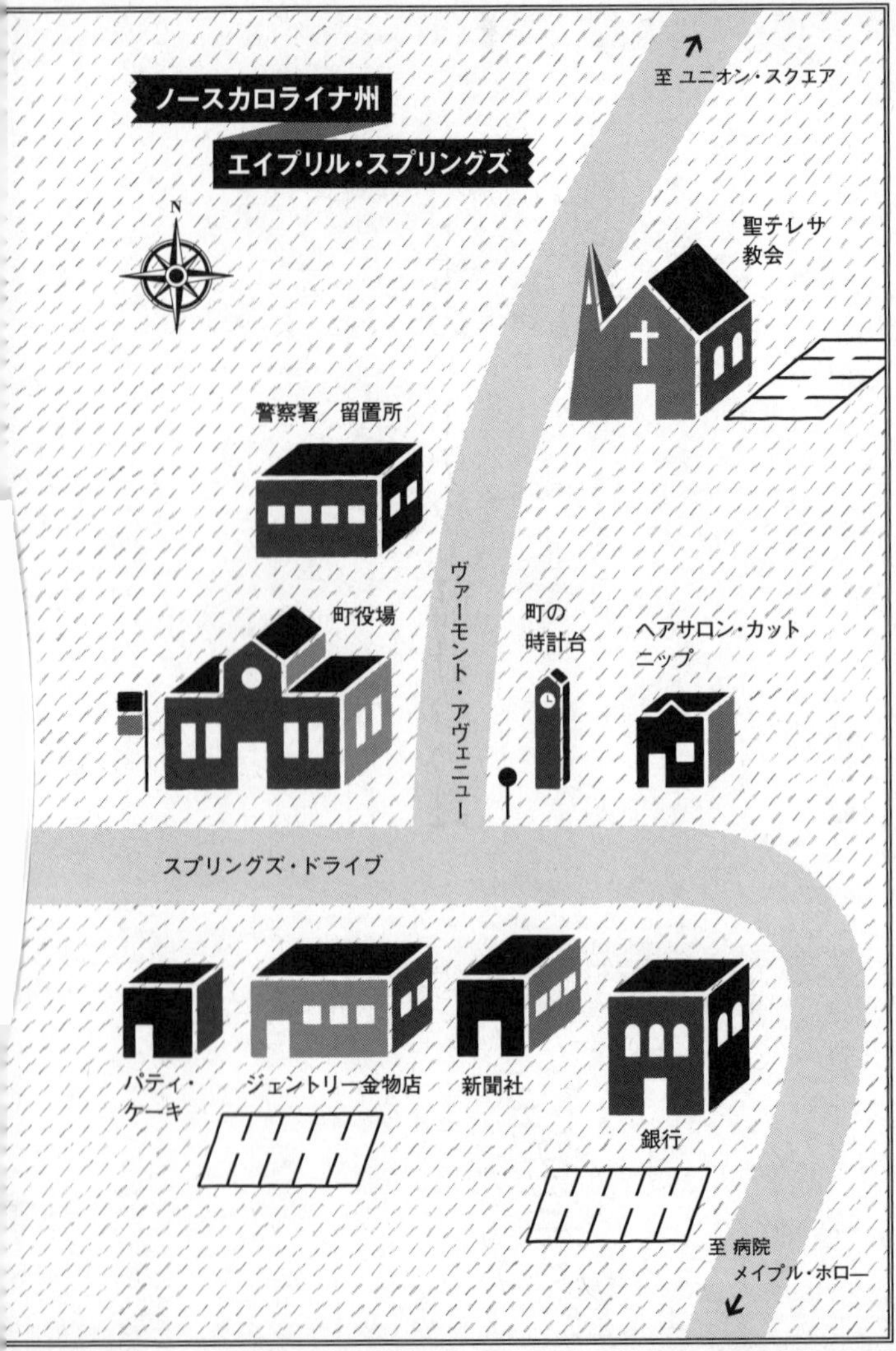
ノースカロライナ州
エイプリル・スプリングズ
N
至 ユニオン・スクエア
聖テレサ教会
警察署／留置所
町役場
ヴァーモント・アヴェニュー
町の時計台
ヘアサロン・カットニップ
スプリングズ・ドライブ
パティ・ケーキ
ジェントリー金物店
新聞社
銀行
至 病院
メイプル・ホロー

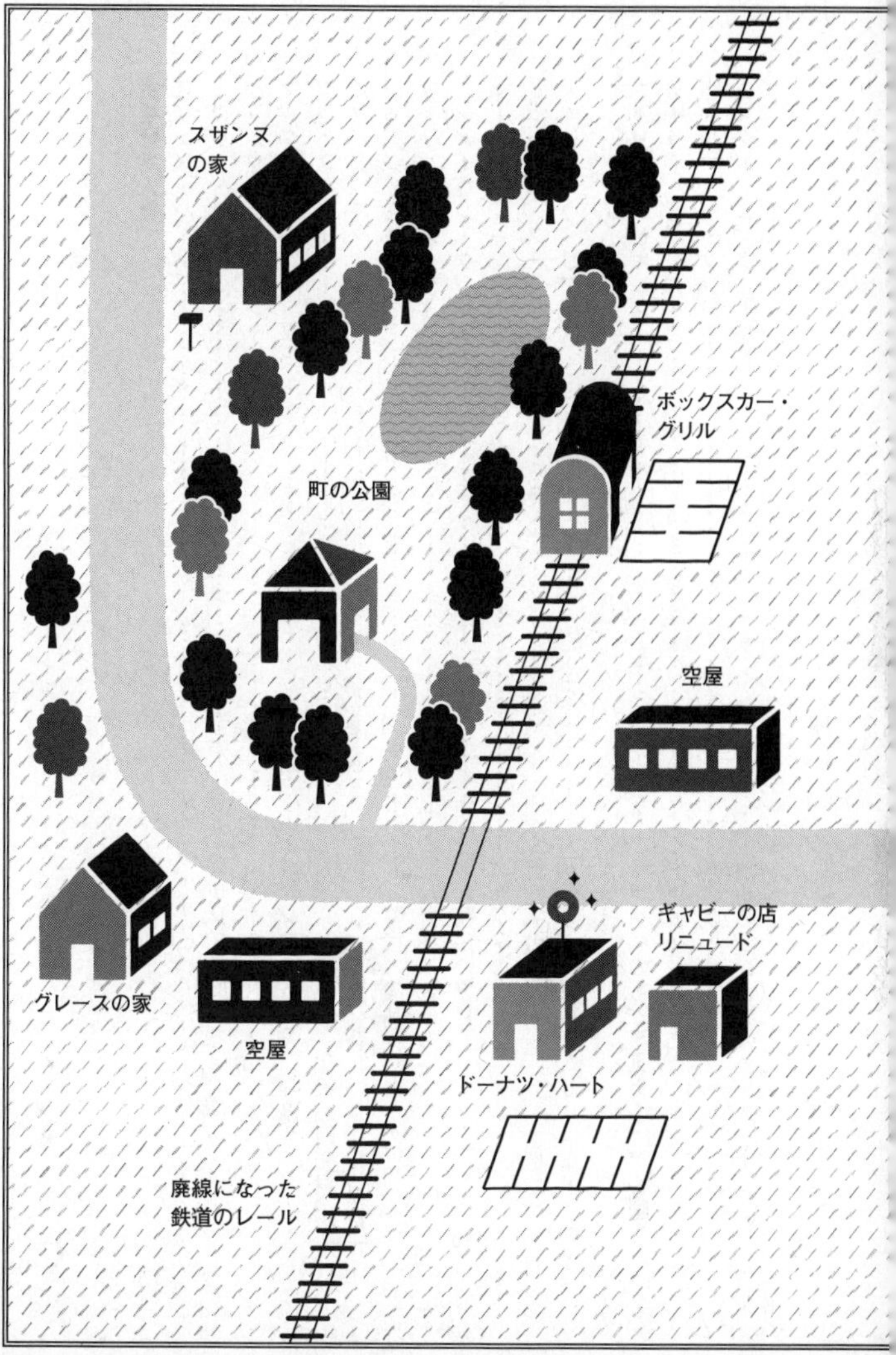
スザンヌ
の家
ボックスカー・
グリル
町の公園
空屋
ギャビーの店
リニュード
グレースの家
空屋
ドーナツ・ハート
廃線になった
鉄道のレール

主要登場人物

スザンヌ・ハート……………………〈ドーナッツ・ハート〉オーナー
ドロシー・ハート……………………スザンヌの母
ジェイク・ビショップ………………州警察捜査官。スザンヌの恋人
マックス・ソーンバーグ……………スザンヌのもと夫。俳優
グレース・ゲイジ……………………スザンヌの親友。化粧品販売員
エマ・ブレイク………………………〈ドーナッツ・ハート〉のアシスタント
ジョージ・モリス……………………もと警官。裁判所廷吏
フィリップ・マーティン……………地元警察の署長
スティーヴン・グラント……………地元警察の警官
マージ・ランキン……………………スザンヌの友人
ミュリエル・スティーヴンズ………資産家の老婦人
ギャビー・ウィリアムズ……………リサイクル衣料店〈リニュード〉のオーナー
ダーリーン・ヒギンズ………………マックスのもと浮気相手。美容師
テイラー・ヒギンズ…………………ダーリーンのいとこ
ウィルマ・ジャクソン………………美容院のオーナー
レスター・ムアフィールド…………地元のラジオ局のキャスター

# 1

わたしが最初の悲鳴を聞いたのは、第十九回エイプリル・スプリングズ・ウィンター・カーニバルの最中のこと。わが店〈ドーナツ・ハート〉の外に出したブースで、お客としてきていたフィリスに温かなアップルスパイスドーナツとお釣りを渡そうとしたときだった。展示物をながめて楽しんだり、屋台の食べものを買ったりする多くの人々の歓声が、ずっと前から聞こえていたが、悲鳴を耳にしたとたん、わたしは分厚い毛糸のソックス二枚と防寒用の靴をはいていたにもかかわらず、爪先まで凍ってしまいそうな気がした。一瞬、空耳だったのかと思ったが、やがて、ふたたび悲鳴が聞こえた。さらにもう一度。

「ミュリエル・スティーヴンズが殺された」

町役場のほうで誰かが叫ぶのを聞いたとき、ウィンター・カーニバルが、そして、ミュリエルの人生が不意に終わりを迎えたことを知った。

クリスマスはわたしの大好きな季節。近所の人々が家をイルミネーションで彩り、さまざまな飾りやキラキラ光る金属片のどっさりついたツリーを部屋に置くのを見ると、浮き浮きしてくる。そんな浮かれ気分が店のドーナツの品ぞろえに反映されるのは、けっして偶然ではない。クリスマスの季節を祝って陳列ケースにあふれかえるドーナツには、赤と緑のアイシングがかけられ、光り輝くスプリンクルがちりばめられる。

ウィンター・カーニバルというのは、感謝祭や、ユダヤ教のハヌカ祭や、クリスマスの合間にこっそりもぐりこんだようなイベントで、ブルーリッジ山脈のふもとにあるノースカロライナ州の小さな町の住民に、外へ出て身を切るように冷たい天候を楽しむ機会と、さらにはその口実までも与えてくれる。カーニバルの時期までに初雪が降ることはめったにないが、今年は、古風な趣のある小さな町の通りが、光り輝く白い雪に覆われていた。まるで、あらゆるものに冷たいアイシングがかかっているみたい。チャンスさえあれば、世界じゅうの人が押し寄せてくることだろう。

でも、いま、すべてがご破算になった。

ミュリエルの名前を耳にしたとたん、フィリスはドーナツを雪の上に落としてしまった。

「スザンヌ、そんなことってある?」

「最初の悲鳴を聞いたとき、わたしはここであなたの横に立ってたのよ。かわりのドーナツをあげるわね。それから、何が起きたのか、二人で見にいきましょう」

「ううん、いらない。いまは食べられそうもないから。かわいそうなミュリエル」わたしはフィリスが相当なショックを受けたことを知った。ドーナツを食べるチャンスを逃すなんて、フィリスの人生にはありえないことだ。

フィリスが町役場のほうへよたよた歩き去ったので、わたしは向きを変えて〈ドーナツ・ハート〉に駆けこんだ。自分の店のすぐ外にブースを出せれば便利だと思い、カーニバルの運営にあたっている仲良しのトリッシュ・グレンジャー（ドーナツショップの前の通りを渡った先にある〈ボックスカー・グリル〉のオーナー）に前もって頼んでおいたところ、こころよく応じてくれた。この特別扱いを知ったほかの出店者の一部から文句が出たので、トリッシュは公平を期すために、前年度の屋台の配置を白紙に戻して、一からやりなおすことにした。エイプリル・スプリングズで店舗を経営している者がまず好きな場所を選ぶ。よそからきた人々は残り物で我慢する。いい案だ。わたしにとってはとくに。熱々の揚げたてドーナツをお客に売るためには、店のなるべく近くにブースを置く必要がある。アシスタントのエマ・ブレイクを店に残しておき、ブースのドーナツが足りなくなったら、午前中に余分に作っておいたドーナツの一部に熱いグレーズをかけてもらう。できれば注文を聞いてからドーナツを揚げたいところだが、それでは急な注文に応じられない。熱いグレーズをかけるだけでも、揚げたての雰囲気を出すことはできる。

「なんの騒ぎ？」店のウィンドーの前を人々が走っていくので、エマが外をのぞいて尋ねた。

エマはもうじき二十歳、均整のとれた小柄な身体はわたしの羨望の的、そして、髪は燃えるような赤。

二人で店のなかに立ったまま、外の様子を見守った。わがドーナツショップは昔の鉄道の駅舎を改装したもので、店の横には廃線になった鉄道のレールが走っている。表のウィンドーからは、この小さな町のメインストリートであるスプリングズ・ドライブを見渡すことができる。

「ブースのほうに目を光らせててね」わたしは言った。「ミュリエル・スティーヴンズが殺されたって誰かが叫んだの。様子を見にいかなきゃ」

エマは電話のほうへ手を伸ばした。「九一一に電話する?」

「ううん。あの響きからすると、町役場のほうで叫び声があがったみたい。マーティン署長はすでに駆けつけてるはずだわ」

エマは眉をひそめてわたしに尋ねた。「スザンヌ、また殺人事件の捜査に首を突っこむ気じゃないでしょうね?」

わたしは首を横にふった。「とんでもない。もうたくさん。気の毒なミュリエルの様子を知りたいだけよ」

「ならいいけど。でも、何かわかったらすぐ戻ってね。約束してくれる?」

「なるべく急いで戻ってくる」店を出ながら、わたしは言った。

ふたたび雪になっていて、勢いが激しくなるばかりなので、犯行現場に影響が出るのではないかと心配になってきた。わたしはこれまでに二回、殺人事件に巻きこまれたことがあり、わが人生に衝撃を及ぼした事件の周辺を嗅ぎまわるうちに、刑務所に放りこまれるのを避けるため、警察の捜査テクニックを少しばかり学ぶ結果となった。

でも、今回のミュリエル殺しはそれとはわけが違う。ミュリエルはみんなに愛される優しいおばあちゃんといったタイプの人だった。ミュリエルを殺そうという衝動に駆られた者がいるなんて、わたしには想像できなかった。

町役場のほうへ行こうとしたとき、背後から肩をつかまれた。一瞬、わたしが殺人犯のつぎのターゲットにされたのかと思った。

ギャビー・ウィリアムズの声が聞こえたので、反射的に、殺人犯のほうがまだましだと思ってしまった。少なくとも、相手が殺人犯なら、こっちは敵意をむきだしにできる。でも、ギャビーにそんなことをしたら大変。ギャビーは町の放送局みたいなもので、衛星中継をうわまわるスピードでさまざまなニュースと噂を広めている。さらに困ったことに、ギャビーの経営するリサイクル衣料店はうちのドーナツショップのすぐとなりにある。彼女のご機嫌を損じたら、こっちの人格が崩壊することになりかねない。だから、わたしはつねにギャビーのご機嫌とりに努めている。ときとして、困難なことではあるが。

「スザンヌ、そんなに急いでどこへ行くの?」

肩にかけられた手を払いのけようとしたが、ギャビーときたら、小柄でほっそりしているくせに、握力は港湾労働者なみ。体型からすると、ついみくびってしまいがちだが、わたしは前にそれで失敗したことがあるので、同じ過ちは二度と繰り返さないつもりでいる。

「ミュリエル・スティーヴンズが」わたしは言った。

ギャビーの顔が青ざめた。「ミュリエルがどうかしたの？」

「死んだっていう叫びが聞こえてきたの。殺されたみたい」わたしは低い声でつけくわえた。

ギャビーは顔をしかめた。「じゃ、どうしてこんなところに突っ立ってるのよ？　行きましょう」

二人で町役場へ向かって歩道を急ぐあいだも、わたしの肩をつかんだギャビーの手はほとんどゆるまなかった。古めかしい鋳鉄のポールに支えられた時計台のまわりに人が集まっていたが、時刻に興味を示している者が一人もいないのは明らかだった。現場をよく見ようとして、人だかりをかきわけて進むうちに、肩をつかんでいたギャビーの手がようやくゆるんだので、またしてもつかまれる前に彼女から離れた。

ドーナツショップの上得意で、わたしが事件に首を突っこむたびに協力してくれる退職警官のジョージ・モリスの姿が見えたので、人の群れを押しのけて彼に近づいた。

「どういうことなの？」ようやくそばまで行って、わたしは尋ねた。

「やあ、スザンヌ。この時点ではまだ何もわかっていないんだが、ミュリエル・スティーヴンズが殺されたと誰かが叫んだものだから、当然のことながら、町じゅうの連中が押しかけてきたわけさ。群集整理を手伝おうとしたんだが、署長に追い返された」署長の拒絶にあって、ジョージはムッとしている様子だった。わたしもジョージを非難する気にはなれない。

「何か力になれればと思っただけなんだぞ」

「退職した警官っていうのも大変ね」彼の肩を軽く叩いて、わたしは言った。

「それは認める。〝奉仕し、保護する〟という警察のモットーが骨の髄《ずい》までしみこんでるからな」そう言うあいだも、ジョージの視線は雪の上に倒れている人から離れなかった。周囲の人々が足踏みをしていて、その隙間からミュリエルのコートがちらっと目に入り、多少距離はあったものの、倒れているのは間違いなく彼女だとわかった。赤と黄色とオレンジとブルーをパッチワークにした派手なもので、ミュリエル自身と同じく、やたらと目立つコートだった。

そのとき、被害者の髪に白いものがまじっているのが見えたので、わたしはじっと目を凝らし、低い声でつぶやいた。「ミュリエルじゃないわ」

「何を言いだすんだ、スザンヌ」ジョージが言った。「あんなコートを着る人間は、世界じゅう探したってほかにはいないぞ」

「違う。ミュリエルじゃない」わたしは繰り返し、ウィッグとおぼしきものにふたたび視線を据えた。白いもののまじった黒髪がわずかにゆがんでいる——たぶん、襲われたときにずれたのだろう——その下から金色の髪がのぞいていた。ミュリエルがコートより自慢にしていたものがひとつあるとすれば、それは艶やかな黒髪だった。白髪が顔をのぞかせれば、すぐさま抜かれるか染められるかして、その存在を消されてしまう。

ジョージがつぎの質問をよこす前に、背後で声がして、わたしたちのやりとりは中断された。

「ここにいたのね」ギャビーが言って、そばにきた。わたしは反射的にあとずさったが、彼女のほうは、それに気づいたとしても黙っていた。

しばらくして、ギャビーがきっぱりと言った。「ミュリエルじゃないわ」反論の余地なき声だった。

珍しくも、そして、生まれて初めて、ギャビーに同意している自分に気づいて、わたしはびっくりした。「わたしもジョージにそう言ったの。髪でわかったんでしょ?」

ギャビーは遺体のほうへ視線を戻しもせずに言った。

「ううん、違うわ。きのう、ミュリエルが服を詰めた袋をうちの店に持ってきたんだけど、三時間後に、店のドアをガンガン叩いたの。閉店して三十分もたってからよ。お気に入りのコートを袋に入れてしまったと思いこんでたみたい」ギャビーは言葉を切り、遺体にちらっと視線を投げた。「あのコートよ。ついうっかり袋に入れたらしいの。『返してちょうだい。いますぐ』って言われたわ。ところが、困ったことに、袋のなかを調べてもコートは出てこなかった。奥の部屋に置いてあったのを誰かが盗んだに違いないって、ミュリエルは言い張ったけど、商品を盗まれるなんて、うちではありえないことだわ」

「少なくとも、あんたが気づいてる範囲ではね」ジョージが言った。

ギャビーはイタチのような目でジョージを見据えた。「あのね、わたしは店のことならすべて知ってるし、在庫品もきちんと把握してるわ。店に関しては、無条件にわたしを信じてくれればいいの」

ジョージは笑いをこらえていたが、どうにかギャビーに気づかれずにすんだ。「これは失礼」彼が帽子をかぶっていたら、きっと、ギャビーに向かって軽く傾けたことだろう。

「そもそもコートが袋に入ってたかどうか、確認はできてるの？　ミュリエルから受けとってすぐ、中身を調べたの？」わたしは訊いた。

「スザンヌ、わたしだって暇じゃないんだから、店に持ちこまれた品物をすぐ点検するってわけにはいかないわ」ギャビーは言った。「商品の仕分けと値付けは、わたしに時間ができたときにやるのよ。お客のほうじゃなしに」

「すると、コートが〈リニュード〉に持ちこまれたかどうか、わからないのね」

ギャビーは顔をしかめた。「いま言ったでしょ。袋には入ってなかったって」いったん黙りこみ、さらにつけくわえた。「でも、ミュリエルは入ってたはずだって言うの。わたしが自分用にとりのけたんだろうって非難するのよ。あんな派手なの、着るわけないでしょ。ましてや、商品として店に出すはずもないし」ギャビー・ウィリアムズはノースカロライナ州のこの地区で、質のいいリサイクル衣料を販売することで、けっこういい暮らしをしている。わたし自身、前にスーツを買ったことがあるし、店がとなりどうしなので、不本意ながら、ギャビーの店に出ている商品を見る機会がけっこう多い。たしかに彼女の言うとおりだ。ギャビーがミュリエルのコートみたいに……ええと、いい表現が見つからないけど……カラフルな品を自分の店で売るなんて、とても想像できない。

マーティン署長がみんなの注意を惹こうとしてわめいていたので、わたしたちは署長が何を言うのか聞こうとして静かになった。

「町のみなさん、今年のカーニバルが終了したことは明らかだ。帰りぎわに、そこに立っている警官の一人に、みなさんの氏名および住所を言ってもらえるとありがたい。確認のために、運転免許証、もしくは、写真入りのなんらかの証明書を用意して、警官に見せてもらいたい」

「ミュリエルを殺したのは誰なんだ?」うしろのほうでわめく声がした。

「ここで何が起きたのか、公表する段階にはまだ至っていない」署長は言った。「事件に関してもう少しくわしいことがわかるまで、いかなる質問にも答えるつもりはない」

わたしは我慢できなくなった。「じゃ、ひとつだけ発表したら? ミュリエル・スティーヴンズじゃないことははっきりしてるでしょ。そのウィッグの下に誰が隠れてるのか、教えてくれない？」

マーティン署長はわたしと目を合わせ、つぎに氷のような声で言った。

「スザンヌ・ハート、ここにこい。いますぐ。ほかのみんなは、わたしが言ったとおりにしてくれ。ただちに」

最後の言葉に爆弾級の威力がこもっていたため、みんな、しぶしぶではあったが行動に移った。クリップボードを手にした警官がスプリングズ・ドライブの両端に陣どっていて、署長のところへ行こうとしたわたしは、人々が身分証明書をとりだしているのを目にした。

すぐうしろにジョージがいることに気づいたのは、そのときだった。

わたしはあわてて足を止めて言った。「力になろうとしてくれるのはうれしいけど、署長をこれ以上怒らせたくないの」

「心配せんでいい」ジョージは言った。「署長があんたに食ってかかるようなら、わたしが止めてやる」

わたしは首を横にふったが、それ以上何も言わずに署長のほうへ歩いていった。署長がジョージを追い払いたければ、署長自身にやってもらおう。口ではジョージを追い払おうとしたものの、正直なところ、彼にそばにいてもらえて、ちょっと心強かった。

「スザンヌだけだ」ジョージに気づいて、署長が言った。

「悪いが、そうはいかん」とジョージ。

二人はにらみあい、やがて、署長が宙で片手をふった。

「わたしを怒らせるつもりはない、ジョージ」

「必要以上に怒らせるんじゃない」わが友が言った。わたしのせいでジョージがどれだけエイプリル・スプリングズ警察の心証を悪くしていることかと、心配になってきた。警官の職を退いたいまも、ジョージは昔の職場にけっこう自由に出入りしているが、署長のご機嫌しだいでどうなるかわからないことは、わたしたちみんなが知っている。

わたしに注意を戻したマーティン署長は、ジョージのことをすっかり忘れた様子だった。

「スザンヌ、ミュリエルでないことがどうしてわかったんだ？　しかも、あんな遠くから」

「ギャビー・ウィリアムズに聞いたんだけど、ミュリエルがきのうコートをなくしたんですって。だから、遺体がミュリエルのはずはないと思ったの。しかも、黒髪に白いもののまじったウィッグが、あの気の毒な女性の頭にのってるのを見たしね。それが決定的な証拠だわ。ミュリエルが自分の黒髪をどれだけ自慢にしてたか、署長さんも知ってるでしょ。ウィッグを着けたことなんて一度もなかった。白髪まじりのウィッグならとくに。殺されたのは金髪の人だった。じっと見てみれば、署長さんだってわかるはずよ。ねえ、誰だったの？」

「この事件にずいぶんくわしいようだな」署長は言った。わたしの質問には依然として答えようとしない。

「観察力が鋭いんだよ」ジョージが言った。

「誰だったの、署長さん？」教えてくれることを期待して、もう一度尋ねた。どう考えても話してくれそうにないことはわかっていたが。

「現時点では、情報を公表するつもりはない」署長はそう言って、わたしに背を向けた。用はすんだというしるしだ。

遺体をもう一度見ようとしたが、いまも警官の一団が道路をふさいでいるので無理だった。ジョージのほうを向いて、「行きましょ」と言った。

警官の一人のほうへ向かいながら、「あなたをトラブルに巻きこむつもりはなかったのよ」と、ジョージに言った。

ジョージは肩をすくめた。「あんたがいなくても、何かほかのことで揉めただろう。どうも、最近、揉めるコツをつかんでしまったようだ」おたがいの視線が合ったところで、ジョージはつけくわえた。「この捜査には首を突っこまないほうがいい」

「反論するつもりはないわ。何があったのか知りたくて、それで質問しただけなの」

ジョージの返事はなく、わたしたちは警官の一人に氏名を告げて身分証明書を見せたあと、その場で別れた。

わたしはつぎのシーズンまでブースを片づけておくために必要な作業の手順を考えながら、歩いてブースに戻った。カーニバルの正式な終了時刻までまだ数時間あったが、マーティン署長の意見に賛成せざるをえなかった。浮かれ騒ぐひとときは終了した。

見ていた。

〈ドーナツ・ハート〉の前まで戻ると、エマが表のウィンドーから外をのぞいて、わたしを

「どんな様子だった？　ほんとなの？　ミュリエルが殺されたの？」

「ううん、誰かほかの人だった」わたしはジャケットを脱いでコート用のラックにかけながら言った。安全と幸福が感じられる店に戻ることができてホッとしながら、あたりを見まわした。表側のダイニングエリアには、カウチやすわり心地のいい椅子がいくつも置かれ、壁と殺風景なコンクリートの床は愛らしいプラム色に塗ってある。あれこれ考えあわせると、わたしの人生を送るのにぴったりのすてきな場所だ。

エマが訊いた。「じゃ、誰なの？」

「警察からまだなんの発表もないわ」

「それで黙ってひっこむつもり？　スザンヌらしくないわね。どうしちゃったの？」

「事件にはもう首を突っこまないことに決めたの。ブースの解体を手伝ってくれる？　それとも、暖かい店内にとどまるほうがいい？」

「そうね、雪がまだひどく降ってるから、お店のほうを受け持つことにする」

エマは寒いのが苦手で、しじゅう出してくる脅し文句のひとつが、〝思いきり南へひっこしたい。遠くにキューバの島影が見えるところへ〟というやつだ。わたしは前に一度、キ

ー・ウェストへ行ったことがあるが――幸運を願って、アメリカ最南端の地点に派手な色のマーカーでしるしまでつけてきた――キューバはさらに百五十キロも先なので、キー・ウェストまで行っても見えるはずはない。でも、わたしにはエマにそう告げるだけの勇気がなかった。気温が五度以下になると、エマはいつも、温暖な土地にあるカレッジのパンフレットに目を通す。大学で勉強するため、エマがいずれ店を離れることはわかっているし、わたしはその日がくるのを歯の根管治療のごとく恐れているが、一生店の手伝いをさせるわけにはいかない。

「じゃ、ブースの片づけはわたしがやる」わたしはそう言うなり、ジャケットをつかみ、ふたたび外に出た。作業にとりかかるのが早ければ早いほど、雪に覆われた冷たい地面に倒れていたあの遺体のことを早く忘れられるだろう。わたしは雪が大好き。真っ白な新雪が世界を飾り、人々に希望をもたらすのを見ると、うれしくなる。このうえなく醜いものでも、冬の刷毛《はけ》でさっと白く塗れば、新たな姿に生まれ変わる。

ブースの屋根からビニール製のバナーをおろそうとしたとき、横で聞き慣れた声がした。

「手伝おうか」

別れた夫、マックスだった。波打つ茶色の髪に深みのある茶色の目、〝そこまでハンサムにならなくても〟と言いたくなるほどハンサム。また、彼が本気になれば、声を聞いただけでわたしのハートはとろけてしまう。

「いえ、大丈夫。一人でやれるわ」わたしはそう言いながら、バナーのほうへ手を伸ばし、端っこをどうにかつかんだ。

「よし、こっちに渡してくれ」マックスがすっとわたしの前に出て、バナーの端を受けとった。あまりに近い距離なので、かすかなコロンの香りに鼻をくすぐられる。この男にいい感情を持っていないにもかかわらず、彼に身を寄せてそばにいられる喜びに浸りたいという衝動に駆られ、その衝動を抑えつけなくてはならないことが恥ずかしくなった。

マックスはバナーを楽々とフックからはずすと、たたんでわたしに返してくれた。

「はい、これ。ドーナツがあっというまに売り切れたんだね」

わたしは首をふった。「ううん、店のなかに何ダースも残ってて、どうすればいいか困りはててるところ」

「じゃ、なんでバナーをおろすんだ？」

「カーニバルが終わったから、もう必要ないの」

マックスはあたりを見まわし、スプリングズ・ドライブにほとんど人影がないことに気づいた様子だった。首をふりながら腕時計に目をやった。「どうなってんだ？　終了時間まであと二時間ほどあるのに」

「いまここにきたばかり？」

マックスは肩をすくめた。「おれがチャンスさえあればいつでも朝寝坊大歓迎なのは、きみも知ってるだろ。ついさっき起きたばっかり。で、何があったんだ？」

「町の時計台の下で誰かが殺されたの」

マックスにとって初耳なのは明らかだった。「どういうことだ？　誰なんだ？　なあ、スーズ、くわしく話してくれよ」

彼からスーズと呼ばれるのがわたしは大嫌いだが、向こうの動揺が激しいため、訂正を求めるのはやめておいた。マックスは外から見ると、いつもクールで都会的だが、中身はかなりヤワ。わたしが彼に惹かれたそもそもの理由のひとつがそれだった。

「ミュリエル・スティーヴンズのコートを着た女性が殺されたの。どんな方法で殺されたかは知らない。誰も何も言ってないし」

マックスは眉をひそめた。「ミュリエルじゃないって、どうして断言できる？　それに、なんでほかの女がミュリエルのコートを着てたんだ？」

「被害者は白髪まじりのウィッグをかぶってたの。ミュリエルがウィッグを着けたことなんて一度もないわ。それに、ミュリエルはきのう、コートが紛失したってギャビー・ウィリアムズに言ってるのよ。だから、ミュリエルが被害者ということはありえない」

「ミュリエルでないとすると、誰なんだ？」

「知らない」空っぽのトレイを重ねて彼に渡した。「せっかくきたんだから、少しは働いてよ。これ、エマのところへ持ってって」

「はいよ、了解」マックスはニッと笑った。

「おれはきみに首ったけ」

「以前はそうだったけど、あなた、わたしを捨てたのよ、覚えてる?」

マックスはぼやいた。「ダーリーンのことを持ちだすのはもうやめてくれ。なっ?」

「あなたが何も言わなきゃ、わたしも言わない。あの女のことを蒸し返したいなんて、ぜんぜん思ってないもの」

わたしはもと夫がダーリーン・ヒギンズとベッドに入っているのを見てしまい、それで結婚生活に終止符をうち、シングルの女性として新たな人生をスタートさせた。浮気を知ったあと、ただちに行動に移って、夫と離婚し、母のいる実家に戻り、名字も旧姓のハートに戻して、くたびれた店舗を買いとり、改装して〈ドーナツ・ハート〉をオープンした。

マックスはトレイを店の奥へ運んでから、ふたたび出てきて、ブースの解体に手を貸してくれた。ベニヤのツーバイフォー材で組み立ててあり、固定するのにボルトをたくさん使っているが、組み立ても解体も必要に応じて楽々とできるようになっている。イベントに出店してドーナツを売ることが年に何回かあり、店を離れたときでも、こういう働きやすい場所があると大いに助かる。

解体した部品の最後の分をマックスと二人で店に運びこみ、すべてを奥の物置に片づけたとき、表のドアのチャイムが鳴った。

「きみが出なきゃいけないのかい?」マックスが訊いた。彼の立っている場所がわたしに少々近すぎて、なんだか落ち着かない。

「ううん、お店のほうはエマがやってくれる」

「じゃ、急いで戻る必要はないわけだ」

こらこら、図に乗りすぎ。彼も承知のうえでやっている。

わたしは言った。「ねえ、こうしましょ。解体を手伝ってくれたお礼に、ドーナツ一個と、淹れたてのコーヒー一杯をごちそうするわ」

「ドーナツ二個と、ホットチョコレート一杯でどうだい？」マックスが反撃した。

わたしは笑みを抑えきれなくなった。「引き際というのを知らない人ね」

「おれの魅力のひとつだと思うけどな」

わたしは彼の頬を軽く叩いた。「勝手に思ってたら？」

マックスを連れて売場に戻ると、マーティン署長がエマと話をしていたのでびっくりした。

「さっきは悪かったわ」署長を目にするなり、わたしは言った。「何も洩らすつもりはなかったのよ。つい口がすべってしまったの」

「あんたに会いにきたのではない」署長は言った。

「あたしが何かしたの？」エマが訊いた。

「あんたにも用はない」

マックスが一歩前に出た。「なら、きっとおれに用があるんだな。いったいなんの用だか、想像がつかないが」

「ゆっくり話のできるところへ行こう」署長はわたしのほうをちらっと見ながら言った。「おれに何か言いたいことがあるのなら、このレディたちの前で言ってくれてかまわないぜ」マックスは言った。「隠したいことなんて何もない」

「さあ、それはどうかな」署長は言った。

「どういう意味だ？」マックスが訊いた。その声からは、いつものふざけた調子が消えていた。

署長はわたしをちらっと見て、それから言った。「これ以上秘密にしておく必要もあるまい。あんたのもと奥さんの意見が正しかった。ミュリエル・スティーヴンズではなかった」

「だから言ったでしょ」と言いたいのを我慢するのがひと苦労だったが、どうにか自分を抑えることができた。「じゃ、誰だったの？」と訊いた。

マーティン署長はわたしを無視し、マックスに質問した。「この一時間、あんたがどこにいたのか、話してもらえないかね？」

マックスは眉をひそめた。「寝てた——あいにく、一人で——それから、さっとシャワーを浴びて、着替えて、カーニバルを見にきた。なんでそんなことを訊くんだ？　ただの好奇心から？　それとも、おれにアリバイが必要なのかい？」

「なぜそんなことを訊く？」署長が言った。

「誰が殺されたのか知らないが、おれがそいつと何か関わりを持ってるみたいに、署長さんに思われてるような気がしてね。言っとくけどな、おれはやってない」

署長は顔をしかめた。「唉呵を切るなら、誰かほかのやつの前でやってくれ。家からドーナツショップまでくるあいだに、あんたのために証言してくれそうな人間に出会わなかったかね？」

「いや。通りにほとんど人がいないんで驚いたんだ。みんな、カーニバルにきてたはずなのに」

署長はむずかしい顔になり、それから言った。「あんた以外はな」

わたしはマックスの忍耐強さに驚いたが、そう長く続くはずはないのもわかっていた。横から思わず言った。「何が言いたいのかはっきりしてよ、署長さん」

「人にあれこれ指図するのはやめてくれ、スザンヌ」署長はわたしに向かってわめいた。

署長の強硬な態度に、わたしは思わずあとずさった。

マックスも署長の態度に気づいていた。「スザンヌの言うとおりだ。なんでおれを尋問する？」

「被害者と親密な関係にあったからだ。よって、あんたは自動的に事情聴取の必要な人物となる」

「おれが惚れてる女は、エイプリル・スプリングズじゅう探してもただ一人、ほら、そこに立ってる」マックスはわたしを指さした。

「関係を持った相手は彼女一人じゃないはずだ。そうだろ？」

署長がつぎに何を言うのか、わたしは署長の口から言葉が出る前に悟っていたが、それでも、署長があとを続けたとき、その声はまるで低い雷鳴のように感じられた。

「殺しの被害者はあんたの以前の女だよ。誰かがダーリーン・ヒギンズを殺害した」

# 2

被害者の名前を知らされて、マックスの身体が軽くふらついたことに気づき、彼が床に倒れる前に支えようとして、わたしはあわてて駆け寄った。

マックスはわたしの支えでどうにか安定をとりもどし、つぎに、あわててわたしから離れた。近づきすぎて急に照れくさくなった様子だった。

「ほんとにダーリーンが？」マックスは署長に訊いた。

「疑いの余地はない。教えてもらえないかね——ダーリーンがなぜまた、ミュリエル・スティーヴンズのコートとウィッグで三十歳も老けこんだ格好をして、ウィンター・カーニバルの会場を歩きまわっていたのか」

「わかるわけないだろ」マックスが答え、わたしはそのとたん、彼が嘘をついていることを見抜いた。変ねえ。警察署長がすぐそばに立っているのもかまわず、問い詰めてやろうとした。ところが、署長に先を越されてしまった。

署長がマックスに質問した。「目下、新しい芝居の準備中ってことはないかね？」

マックスが地元の劇団で演出をやっているため、ダーリーンは彼ともっと親しくなろうとして劇団に入った。というか、エイプリル・スプリングズのゴシップ網を通じて、わたしの耳にそんな噂が入ってきた。彼女との関係は一回きりだったと、マックスはわたしに誓ったが、復縁を願うダーリーンの飽くなき熱意を見ていると、どうも疑いたくなってくる。

マックスは指で鼻をこすった。真実を隠そうとするときにかならずやる癖。結婚していたころに、彼の心をこんなふうに読みとることができればよかったのに、と思うばかりだ。ようやく、マックスは答えた。「〈愛の新年〉という芝居をやることになってて、年配女性の役がひとつあるんだが、そんなもの、ダーリーンは見向きもしないと思う。おれのほうはまだ配役にとりかかっていない。オーディションは明日なんだ」

ところが、署長はそう簡単にはひきさがらなかった。「ダーリーンの名前もあんたの配役応募リストにのってるのかね？」

マックスは肩をすくめた。「じつを言うと、まだ目を通してないんだ。ちょっと待って。ここにあるから」マックスは尻ポケットに手を突っこむと、黄色いリーガルパッドを一枚ひっぱりだした。

「そんなもの、どうして持ち歩いてるの？」わたしは訊いた。

マーティン署長が険悪な視線をよこしたが、わたしと同じくその点を知りたがっているのは明々白々だった。

「配役に頭を悩ませることになりそうなんで、カーニバル会場を歩きながら、誰がどの役を希望しているのか見てみようと思ってね。今日それをやるつもりでいたから、リストにはわざと目を通さなかったんだ。おれのやり方は知ってるだろ、スザンヌ」

わたしのほうは、その質問に答えるつもりはなかった。

マックスがリストにざっと目を通すと、なんと、ダーリーンの名前が出ていた。

「驚いたな。ピネロペ役に応募する気だったんだ。なんでこんな役をやりたがったのか、さっぱりわからん」

「どうしてそんなに驚くの？」

「年配女性の役なんだ。ダーリーンは年をとることを病的に恐れてた。死ぬより辛いことだと思ってたんだ」

「その辛さを知る手間を、誰かが省いてくれたわけだ」署長が言った。ずいぶん冷淡な言い方で、わたしの癇にさわった。もっとも、署長はわたしのご機嫌とりに汲々としているわけではない。

「その役には、ほかに誰が応募してたの？」わたしは訊いた。

署長が言った。「スザンヌ、くだらん質問はあんたの胸にしまっておいてもらえると助かるんだが。町の劇団の配役をめぐって人殺しをしようなんてやつは、どこにもおらん」

「そうとはかぎらない。配役のことでは、みんな、カッとなりやすいからな」マックスは言った。

リストに目を通し、それから首をふった。「そんなバカな。偶然に決まってる」

「誰の名前があるんだね、マックス？」署長が訊いた。

マックスは渋い顔になり、それから答えた。「ほかに名前がふたつ書いてある。ひとつはトリッシュ・グレンジャー」

「もうひとつは？」エマが訊いた。彼女が横に立っていることを、わたしは忘れかけていた。

「つぎはミュリエルから話を聞いたほうがよさそうだ」署長が言った。ドアのほうへ行こうとして、マックスは首をふりながら言った。「ミュリエル・スティーヴンズ」

マックスのほうを向き、さらにつけくわえた。「当分のあいだ、町から出ないでもらいたい。町を離れなきゃならん理由は何にもないだろう？」

「目下、スケジュール表はほとんど空白だ」マックスは言った。「エイプリル・スプリングズ以外での仕事は何もないし、どこかへ出かける予定もない」

「よしよし。そのままでいてくれ」

署長が帰ったあと、マックスは店のカウチのひとつにぐったりとすわりこんだ。

「ダーリーンが殺されたなんて信じられん」

「二人がそこまで親しかったとは思わなかった」この言葉がどれだけ冷淡に響くかを深く考えもせずに、わたしはつぶやいた。ダーリーンに受けた仕打ちはきれいさっぱり忘れるしかない。亡くなった女性に恨みを抱きつづけるのは、わたしの性に合わないことだ。

マックスは一瞬こちらをにらみつけ、それから言った。「スザンヌ、その言い方がフェアじゃないことは、きみだって、心のなかではわかってるはずだ。ダーリーンは今日、誰かに殺されたんだぞ」

「そうね」わたしの声は前より少し優しくなった。

マックスが急に立ちあがった。ドアのほうへ向かう彼に、わたしは言った。「マックス、ごめんんね」

「おれも悪かった、スザンヌ」

マックスが店を出たあと、雪が降っているのも気づかない様子でスプリングズ・ドライブを遠ざかっていく彼の姿を、わたしは見送った。マックスは悲嘆に暮れている。おまけに、厄介な立場に立たされている。わたしがどこまで彼の力になれるのか、よくわからない。

午後一時ごろ、わたしが母と同居している家に車で帰ると、玄関ポーチのところで親友のグレース・ゲイジが待っていた。

「いったいいつ働いてるの?」玄関ドアの鍵を用意して彼女のほうへ行くあいだに、わたしは笑いながら尋ねた。

「質疑応答は家に入るまで待ってくれない?　わたし、凍えそうなんだから。でも、雪がすごくきれい。そう思わない？」

わたしはうしろを向いて、わが家に隣接している公園に目をやり、雪化粧をした木々や小道をながめた。白い雪がきらめきながら舞っていて、まるでクリスマス・カードのようだ。わたしがエイプリル・スプリングズの雪景色をこよなく愛しているのも不思議なことではない。

「ちょっと、ぐずぐずしないでよ。もう寒くって」グレースは歯をガチガチ言わせていた。

「あと何キロか体重をふやせば、防寒になるわよ」わたしは笑顔で答え、玄関ドアをあけた。

グレースはわたしを押しのけるようにして家に入りながら、ニッと笑って言った。「いいえ、けっこうよ。厚手のジャケットを買うほうがいいわ」グレースはコートをドアのそばに置いてから、暖炉の前にすわりこんだ。母は留守だが、炉床で残り火が少し燃えていた。

グレースは暖炉をしばらく見つめ、それから訊いた。

「薪を一本か二本投げこむ気はない？」

わたしは言われたとおりにした。「さて、今度はあなたが答える番よ。平日の昼間に、なんでこんなところにいるの？」

グレースはうれしそうな笑みを浮かべた。

「会社から帰宅命令が出たの。信じられる？　わたしのボスがね、去年の二の舞を避けようとしてるの。あのときは、わずか三センチの積雪で、アニータ・リコが会社の車をぶつけちやったのよね。会社の備品を危険にさらすよりは、社員全員に給料を払ってずる休みさせたほうがましだって、社のほうで決めたわけ。わたしとしても大賛成よ」

「あなたの車はどこなんだろうって首をひねってたんだけど」コーヒーポットのスイッチを入れながら、わたしは言った。

「冷えきってしまった原因はそれなのよ。うちからここまで歩いてきたの。あなたのあのジープ、四駆でしょ？」

「あら、貸してほしいの？」皿にクッキーを並べ、グレースの前に置きながら、わたしは言った。母の大好きなピーナツバター・クッキーで、真ん中に〈ハーシー〉のキスチョコがのっている。オーブンから出す直前にチョコをのせて作る。

「まさか。でも、あとで食料が必要になったときのために、買出しに行けるかどうか確認しておきたかったの。なしではすませられない必需品がいくつかあるし」

わたしはクリスマスツリーのライトをつけてから言った。

「買物リストに何が入るのか、教えてもらうのが待ちきれないわ」

「ツリーのライト、つけっぱなしにしといたらどうなの？」グレースはわたしの言葉を無視して尋ねた。

「家が焼け落ちてしまうのを母が心配してるの」わたしは言った。

グレースが身を乗りだして、枝のひとつに触れた。

「それもそうね。こういう本物のツリーを飾ってるんだから」

「わたしも大好き。たしか、おたくにも本物のツリーがあったでしょ？」

グレースが何やらつぶやいたので、もう一度言ってくれるように頼んだ。

挑みかかるような口調で、グレースが言った。「今年はツリーを飾るのをやめたの。わかった？　意味がないような気がして。見るのはわたししかいないんだし」

「あなたらしくないわね。祝祭日の大好きな人なのに」

「そうね」グレースは認めた。「でも、今年はツリーを飾っても虚しいだけって気がしたの。ねえ、男がいなくても完璧な人生を送れることは、わたしにもわかってるのよ。でも、男ってすてきなアクセサリーになると思わない？」

「そうね」マグを二個とりだし、コーヒーを注ぎながら、わたしは言った。

「ジェイクはいまどこなの？」グレースが訊いた。ジェイク・ビショップはわたしの恋人。州警察の警部で、殺人犯をつかまえるために、ノースカロライナ州全域を飛びまわっている。重要な仕事をしているわけで、彼ほど優秀な人材はほかにいないだろうが、出張ばかりなので、交際を続けていくのはかなりの苦労が伴う。

「またまた出張よ」わたしは答えた。

「デイヴィッド・シェルビーとはどうなってるの？」

デイヴィッドというのは、今年の夏の終わりごろにエイプリル・スプリングズにやってきた男性で、子供時代のわたしと彼が同じサマーキャンプに参加していたことを思いだすまでに、ずいぶん時間がかかった。彼にちょっぴり惹かれていることは否定できないが、わたしの人生にはジェイクがいるから、デイヴィッドとの仲を進展させるようなことは何もしていない。

「ただの友達よ」クリスマスのシーズンになると暖炉のマントルピースの上で増殖しつづけているように思われるカードと郵便物の山に目を通しながら、わたしは言った。探していたカードが見つかったので、グレースに渡した。「読んでみて」

カードの裏に男性の力強い字でこう書かれていた。

〝スザンヌ、最後のチャンスを見つけに行ってくる。デイヴィッド〟

グレースはアラスカの荒野の写真がついたカードをながめ、それから、文面のところを指で軽く叩いた。「ずいぶん謎めいてるわね」

「きっと、こみいった事情があって、カードには書けなかったんだわ」

「だったら、手紙にすればいいのに。あるいは、町を離れる前に、せめて電話ぐらいよこすとか」グレースは首をふり、それからつけくわえた。「ま、これでよかったのかも」

「でもねえ、デイヴィッドがいなくなってまだ一週間にもならないのに、ドーナツショップに入ってくる彼の姿が見られなくて、わたし、早くも寂しくなってるの。毎日きてくれてたのよ。気がついてた？」

「そこがジェイクとの大きな違いね」

わたしは肩をすくめた。「ジェイクのことは大好きよ。ほんとにそうなの。でも、ときどき思うのよね。すてきな女性のトラック運転手を見つけてくれたほうがいいんじゃないかって。わたしとつきあってるより、デートのチャンスが多くなるかも」

グレースはクッキーをかじってから言った。「悩むことないわよ。クリスマスまでには、ジェイクもきっと戻ってくるから」

「いまのところ、その予定みたいよ。急な事件でよそへ出かけないかぎり」わたしはグレースにコーヒーのマグを渡してから、横にすわった。「あ、いまのは訂正。あんな事件が起きたから、たぶん、夜までにこっちに飛んでくると思う。ジェイクが町にくる理由を考えると喜べないけど、少なくとも、彼と再会できるわけね」

グレースはコーヒーテーブルにマグを置いた。「スザンヌ、あんな事件ってなんのこと？今日、あなたのブースで何かあったの？」

グレースがふざけているのかどうか、わたしには判断できなかったが、そこでハッと気がついた。わたしとおしゃべりを始めてから、グレースは殺人事件のことを一度も話題にしていない。ふだんの彼女からは考えられないということに、わたしも気づくべきだった。

「まだ聞いてなかったのね。ウィンター・カーニバルの会場で人が殺されたの」

最初のうち、グレースは信じなかったが——表情を見れば明らかだ——わたしがひきさがろうとしないため、ついに受け入れた。「何があったの？」

「時計台の下でダーリーン・ヒギンズが殺されたの。奇妙なことに、殺されたとき、ミュリエル・スティーヴンズのコートを着て、黒髪に白髪のまじったウィッグを着けてたから、ダーリーンだってことがわからなかったの」

わたしの知っていることをグレースに残らず話して聞かせると、グレースはわたしの手に自分の手を重ねて、優しく尋ねた。「スザンヌ、大丈夫？」

「もちろん大丈夫よ」

「ねえ、わたしはあなたの親友なのよ、覚えてる？ あなたがダーリーン・ヒギンズにどんな感情を持ってたか、ちゃんと知ってるのよ」

「ずいぶん前のことだわ。きれいさっぱり忘れることに決めたの」

グレースは片方の眉を吊りあげた。「わたしがすなおに信じるなんて、まさか思ってやしないでしょうね？ 誰と話をしてるのか、忘れないで」

わたしは大きく息を吐いた。いままで息を止めていたことすら気づいていなかった。

「はいはい。どう言えばいいのかしら。たしかに、長いあいだダーリーンを恨んでたわ。結婚生活をこわされたんだもの」暖炉の炎をしばらく見つめ、それから話を続けた。「でも、マックスの責任でもあったわけでしょ。最近ようやく、彼を許そうって気になれたわ。あの二人のあいだに起きたことを忘れられるかどうかは疑問だけど」

二人が一緒にいるのを見つけたときのあの光景を、頭から消し去ろうと努めてはいるが、ほんの小さなことがきっかけで、いまも不意によみがえってくる。

グレースは炎を見つめて眉をひそめた。「署長からすでにアリバイを訊かれた？」

そんなことは考えもしなかった。「ううん、どうして署長がそんなことを？」

「ちょっと、スザンヌ。考えてみなさいよ。あなたにはダーリーンを殺す動機があったし、カーニバルでドーナツを売っていた。残るは手段だけ。どんなふうに殺されたの？」

わたしの有罪を示す根拠をグレースが並べていくのに耳を傾けるのは、愉快なことではなかったが、もっともな意見だった。わたしが直視するのを避けていた、もしくは、直視できなかった意見だ。「じつを言うと、まるっきり知らない。いま気がついたんだけど、どんなふうに殺されたのか、署長はひとことも言ってなかった。死んだって言っただけ。ちょっと待ってて。すぐすむから」

わたしは電話に手を伸ばして、ジョージの番号をプッシュした。

向こうが電話に出たので、「もしもし、わたしよ」と言った。

「やあ、スザンヌ。なんの用だい？」

「あなたと警察が、目下、ちょっとした緊張状態にあるのは知ってるけど、ダーリーンがどんなふうに殺されたのか、正確なところを調べてもらえないかしら」

沈黙があり、やがて、ジョージは言った。「じつは、わたしも知らんのだが、調べてみることはできる」

「わあ、感謝する。でも、あなたの立場が悪くなりそうだったら、やめておいてね」

「フン、やめて何がおもしろい？　そんなルールに従って生きてたら、何ひとつできやしない」

わたしが電話を切ったあとで、グレースが言った。「いまの、ジョージ？」

「そう。ジョージに頼めば、何がどうなってるのか突き止めてくれるだろうと思って。ダーリーンがなぜミュリエルそっくりの格好で町を歩きまわってたのか、わたし、不思議でならないの」

「オーディションの準備をしてたんだって、あなたさっき言わなかった？」

わたしは肩をすくめた。「ひとつの説にすぎないわ。本当のところは誰にもわからない。そうでしょ？　ダーリーンを殺した犯人がじつはミュリエルを狙ってた、という可能性はないかしら」

「あるわね。あなたが話してくれたウィッグとコートの件からすると。ミュリエルの身が危険かもしれないって、誰かが本人に警告してあげなきゃ」

グレースが電話に手を伸ばそうとしたので、わたしは止めた。

「電話する必要はないわ。署長が〈ドーナツ・ハート〉を出てから、ミュリエルの家のほうへ向かったから。いまごろはもう、ミュリエルも知ってるはずだわ」

「じゃ、これからどうする？」

いったいなんの話だろうと思い、わたしは一瞬、グレースを見た。

「なんのことだか、よくわからないけど」

「二人でこの事件を調べるのよ。ねっ？」わたしのほうから提案しなかったのが、グレースは意外だったようだ。

「いいえ、やりません。この事件には近づかないつもり。あなたも近づかないで。犯人捜しは署長にまかせましょ。ダーリーンの死は、わたしには関係ないことよ」

グレースは立ちあがり、わめきながら室内を行きつ戻りつしはじめた。

「本気で言ってるんじゃないでしょうね？　どうして事件に関わる必要があるのか、理由を並べてみましょうよ。まず、被害者はあなたの結婚生活をめちゃめちゃにした女。つぎに、あなたのもと夫で、いまもけっこうあなたと親しくしてる男が――なぜなのか、わたしにはどうにも理解できないけど――容疑者の一人にされている。これ以上の理由が必要？　スザンヌ、あなた、この事件にどっぷり浸かってるのよ」

玄関ドアがあいたおかげで、わたしは返事をせずにすんだ。身長百五十センチそこそこの小柄な母が、ジャケットの雪を払いながら家に入ってきた。

「雪がひどくなってきたわ」と、満足そうに言った。雪が大好きな母の性格をわたしも受け継いでいて、母と共通点があることをうれしく思っている。グレースがいるのに気づいて、母は言った。「あら、いらっしゃい。うちにきてたなんて知らなかった。いつものすてきな車はどこなの？」

「わが家の車寄せに止めてあります。ボスの命令なの。雪がやんで、道路の除雪がすむまで、わたしは有給休暇」

「だとすると、思ったより長い休暇になりそうよ。さっき聞いたんだけど、町の除雪車二台がシャーロットへ向かってるところなんですって。あっちの除雪機が故障したため、うちの町長が善意で貸しだすことにしたらしいの」

「そりゃけっこうな話だけど」わたしは言った。「そのあいだ、わたしたちはどうすればいいの？」

「耐え忍ぶのね」手にしていた複数の袋をテーブルに置きながら、母は言った。「幸い、食料品店の棚が空っぽになる前に、食料を調達できたわ。みんな吹雪を見たことがないのかしらと思いたくなるぐらい」グレースを見て、さらにつけくわえた。「ねえ、うちで食事していってね」

「いいえ、そんな……」グレースは椅子から立とうとした。

母は拒絶されてムッとしたようだった。「だめだめ。今夜はレモンチキンよ。あなたの大好物でしょ」

グレースはふたたび腰をおろした。「はいはい、お言葉に甘えます」

わたしはグレースの肩に手をかけた。「大丈夫？」

「ええ、もちろん。なんでそんなこと訊くの？」

「母があなたの腕を強烈にねじったに違いないから。腕の骨が折れたんじゃないかと心配だったの」

グレースはニッと笑った。「好きなだけ冗談を言ってればいいわ。でも、せっかくの親切な誘いをことわってお母さんを侮辱するなんて、わたしにはぜったいできない」

母が笑いだした。「うれしいお言葉ね。あなたたち二人がここにいてくれると、ママはいつだってうれしいのよ」

グレースが訊いた。「ミセス・ハート、何かお手伝いできることはあります？」

「ありがとう。でも、あれこれ支度をする時間はたっぷりあるし、わたし、お料理が大好きなの。あなたたち二人はここにすわって、のんびり火にあたってらっしゃい。わたしはせっせと働いてるときがいちばん幸せ」

母がキッチンへ消えたところで、わたしはグレースに言った。「殺人事件のことを黙っててくれてありがとう」

「お母さんも知ってるんでしょ？」

わたしはうなずいた。「でも、そんな話題で今日一日を台無しにされるのはいやな人なの。その気持ちはよくわかるわ。母は雪の降る日が生き甲斐なんだもの。心ゆくまで楽しませてあげなきゃ」

グレースはうなずいた。「わたしだって、お母さんを動揺させるつもりはないわ。信じてね。せっかくの夕食の招待をフイにするような危険をわたしが冒すと思う？ 車で近くのレストランへ食事にいくのも無理なんだし」

「車なんか出さなくても大丈夫よ。〈ボックスカー〉が営業を続けてるはずだもの。トリッシュのことだから、いまごろきっと、空きっ腹を抱えたエイプリル・スプリングズの住民に料理を出して大儲けしてるでしょうね」

「ありがたいお言葉だけど、〈ボックスカー〉まで行くには、雪のなかをよたよた歩かなきゃいけないのよ。このブーツ、機能性よりデザイン重視なのよね」

グレースは革のアンクルブーツを見せびらかした。彼女のいまの服装では、降りつづいている雪には対抗できない。安全で温かな今夜の寝場所を持たない人々のことが、なんだか気の毒になってきた。

「とにかく、今夜はわが家で食事よ。ねえ、ついでに泊まっていかない？」わたしは提案した。

グレースは降りしきる雪に目を向けた。「いつもだったら、ご馳走になったあと、歩いて家に帰るんだけど、今夜はお誘いに乗っちゃおうかな。ほんとにいいの？ 時間はたっぷりあるし、お母さんはわたしたちをキッチンに近づけたくないようだから、食事の前にスクラブルのゲームでもしない？」

「やるやる。負けたほうが皿洗い。どう？」

「じゃ、ゴム手袋を出しときなさい。だって、お嬢ちゃん、あなたの負けだもん」グレースは言った。

わたしはスクラブルのボードをとってきて、リビングの窓辺に置いた。そこだと、一方に外の雪が、反対側に暖炉がながめられる。リビングの隅には飾りのたくさんついたクリスマスツリー。絵のような光景だ。ゲームのあいだ、時計台の前の歩道に倒れていたダーリーンの姿がどうしても頭を離れないのが残念だった。誰が殺したの？　なぜ？　狙われたのはダーリーンだったの？　それとも、ミュリエル？　最初は事件と距離をおくつもりだったが、やはり、しばらくしたら自分で事件の調査を始めることになりそうな、いやな予感がした。好むと好まざるとにかかわらず、ダーリーンの死がわたしの人生の一部になってしまったようだ。

三時間かけてゲームを何回かやったところで、ついに母の声がした。

「いらっしゃい、お嬢さんたち。夕食ができたわよ」

「すぐ行く」わたしは手持ちの最後のコマを使って、わずかに残っていたマスのひとつにMEというケチな単語を作りながら言った。「これで終了」

「わたしも」グレースはコマを三つ置いて、ＴＲＥＥにした。「クリスマスに敬意を表して」と、つけくわえた。

わたしが得点を計算していたら、母が言った。「二人とも食べる気がないのなら、ママ一人で始めるわよ」

グレースが立ちあがり、「どっちが勝ったか調べるのはあとでいいわ。行きましょ」と言った。

わたしはスコアシートをダイニングルームへ持っていった。鉛筆も一緒に。目の届かないところに置いておくなんてとんでもない。いまのところ一勝一敗、このゲームの結果で、どちらが皿洗いをし、一人が働くあいだどちらが火のそばにすわっていられるかが決まる。

ダイニングルームに入っていくと、母が豪勢な食事を用意して待っていた。上等のお皿がテーブルに並び、どれもご馳走であふれんばかりだった。レモンチキンのほかに、母の得意なガーリック味のマッシュポテト、付けあわせはサヤインゲンとパールオニオン、自家製のクランベリーソースが用意されていた。

「きれいねえ。食べるのがもったいないぐらい」テーブルを見渡して、グレースが言った。「あとで思いだしたかったら、写真に撮っておけばいいじゃない。でも、わたしは食べますからね」

母が首をふった。「グレース、あなたのお行儀の良さをうちの娘も見習ってくれないかと期待してたんだけど、どうやら無理みたいね。その夢は捨てるしかなさそうだわ」

「たぶん、それがいちばんいいことよ」わたしはクランベリーソースに手を伸ばしながら、笑顔で言った。「わたしへのプレッシャーが軽くなる」

「食前のルールは知ってるでしょ。まず、感謝の祈り《グレース》を唱えて、それから食べるのよ」母が言った。

わたしはわが友のほうを向いて言った。「ハイ、グレース。さてと、マッシュポテトをまわしてくれる?」

「スザンヌ」母が言った。

「ごめん」母がキッチンで大奮闘してこんな豪華なご馳走を作ってくれたのに、わたしったら、ちょっとふざけすぎ。でも、グレースがきてくれたのはうれしいことだ。

母が食前のお祈りをするあいだ、いつしかその言葉に聞き入っていた。母の言うとおり、わたしたちは恵まれている。ときに、わたしはそれを当然のことと思ってしまう。母に祈りの言葉を唱える必要があるのと同じく、わたしも人を真摯にしてくれるその言葉を聞く必要がある。

母のお祈りが終わったあとで、グレースが言った。「どちらにうっとりさせられたか、わからないぐらいです。お祈りの唱え方なのか、それとも、そこにこめられた感情なのか」

「ありがとう、グレース」母が言った。褒められてひどくうれしそうだ。

「わたしもそう思う」わたしはこれだけ言うのが精一杯だったが、祈りの言葉にわたしもやはり感動したことを、母がわかってくれるよう願った。

「さあ、食べましょうか」母が明るく言って、わたしたちは食事を始めた。食卓は心地よい会話に満ちていたが、みんなの頭にあるに違いないひとつの話題だけは、三人とも避けていた。母たちがその話題に触れないつもりなら、わたしも従うまでだ。

食事がすんでから、母が訊いた。「さて、デザートが入る余地のある人は？」

「もうひと口も食べられない」わたしは言った。

「わたしもおなかいっぱい」グレースが続けた。

「クラムをトッピングした手作りのアップルパイがあるんだけど」母が言った。

「薄いのをひと切れ食べようかな」わたしは言った。

グレースもうなずいた。「それぐらいだったら、わたしも入る余地がありそう」

母はニッと笑った。「そうだ、こうしましょ。ママがお皿を洗うあいだ、二人は暖炉の前でくつろいでて。お皿洗いがすんだら、デザートを出すわ」

わたしは言った。「だめだめ、ママ。わたしたちがやるわ。と言うか、わたしたちのどちらかが。その権利をめぐってスクラブルで勝負したんだもの。だめとは言わせないわよ」

「本気なの？」母が訊いた。

「もちろんです」グレースが言った。

「じゃ、お願いするわね」母はそう言ってリビングのほうへ行こうとした。台所仕事のなかで母の好きな部分は、調理と盛りつけ。後片づけは含まれない。

「ママのことだから、もっと抵抗すると思ってた」わたしは微笑した。

「見込み違いだったわね。二人とも、ありがとう。さて、失礼してかまわないのなら、暖炉の前でくつろぐことにするわ」

母がリビングへ去ったあとで、グレースがわたしに訊いた。「で、どっちが負けたの？スコアシートを持ってきてたの、知ってるわよ」

「いまから合計してみる」わたしは数字を足していった。念のために、もう一度やってみて、思わず笑いだした。

「何がおかしいの？　わたしの負け？」

「見て」グレースにシートを渡した。最終的に二三四対二三四の同点だった。

グレースは微笑した。「結局、二人でお皿洗いをするってことね」

「そういうこと。ささっと片づけましょ。そしたら、パイが食べられる」

グレースは信じられないと言いたげにわたしを見た。「スザンヌ、まだおなかがすいてるって言うつもり？　わたし、さっきのは冗談だったのよ」

わたしは肩をすくめた。「べつにサンドイッチを食べようってわけじゃないのよ。お皿洗いが終わったら、たぶん、小さなパイのひと切れぐらい入ると思うわ」

グレースは笑った。「じゃ、作業にとりかかりましょ。わたしのせいであなたが餓死しちゃったら申しわけないもの」

グレースと二人なら、後片づけぐらい軽いものだった。そして、いよいよパイを切りましょうという段階にきたとき、わたしの携帯がいつもの笑い声をあげた。

無視しようかと思ったが、電話に出ようとしないわたしを見て、グレースが言った。

「出たほうがいいわよ。大事な電話かもしれない」

「そこが心配なのよね。今夜の軽やかな雰囲気をこわされたくないの」

「いいじゃない。それに、出てくれないと、その着信音で二人ともおかしくなるわよ」

わたしは肩をすくめ、携帯をひっぱりだして「もしもし」と言った。ジョージからだった。

「今夜はまだ何もわからないだろうと思ってた」

ジョージは言った。「一刻も早く知らせたほうがいいと思ったんだ」

「あら、気になるお言葉。ダーリーンの死んだときの様子がわかったの？」

「コートの上から心臓までひと突きだ」

全身に震えが走るのを感じた。「ぞっとするわ。なんて無残な死なの」

「さあ、どうかなあ。わたしはもっとひどいのも見てきたぞ」

「そりゃそうでしょうけど、あなたが担当した古い事件の話なんて聞きたくない。調べてくれてありがとう」

「待ってくれ」ジョージが言うあいだに、グレースがしきりとわたしの腕をひっぱった。きっと、ダーリーンがどんな死に方をしたのか知りたくて、うずうずしているのだろう。「話はまだ終わってないぞ」

「どうぞ。拝聴します」

ジョージはためいきをついた。「凶器がなんだったのか、知りたくないのかね？　ほらほら、スザンヌ、ふつうなら、つぎはそう訊いてくるものだ。違うか？」

「それもそうね。ナイフだと思いこんでた。あ、ちょっと待って」わたしはグレースのほうを向いた。「誰かがダーリーンの心臓を刺したんだって」

「まあ」

わたしはジョージに言った。「失礼。さて、なんの話だったっけ？」

「凶器の話をしてたんだよ。町役場のまわりにあるキャンディケインのことは知ってるかね？」

「窓に吊るしてあるやつのこと？　ええ、見たわ。トリッシュが装飾を担当したのよ。カーニバルの主催者だったから」

「違う、それじゃない。わたしが言ってるのは、表の地面に突き刺さってるやつだよ。夏のあいだ、あそこが花壇になるだろ」

「ええ、それも見たことがある。キュートな感じね」

「わたしもそう思っていた。ダーリーンの心臓を突き刺すのにそのひとつが使われたって話を聞くまではな。いまはもう、キュートだなんて思えない」

「それ、冗談でしょ」ジョージの言葉がどうしても信じられなくて、わたしは言った。装飾用の品を盗んで人殺しの凶器に変える人間がどこにいるの？

「殺しを冗談の種になんかするもんか。とっさの犯行だったんだろうな。キャンディケインを一本ひっこ抜いて、ダーリーンを殺すのに使うことは、誰にでもできたはずだ。外は寒かったから、町じゅうの人間が手袋をはめていた。つまり、キャンディケインに指紋がひとつもついてなくても驚くにはあたらない」

「あのキャンディケインの先端がそんなに鋭いとは思わなかった」

「先端に長さ二十センチのスパイクがついてるんだ。地面に突き刺すときのために。凍った芝生の地面でも突き刺せるほど頑丈にできてるから、ダーリーンに突き刺すのもさほど大変ではなかったと思う」

「となると、誰一人容疑者から除外できないわね」

「今日のカーニバルにきていた者なら、誰だってあのキャンディケインを使うことができた。とにかく、あんたが知りたいだろうと思ってな。外はまだひどい雪だ。何か必要なものはないかい？」

「ううん、家で心地よくのんびりしてるところよ。グレースがきてて、みんなで楽しくやってるの」

ジョージが訊いた。「明日はまさか、店に出る気じゃないだろうな？」

「出ていけない理由がどこにあるの？　わたしのジープは四駆よ。運転する自信のないときは、公園を横切れば、店まで歩いてすぐなんだし」

「雪だまりのなかを抜けていければな。明日は店を休んだほうがいいんじゃないかね。どうにか店までたどり着いたとしても、こんな天気だからな、ドーナツを買いにくる客がたくさんいると思うか？」

「明日のことは明日になってから考えるわ。それはともかく、知らせてくれてほんとにありがとう」

「いいんだよ」ジョージが言い、わたしたちは電話を切った。

「凶器がなんだったかを教えてあげても、あなた、きっと信じないわね」わたしはグレースに言った。

「どうせ、ナイフのような平凡なものなんでしょ」降りしきる雪を窓からながめながら、グレースは答えた。

わたしは首をふった。「誰かがキャンディケインを使ってダーリーンを殺したのよ」

グレースはまさかと言いたげな顔で、くるっとふり向いた。「そんなことできるわけないでしょ。そこまで頑丈にできてないわ」

「お砂糖で作った本物のキャンディケイン（赤白の縞模様などのステッキ状のキャンディ）じゃなくて、町役場の前にある装飾用品で、先端にスパイクがついてるの」

「じゃ、誰でも手にできたわけね」グレースは言った。「マックスでも」

「別れた夫は欠点だらけの人よ――わたしも彼に欠点がないとは言わない――でも、人殺しだけはするはずがないわ。それに、わたしがブースを解体しようとしてたときに、ようやくカーニバル会場にやってきたのよ。ダーリーンを殺せたはずがない」

グレースが顔をしかめたので、何か言いたいことがあるようだと、わたしは察した。ただ、それを聞きたいのかどうか、自分でもよくわからなかった。

三十秒後、ついに我慢できなくなった。「言いなさいよ。何か考えてることがあるんでしょ。なんなの？」

「何を言ってるのか、よくわからない」

「何かコメントしたいんでしょ。さっさと言いなさいよ」

グレースは渋っているようだったが、ついに言った。「わかったわ、どうしても知りたいのなら。わたしに言わせれば、マックスがダーリーンを殺したのは明白だわ」

「ありえない。いまも言ったように、マックスがカーニバル会場にきたのは事件から三十分もたってからだったのよ」

グレースは顔をしかめた。「いいえ、それはあなたのブースにきた時刻でしょ。それまでマックスがどこにいたのか、誰にわかる？　いまきたばかりだって、あなたに嘘をついたのかもしれない。そう言っておけば、あとでアリバイ証言をしてもらえると思って。あまり好意を持ってくれてない相手の証言なら、最高に信憑性があるじゃない。警察も彼の無実を喜んで信じるだろうって計算してたのかも」

わたしが反論しようとすると、グレースは片手をあげてさえぎった。

「スザンヌ、落ち着いて考えてみて。あなたがマックスのアリバイを証言すれば、みんな、真実だと思うわ。別れた夫をわざわざかばうなんて、誰も思わない。被害者が誰なのかを考えれば、とくにね。マックスがそこまで読んで行動したのなら、すばらしく冴えてるわ」

「彼にそんなことができたなんて、やっぱり信じられない」

「よく考えてみて。それが目的であなたのところにやってきた、という可能性があるとは思わない？」

認めたくないほど筋の通った意見だが、どうやって反論すればいいのかわからなかった。マックスがアリバイ工作のためにわたしを利用した？　もしそうなら、わたしがこれまで思っていたより、ずっと頭のいい男だったことになる。しかし、答えの出ていない疑問がまだひとつ残っている。そもそも、なぜマックスがダーリーンを殺そうとするのか。欠点の多い男だが、冷酷に彼女を刺し殺す姿なんて想像できない。

でも、考えてみたら、もと夫に関して知らない点がまだまだあったことを、これまで何度も思い知らされてきた。

# 3

翌日、午前一時半に目覚ましが鳴りだしたので、家じゅうの者を起こしてしまう前にあわてて止めた。グレースがゲストルームで寝ているので、彼女の眠りを邪魔したくなかった。なにしろ、わたしたちがベッドに入ったのはわずか四時間前だったから。わたしは短時間の睡眠で働くことに慣れているが、それでも、真夜中すぎに目覚ましに叩き起こされるのが楽になるわけではない。

カーテンの隙間から外をのぞき、公園のほうを見てみた。あたり一面の雪だったが、まばゆい朝の陽ざしを反射する白く美しい景色ではなかった。いまはグレイとブルーの影に覆われた世界だった。それなりに魅力的ではあるが、ちょっと不気味な雰囲気だ。

こんな大雪の日に、どうして仕事に出なきゃいけないの？　今日は家にいることにして、ベッドに戻ろうかとも思ったが、わたしの心には、ピューリタンの勤労精神がしみついている。誰かが一日のスタートを切るためにうちの店の熱々ドーナツを必要とし、雪のなかをよたよた歩いて買いにきたのに店があいていなかったら、どうすればいい？　その可能性がかなり低いことはわかっているが、店をあける努力もせずにお客を落胆させるなんて、やっぱりできない。

着替えをして、一階におりようとしたら、母の部屋のドアのところから声が聞こえた。

「あなたの動きまわる音が聞こえたような気がしたの」

「ごめん、ママ」声をひそめて、わたしは言った。

「まさか、この雪のなかを出かける気じゃないでしょうね？」

「いまから試してみるのよ」そう言いつつも、賢明な判断なのかどうか疑問に思えてきた。ここでぐずぐずして考えこんだりしたら、出かけられなくなってしまう。母はわたしと一緒に下までできた。娘が自宅とドーナツショップのあいだの雪だまりに埋もれてしまう前に、外に出るのをやめるよう説得する気に違いない。

突然、爆音が近づいてくるのが、わたしたち二人の耳に届いた。

母が眉をひそめた。「バイクの音みたいね。この深夜にバイクを乗りまわす人がいるなんて考えられない。こんなひどい雪なのに」

爆音がさらに大きくなり、突然、わが家の玄関の前で止まった。わたしは廊下のクロゼットにしまってある野球のバットに手を伸ばしながら言った。

「ママ、二階へ行ってて。ここはわたしがひきうける」

「ママも加勢するわ」

わたしは自分の意見を押し通そうとしたが、固く結ばれた母の口を見て、耳を貸してくれそうもないと悟った。「わかった。でも、うしろにひっこんでて。いいわね?」

玄関ポーチの照明をつけ、外をのぞき、あわててバットを脇におろした。

「誰なの?」母が訊いた。

「ジョージ・モリスよ。スノーモービルに乗ってきてる」

「なんの用かしら」

「玄関をあけて、たしかめてみる」ドアのロックをはずして、ジョージのためにあけたが、彼は入ってこようとしなかった。

「ブーツとズボンが雪まみれなんだ。床に雫を落としては申しわけない」

母がわたしを脇へどけた。「バカ言わないで。早く入ってちょうだい。コーヒーを持ってくるから。この堅木の床はずいぶん古いのよ。少しぐらい雪が落ちたって平気」

「そんな面倒をかけるわけにはいかん」

「タイマーがセットしてあるから、もう飲めるはずよ」わたしは言った。「それに、母の言うとおりだわ。早く入って。凍死する前に」

ジョージは外のポーチにブーツをとんとん叩きつけたが、ブーツにはまだ頑固に雪がくっついていた。ブーツを脱いで、分厚い毛糸の靴下だけで入ってきた。

「すなおに白状すると、コーヒーがもらえればまことにありがたい」

みんなでキッチンに入る途中で、母がわたしを見て言った。

「ねえ、あなたから質問する気がないのなら、ママがするわ。こんな深夜に、この悪天候のなかを、いったいなんの用で出かけてきたの?」

ジョージは肩をすくめた。「何があっても店に出ると、きのうスザンヌが言ってたものだから、店まで送っていこうと思って友達からスノーモービルを借りてきたんだ」

母はにこやかな笑みを浮かべた。「そんな優しい心遣いって、聞いたことがないわ」

褒められて、ジョージは照れくさそうだった。「どうってことないさ。雪のなかに出て、少しばかり遊びまわる口実になったし」

「そんな言葉にはごまかされないわよ、ジョージ・モリス。ほんとに親切ね。でも、こんな日にまでスザンヌがお店をあけなきゃいけないなんて、わたしはまだ納得できないわ」

「スザンヌがそう希望してるの」わたしは言った。「だから、スザンヌは店に出るの」

母は妙な目でわたしを見た。「いつから自分のことを三人称で言うようになったの?」

「ママがわたしのことを、まるでこの場にいないような口調で話しはじめたときからよ」わたしは冗談に聞こえるよう心がけながら答えた。

コーヒーを飲んでから、ジョージに言った。「さっきの提案がまだ有効なら、ぜひ乗ってみたいわ」

「そのためにきたんだ」ジョージは立ちあがった。しかし、出ていく前に母のほうを向いて言った。「コーヒーをごちそうさま」

「娘の力になってくれてありがとう」

「行きましょ」わたしは言った。

「暖かくしていくのよ」

「わざわざ言わなくていいってば、ママ」わたしはいちばん分厚いコートを着ながら答え、外で待っているジョージのところへ行った。

「こういうのに乗るの、生まれて初めて」わたしはそう言いながら、ジョージのうしろのシートにまたがった。

「爽快だぞ。しっかりつかまってろ」

ジョージがエンジンを始動させ、そのあと〈ドーナツ・ハート〉に着くまで会話はいっさいなかった。スプリングズ・ドライブ沿いに住む人々を叩き起こしているに違いないと思ったが、せっかくのチャンスなので思いきり楽しむことにした。途中のすてきな景色がいくつか目に入るには入ったが、あとはほとんど、風をさえぎってくれているジョージの背中を見ているだけだった。少なくとも、いまのところは雪がやんでいた。

通りには人っ子ひとり見あたらなかったが、たとえ雪がなくても、平日の真夜中すぎなら当たり前のことだ。ジョージが店の前にスノーモービルを止めたので、わたしはシートからおり、膝が少しガクガクするのを感じながら、どうにかまっすぐに立った。

「なかに入って、二杯目のコーヒーでもどう？」わたしは訊いた。耳のなかでいまもエンジン音が鳴り響いていた。

「せっかくだが、これを持ち主に返す前に、もうひとつ用があるんでな。わたしが必要になったら電話してくれ。いいね？」

「わかった。ねえ、ジョージ？」

ジョージはわたしのほうを向いた。「うん？」

「送ってくれてありがとう」

ジョージはわたしに向かって帽子を傾けた。「いつでもどうぞ」

彼が走り去ったあと、この吹雪でも停電が起きなかったことをありがたく思いながら、店に入った。フライヤーのスイッチを入れ、留守電に入っているメッセージをチェックしてから、本日のドーナツ作りにとりかかった。客が一人もこなかったら、自分で全部食べる羽目になるかもしれないが、きてくれた場合に備えてドーナツを作っておくのは気分のいいものだ。

ケーキドーナツ用の材料を量っていたとき、電話が鳴りだした。

混ぜあわせた材料の一部にカボチャを少し加えてから、電話に出た。誰からだろうと思いつつ、「〈ドーナツ・ハート〉です」と言った。

「スザンヌ？　ほんとにお店にいるの？」

わがアシスタントのエマ・ブレイクだった。「当然でしょ。どうしてそんなびっくりした声を出すの？」

「だって、雪が三十センチも積もってる」

「心配しないで。今日は出てこなくていいわ。わたし一人で大丈夫だから」

エマは黙りこみ、それから言った。「ううん、スザンヌがお店に出てるのなら、あたしも行く」エマの声が少し遠くなり、同じ部屋にいる誰かにこう言っているのが聞こえた。「おっしゃるとおりでした。スザンヌは仕事中。さあ、もうベッドに戻ってくれない、パパ？なんの音ですって？　何も聞こえないけど。あ、ほんとだ、聞こえてきた。なんの音か、あたしだってわかんないわよ」

「エマ」わたしは言い、もう一度さらに大きな声で言った。「エマ。わたしの推測がはずれてなければ、ジョージ・モリスよ。さっき、わたしをスノーモービルで迎えにきてくれたの。きっと、彼のお迎えリストのつぎはあなたね。乗るのがいやなら、ジョージを追い返してもいいのよ。わたしは気にしない。ほんとよ」

「ご冗談でしょ。スノーモービルに乗れるチャンスを捨てろって言うの？　とんでもない。すぐそっちに着くから」

エマがふたたび父親と話を始めながら電話を切ったので、ちゃんと店に出てこられるだろうかと、わたしは心配になった。エマの父親は地元新聞の編集発行人で、わたしが知っているなかでもっとも過保護な父親の一人だ。娘を家から出してやるだけでも驚きだ。なにしろ、玄関から一歩出れば何が待ち受けているかわからない、と思いこんでいる人だから。しかし、彼を非難する気にはなれない。報道の仕事をしていれば、たぶん、世間のいい面より悪い面を見ることのほうが多いはず。

オールドファッションドーナツの最初の分を揚げおえたとき、ジョージのスノーモービルの近づいてくる音がした。ラックにのせたドーナツを六個とり、箱に放りこんでから、ブーツをはいて、二人を迎えるために外に出た。

エマがスノーモービルからおりながら言った。「スザンヌ、最高にクールだったわ。ジョージに頼んで、町じゅう走ってみたかったけど、必要もない人まで起こすのはいやだって言われちゃった」

ジョージは微笑した。「どう言えばいいんだね？　わたしも自分の評判を気にかけなくては。ティーンエイジャーの女の子をうしろに乗せて町じゅう走りまわってる姿を見たら、みんな、どう思うだろう？」

エマは彼の頬にキスをした。「嫉妬に駆られるでしょうね」

わたしは手にしていた箱をジョージに渡した。

「これはなんだい？」

「オールドファッションドーナツ半ダース。揚げたてほやほやよ。タクシーのサービスをどうもありがとう」

「こんなにチップをはずんでくれるのなら、いつでも言ってくれ」ジョージがドーナツをことわる姿は一度も見たことがない。いまこうして渡すことができて、ほんとによかった。

「じゃ、お二人さん、またあとで」ジョージは言った。

彼が走り去ったあとで、エマとわたしはスプリングズ・ドライブを見渡した。「ねえ、今日のお客はジョージ一人ってことになるかもね」わたしは言った。

二人で店に入るあいだに、エマが訊いた。「町長が町の除雪車をシャーロットに貸しだしたなんて、信じられる？」

「きっと、早くも後悔してるわよ。あの町長のことだから、夜明けまでに奪いかえしてきて、こっちで使いはじめてると思うわ」

エマは笑顔になった。「じゃ、せっせとドーナツを作らなきゃ」

「わざわざ出てこなくてもよかったのよ。でも、きてくれてうれしいわ」

「ここにいるのがいちばん好きなの」あくびをこらえながら、エマは言った。「いえ、温かなベッドもいいわね。あるいは、フロリダ・キーズとか。あ、ディズニーワールドもいいなあ」

「はいはい、願いごとばかりして一生を終えてしまう前に、せっせと仕事にかかりましょ」エマを連れて厨房に戻りながら、わたしは言った。

わたし一人でもドーナツ作りはできるが、毎日一人ぼっちで働くのはかなりのストレスだ。エマがいてくれると、いつも楽に仕事ができる。話し相手になってもらえることだけが理由ではない。わたしが何を必要としているかを、こちらが気づく前にエマのほうで察してくれる。わたしたちは最高のコンビ。エマがお金を貯めて大学へ行く日をわたしは恐れているが、彼女からチャンスを奪うわけにはいかない。エマはこの世界のことを、探検してまわる場所だと思っている。わたしのほうは、すでに充分探検してきたので、とりあえずはエイプリル・スプリングズにとどまり、手の届く範囲内にあるものを楽しむだけで満足している。

五時半少し前に、二人で作ったドーナツのすべてを見渡し、一個でも売ることができるだろうかと心配になった。

「開店の時間よ」と言った。

「町のみんながスノーモービルを持っていないかぎり、午前中は暇になりそうな気がするわ」エマはふたたびあくびをこらえた。

「だったら、わたしのオフィスで昼寝でもしてて」

「どこで？　あなたの椅子で？　それとも、小さな小さなデスクの上で？　おことわり。表のウィンドーのそばに置いてあるカウチにするわ」

わたしは首をふり、笑いながら、厨房のドアを通って売場のほうに出た。外はまだ暗いが、月の光がグレイの毛布のような雪を照らしていた。

店に入ろうとして待っているお客は一人もいなかった。驚くほどのことではない。開店までまだ二、三分あったので、レスター・ムアフィールドがけさは何をわめいているだろうと思い、ラジオをつけた。

彼の声が鮮明に流れてきた。まるで、町はずれのスタジオではなく、エマと一緒に厨房にいるかのようだった。

「ふたつのことがエイプリル・スプリングズじゅうの話題をさらっています。ひとつは大雪、そして、もうひとつはダーリーン・ヒギンズ殺し。警察は捜査の行き詰まりを認めていますが、当方で取材した結果、狙われたのはダーリーン・ヒギンズではなかったことが判明しました。まさに衝撃の特ダネ、もともとの標的だったのは、なんと、ミュリエル・スティーヴンズだったのです。動機はなんだったのか、そして、さらに重要なことですが、クリスマス・キラーが逮捕されるまでこの町の誰一人として安心できないのはなぜか――それを知りたい方は、わたしの九時のニュースをどうぞお楽しみに」

レスターのいいかげんな憶測とくだらない戯言にうんざりして、ラジオを切った。正直に白状すると、彼の意見が正しいことも理由のひとつだった。わたしは影を見ただけで飛びあがりそうになる。犯人が鉄格子のなかに閉じこめられるまで、それが続くことだろう。

開店時刻になったので、〝営業中〟のネオンをつけ、ドアのロックをはずした。厨房に戻ろうとしたとき、スプリングズ・ドライブを走ってくるトラックの轟音が聞こえた。外を見ると、いまライトをつけた看板めがけて除雪車が近づいてくるところだった。

ドーナツショップの前で除雪車が止まり、通りの真ん中でエンジンをアイドリングさせたまま、分厚いオーバーオール姿の男性二人がおりてきた。

「床を汚して申しわけない」片方が言った。にこやかな笑みを浮かべた大男だった。そのすぐうしろに、こちらと視線を合わせようとしない小柄で無口な男性がいた。大男のオーバーオールに名前が刺繍してあり、〝ボブ〟という渦巻き形の飾り文字が並んでいた。もう一人のほうは、はるかに簡素な字で〝アール〟と刺繍してあった。

「このコンクリートの床は百年前からここにあるのよ。削岩機を使っても、傷つけるのは無理ね。みなさん、シャーロットへ行ってるとばかり思ってたわ」

「行ってたよ」ボブが言った。「ところが、四時間前に町長に呼び戻された。戻ってくるのがひと苦労だった。そうだろ、アール」

「うん」彼の相棒が言った。

「だよなあ」ボブが答え、小柄な相棒のお尻を叩いた。

わたしの背後の陳列ケースに目を向け、それから言った。「コーヒーをポットに一杯、それと、ドーナツを一ダース頼んでいいかな。そっちで適当に選んでくれ」

「お持ち帰り？」わたしは訊いた。

「いや、違う。ここで全部食っていくつもりだ」ボブは相棒のほうを向いて尋ねた。「アール、おまえは何にする？　いまの注文はおれの分だぞ。おまえの分は自分で頼め」

アールは微笑しただけだった。そこで、ボブは言った。「ほんの冗談。おれが頼んだ一ダースをこいつにも食わせてやる。だが、コーヒーだけはこいつの分も用意してやってくれ。ゆうべは徹夜だったし、まだ当分、睡眠がとれそうにないからな」

「大丈夫なの？」二人のためにコーヒーを注ぎながら、わたしは尋ねた。

「こう考えてくれ。誰をはねる危険がある？　おれたちゃ、飲んでたわけじゃない。まあ、コーヒーだけはべつだが。分別のあるやつなら、路上駐車なんかしてるわけがない。だから大丈夫さ」

わたしがおいしそうなドーナツを選ぶあいだに、二人の男性は窓辺のカウチや椅子ではなく、カウンターのスツールにすわった。二人のオーバーオールの状態を見て、カウンターを選んでくれたことに、わたしは胸をなでおろした。床はずっと昔からここにあり、どんなひどい扱いを受けても平気だが、カウチと椅子のほうはそうはいかない。少なくともビニール製のスツールなら、そうひどい被害を受けることもないだろう。

ボブよりアールの食べたドーナツの数のほうが多かった。自分の目でじかに見なければ、その体格からはとうてい信じられない。

食べおわると、ボブが二十ドル札をカウンターに置いて言った。「釣りはいらん。あとでまた食いにくる」

「チップにしては多すぎるわ」ふだんなら、誰かがチップを置いていこうとすれば、いくら多くてもすなおにもらうことにしているが、この二人は重労働をしてきたのだから、好意に甘えるわけにはいかない。

「いやいや、この店のライトを見ただけで五十ドルの価値があった。だから、ある意味じゃ、おれたちのほうが泥棒みたいなもんさ」ボブが相棒の背中をピシャッと叩いたので、わたしは一瞬、叩かれた勢いでアールが倒れるのではないかと思ったが、ぎりぎりのところで持ちこたえた。

ボブが彼に訊いた。「用意はいいか?」

アールがうなずき、わたしは二人が出ていったあとで、この店にいたあいだアールがひとことしかしゃべらなかったことに気づいた。

エマが布巾を手にして厨房から出てきた。「空耳だったのかしら。それとも、ここで声がしてた?」

「本日最初のお客さまが二人きてたのよ。悪いけど、モップをとってきてくれない?」ボブたちが歩いたところに点々と水たまりができていたので、ほかの誰かが入ってきて足をすべらせる前にきれいに拭きとっておきたかった。訴訟を起こされてはたまらない。

「床に新聞紙を敷いたほうがいいわ」モップをとりだしながら、エマが言った。

わたしはエマからモップを受けとり、それから尋ねた。「ほんとに新聞紙が役に立つと思う？」

「悪くはないでしょ？」

「そうね」床の水たまりを拭きとったあとで、ドアから陳列ケースのカウンターのほうへ、新聞紙がなくなるまで敷きつめていった。

「これでとりあえずは大丈夫ね」わたしは言った。

外を見ると、除雪車がスプリングズ・ドライブを行きつ戻りつしながら、積もった雪を道路の左右へはね飛ばし、氷と雪を押し固めた二つの壁に変えていた。あんな壁にブロックされたら、誰がうちの駐車スペースに入ってこられるというの？　そう思っていたとき、除雪車がぐるっと向きを変えて、うちの駐車スペースの入口をふさいだ雪の壁を崩し、同時に除雪もしてくれた。こんな狭い半径のなかでどうやってそんな芸当ができるのか、わたしには理解できなかったが。それがすむと、店の前のスペースに積もった雪もどけてくれた。スプリングズ・ドライブでこの特別サービスを受けられたのがうちの店だけだとわかって、わたしは口もとをほころばせた。あの二人がいくら遠慮しようとかまわない。つぎのコーヒーとドーナツは店のおごりにしよう。

除雪車が通りの向こうへ姿を消したとたん、分厚いジャケットを着た中年男性がやってきた。店に入ってから、ブーツの雪を払い落とした。帽子をとると、頭が剃りあげてあり、それを補うつもりなのか、見たこともないようなもじゃもじゃの黒い眉毛をしていた。

「コーヒーはいかがです？」わたしは訊いた。

「うん、もらおう。ありがたい」

カップにコーヒーを注ぎ、ドーナツも勧めてみたが、ことわられたので、つぎにこう言った。「勇敢な方ね。こんな朝に外に出てくるなんて」

「きのう、カーニバル会場で殺人があったため、この町にきたんだ。事件について何か知ってる？」

わたしは答えた。「申しわけないけど、ほかのみんなも知ってることを耳にしただけ」

男性はコーヒーをひと口飲んでから尋ねた。「で、どんな内容なのか、差し支えなかったら話してもらえないかな。町の人たちが事件のことをどんなふうに言ってるのか、どうしても知りたいんだ」

わたしは肩をすくめた。ま、話してもかまわないわよね。

「ダーリーン・ヒギンズという女性が、町のべつの住人でミュリエル・スティーヴンズという女性にそっくりの格好をしていたとき、何者かに殺されてしまったの。たぶん、人違いによる殺人ね」

「警察もそう見てるのかな？」コーヒーをもうひと口飲んでから、男性は尋ねた。

「その点はなんとも言えないわ。ところで、ひとつ質問していい？」

「なんなりと」

「もし警察の人でないとすると、どうしてあれこれ質問するの？　新聞記者か何か？」

男性は顔をしかめた。「すまない。まず自己紹介すべきだった。ぼくはテイラー・ヒギンズ。ダーリーンのいとこなんだ。たった一人の。一族のなかで残ってるのはぼくたち二人だけだった」

「お悔やみを言わせていただくわ」

男性はうなずいた。その目に涙があふれるのが見えたが、彼はまばたきして涙をこらえた。

「ありがとう。けっこう親しくしてたから、ずいぶんショックだった。ダーリーンが誰かに殺されたと思うだけでも辛いのに、人違いで殺された？　ひどすぎる」

「ほんとかどうかは知らないわ。ただ、一部でそう噂されてるの」

「たぶん、町の人のほうが警察よりよく知ってるだろう」彼はコーヒーを飲みおえ、カウンターに一ドル札を二枚放ってから言った。「ここにくるのが辛いのはわかってたけど、ダーリーンが死んだってことがなかなか信じられないんだ」

「あんなことになってしまって、ほんとに残念だわ」

男性は宙で片手をふり、それから、ふたたび雪の通りへ出ていった。

そのあと六時半まで、客は一人もこなかった。

エマが厨房のドアから首を出した。「これまでに使った分の皿洗い完了。カウチを借りて、お昼寝していい？」

「いいわよ、もちろん」

エマは微笑し、エプロンをカウンターに放り投げてから、ドーナツショップの客席に置いてあるカウチのひとつへ向かった。エマが腰をおろすのとほぼ同時に、分厚く重ね着をし、赤い頰をしたジョージが入ってきた。

「午前中ずっと雪のなかに出てたの？」重ね着した服を脱ぎはじめたジョージに、わたしは訊いた。

「スノーモービルがつい楽しくてな」

「あらら、よくやるわね」

ジョージは鼻をクンクンさせてから尋ねた。「ひょっとして、淹れたてのコーヒーがあるのかね？」

「あるわよ。ドーナツも一緒にどう？」

「パンプキンドーナツを一個か二個なら食べられそうだ」ジョージは正直に答えた。

エマがエプロンをつかんだ。「ご注文、承りました」

「いいのよ。わたしがやるから」

エマは感謝のしるしにうなずき、わたしはジョージのためにマグにコーヒーを注ぎ、パンプキンドーナツを二個とった。一個は彼のお気に入りのフレーバー。

コーヒーをゴクンと飲んだジョージに、わたしは尋ねた。

「スノーモービルって、まさに今日みたいな日にぴったりだから、あなたのお友達、早く返してもらいたがってるんじゃない？」

「いや。好きなだけ使っていいと言ってくれた。一時間前に返しにいったんだが、そいつときたら、一度も乗ったことがないから、慣れるためにうしろに乗って、わたしの運転で町を走りまわりたいと言うんだ。スノーモービルが苦手らしい。想像できるかね？」

「誰もが好きとはかぎらないわ」わたしは言った。

「あたしはすごく楽しかった」エマが言った。

ジョージはコーヒーをもうひと口飲む前に、マグを彼女のほうへ軽く傾けた。

コーヒーが少なくなっているのに気づいた。新しいポットを用意しようと思って表のドアに背を向けた瞬間、またしてもチャイムが鳴った。予想外に客がきてくれる。

ふり向くと、マーティン署長が入ってくるのが見えた。署長の顔を見たとたん、今日はやっぱり家でじっとしていればよかったと思った。

「スザンヌ、話がある」署長が言った。

こちらが返事をする暇もないうちに、ジョージが署長に尋ねた。「どういう話だ？」

署長とジョージのあいだがこれ以上険悪にならないうちに、わたしが横から口をはさんだ。「できることがあれば、喜んで協力するわ、署長さん。わたしのことをご存じでしょ。いつだって進んで協力してるじゃない」

署長が疑わしげな目でわたしを見るあいだに、ジョージが言った。「スザンヌ、署長と話をしなきゃならん義務はない。わかってるだろ？」

「わかってる」わたしはジョージの腕に軽く触れた。「それから、よく聞いてね。わたしのことを気にかけてくれるのはうれしいけど、わたし、ほんとに、できることがあれば協力したいの」

ジョージは肩をすくめた。「そっちが決めることだ。だが、署長と話をするあいだ、そばにいさせてもらうぞ」

わたしはうなずいた。「異存はないわ。署長さんは？」

署長はしかめっ面になり、それから同意した。「好きにしてくれ、スザンヌ。あんたの別れた夫がどこにいるか、教えてほしいんだが」

てっきり、こちらのアリバイを訊かれるものと思っていたので、署長の質問に面食らってしまった。「知るわけないでしょ」

「アパートメントにいないんだ。きのう、ここでわたしと話をして以来、誰もやつの姿を見ていない」

「マックスがどこへ行ったかなんて、見当もつかないわ。ほんとよ。昔はマックスの居所をつねに知っておくのが、わたしの仕事みたいなものだったけど、もうやめたの。覚えてる？　彼との暮らしには未来がなかったから。お役に立てなくてごめんなさい」

署長は返事もせず、今度はジョージとエマのほうを見た。

「きのうの午後以来、やつの姿を見てないかね？」

二人とも何も言えなかった。署長は唇を噛み、それからわたしのほうを向いた。

「ほかにもあんたに尋ねたいことがある」

「どうぞ」

「きのう、ここを出たあと、ミュリエル・スティーヴンズの家を訪ねてみた。留守だった。けさ、もう一度様子を見にいってみたが、やはり誰もいなかった」

「もしかしたら、二人で逃げたのかもね」エマが言った。署長の質問をまるっきり真剣に受けとっていない。

「それはどうかな」署長が言った。「最近、ミュリエルに会ったかね、スザンヌ？」

「わたしの知るかぎり、ミュリエルは生まれてから一度もドーナツを食べたことがない人よ。食べるものにはものすごくうるさいの」突然、自分の店で何を言っているのかに気づき、こうつけくわえた。「もっとも、うちのドーナツがよくないって意味じゃないのよ」

ドーナツがヘルシーな食べものと言えないことは、わたしだって知っているが、落ちこんでいる人や、少しだけ自分を甘やかしたい人にとっては、うれしい食べものだ。たまには、自分を甘やかしてもいいんじゃない？　わたしはうちの店で売るドーナツのことを、ささやかな贅沢品だと思っている。人生に価値を与えることのできるすてきな品のひとつ。

「宣伝はけっこうだ」署長は言った。「こっちはミュリエルのことを心配してるだけなんだ」

「マックスのことは心配しないの？」わたしは訊いた。

「してるとも」署長は言った。疲れきった顔だった。失踪二件と殺人一件が肩に重くのしかかり、署長の能力ではもう対処しきれないのだろう。

「ジェイクに電話してみたら？」今回のような理由で彼に電話しなくてはならないというのも困ったことだが、わたしの恋人がエイプリル・スプリングズに戻ってきてくれたら、こんなうれしいことはない。

「何回か電話したんだが、やたらと忙しいらしくて、返事がこない」

「どこにいるのか、わたしも知らないのよね」ジェイクは自分の居場所や仕事の内容をわたしに自由に話すことができない。彼とつきあっていて、ひどくいらいらさせられることのひとつだ。

署長はうなずいた。「そうか。わたしより先にジェイクと話すことがあったら、電話をくれるよう伝えてくれ」

帽子をかぶり、ドアのほうへ向かう署長に、わたしは声をかけた。

「署長さん、ちょっと待って」

署長がふりむいたので、ペーパーカップをとってコーヒーを注ぎ、彼のほうへ差しだした。

「店のおごりよ。がんばってね」

コーヒーを差しだされて、署長はひどく驚いた顔になり、カップを受けとりながら、すなおに言った。「すまんな、スザンヌ」

「いいの、いいの」

署長が出ていってから、行方不明になった町民二人に何があったかについて、ジョージとエマが同時に話しはじめた。

「二人が一緒だとは思えないね。誰も知らない三角関係が進行中だったなんて、想像がつかないよ」ジョージはわたしを見て、それからつけくわえた。「すまん、スザンヌ。べつに深い意味はなかったんだ」

「謝らなくていいわよ」わたしは言った。「わたしにも想像できないもの」

「でも、ありえなくはないわ。でしょ?」カウチのところからエマが言った。

ジョージは不機嫌な声で言った。「ありえないと思うね。だが、あの二人のためには、そうであってくれればどんなにいいか」

ジョージの声の陰鬱な響きがわたしの注意を惹いた。「何が言いたいの?」

ジョージはしばらくコーヒーに視線を落とし、それから言った。

「いや、気にせんでくれ。ふと思ったことが口に出ただけなんだ」

「わたしがそう簡単にあきらめる人間だと思う？　ほらほら、白状なさい、ジョージ」

それでもジョージが説明しそうにないのを見て、エマが言った。

「ジョージは二人とも死んでるんじゃないかって心配してるのよ」

衝撃の沈黙が広がったが、わたしはジョージが否定しなかったことに気づいた。マックスとわたしは、交際、結婚、離婚と、波瀾万丈の道を歩んできたし、一時は彼の不幸を願ったこともあったが、その思いはほどなく乗り越えた。わたしがエイプリル・スプリングズで暮らすかぎり、マックスが身辺をうろちょろすることはわかっていた。わたしはそれを愉快に思い、一方では迷惑に思いつづけたことだろう。それでも、マックスが姿を消すなんて、考えただけで耐えられない。

「マックスのことだから、きっと大丈夫よ」わたしは言った。「新しいガールフレンドにすり寄って、チャンスとばかりに、雪の一日を楽しんでるんだわ」

ジョージもエマもまったく信じていないのは明らかだったが、わたしの言葉に反論することも、潤色を加えることもなく、黙ってうなずいてくれた。本当はマックスの身を案じているのに、二人ともその思いを抑えこんでいることを示すたしかなしるしだ。でも、わたしは気にしない。いくら暗澹たる状況であろうとも。彼の遺体をこの目で見るまでは。マックスが死んでるなんて、ぜったい信じない。

表のドアのチャイムが鳴ったおかげで、わたしの暗い思いはさえぎられた。ほかに何か訊きたいことがあって署長が戻ってきたのかと思ったが、親と子供たちがぞろぞろ店に入ってくるのを見て、憂鬱な気分が吹き飛んだ。みんなが入ってくると同時に、笑い声と微笑があふれ、わたしもみんなの浮かれ気分に合わせて無料でドーナツを進呈したくなった。でも、ビジネスウーマンとしては、そんなバカなまねはできない。客の注文に応え、本日のご機嫌な利益を手にするチャンスが訪れたのだ。エマはわたしと一緒にカウンターの奥に入り、ジョージは邪魔にならないよう、窓辺に置かれた椅子のほうへひっこんだ。

「一人目は誰かしら」近づいてきた父親の一人に、わたしは訊いた。相手はハリー・ミルナー、うちの上得意の一人であるテリの夫だ。八歳になる双子の女の子がいて、テリとその友達のサンディは子供たちを学校に送ったあとで、よくドーナツショップに寄ってくれる。土曜の朝はときどき、まだ眠っている家族のために、ハリーが朝食用のドーナツを買いにくる。ハリーは手の切れそうな百ドルの新札二枚をカウンターに勢いよく置いた。

「ぼくが朝食をおごる。ここにいる全員と、ドアから入ってきたすべての人に。金が足りなくなったら言ってくれ。そしたら、帰るときに残りを払っていく」

親たちから抗議の声があがった。もっとも、わたしの見たかぎりでは、子供のほうは誰一人文句を言っていないようだ。

ハリーがみんなに笑顔を向けて言った。「株でちょっと儲かったんでね、友人たちと喜びを分かちあいたいんだ。誰も妬んだりしないだろ？」

そのとおり。誰にも文句は言えない。そこで、ハリーはふたたびわたしのほうを向いた。

「ぼくはコーヒーとベアクロー」ちょっとためらってから言った。「いや、訂正。ホットチョコレートにしてくれ」

「ベアクローはつけていいの？」

ハリーはニッと笑った。「どう思う？」仲間のほうへ行こうとしたが、途中で足を止めて訊いた。「クリスマスの音楽を何か流してもらえないかな。雪のおかげで、祝日の浮かれ気分なんだ」

「お安い御用よ」わたしはラジオをシャーロットの局に合わせた。この局では、レイバーデイ（アメリカの祝日で、九月の第一月曜日）のころからクリスマスソングを流しはじめている。ふだんなら、ドーナツショップのBGMにこういう曲を使うことはないが、考えてみたら、二百ドルもの注文が入るのも、ふだんはありえないことだ。ならば、今日は驚きに満ちた一日にしよう。

店でいちばん大きなマグにホットチョコレートを注いでハリーに渡すと、子供たちから歓声があがったので、エマに言った。「ホットチョコレートがもう五リットルほど必要だわ。急いで」

「了解」エマは言った。エマはうちの店のバリスタ的存在だ。その日のスペシャルコーヒーを選ぶのも、材料の発注も、ホットチョコレート作りも、すべて彼女にまかせている。もっとも、ホットチョコレートを大量に作る必要に迫られたことはこれまで一度もなかった。わたし自身もホットチョコレートが大好きで、どうしてこんなにおいしく作れるのかと、いつもエマに尋ねているが、エマはどうしても秘訣を教えてくれない。

「ホットチョコレートの人は二、三分待ってね」わたしは言った。

四方八方から落胆の声が聞こえたので、わたしはつけくわえた。

「でも、待つあいだに、好きなドーナツを選んでちょうだい。選びおわったころには、飲みものの用意ができてるから。ホットチョコレートは何人？　数えるから手をあげてね」

店じゅうの手が残らずあがった。例外はジョージだけ。わたしは訊いた。

「コーヒーにこだわる唯一の反逆者？」

ジョージがうなずき、子供たちの何人かが変人を見るような視線を向けたが、ジョージはそれを無視した。わたしは噴きだしたいのを我慢するのに精一杯だったので、厨房にひっこみ、エマに人数を伝えようとした。

エマは調理台に数々のスパイスを並べていた。ここはわたしの厨房だが、エマに歓迎してもらえそうもないのは明らかだった。

「ホットチョコレートが十六杯必要だって言いにきただけよ」わたしは言った。「充分に作ってくれたかどうかたしかめたくて」

「たっぷり用意したわ。ご心配なく」

「そうだ、十七杯にしてもらえないかしら。わたしもあなたのホットチョコレートをしばらく飲んでなかったから」

「もっと必要になりそうな予感がしたから、いつもの三倍作ってあるわ。さ、あっちへ行って」

思わずほころぶ口もとをエマに見られないようにして、客席のほうに戻った。

「もうすぐできますからね」と言うと、ワーイという歓声があがった。しかも、歓声をあげたのは子供たちだけではなかった。

人々の声や姿が店にあふれるのが、わたしは大好き。迎えにきてくれたジョージに、何か特別な方法で感謝しなくては。こんな一日がすごせるなら、世界のすべてとひきかえにしても惜しくない。

注文に応えるべくエマが奮闘を続けたにもかかわらず、十一時半には、ホットチョコレートが品切れになってしまった。早めに閉店しようかとも思ったが、客がつぎつぎと入ってきて、雪の日を祝うためにドーナツを注文してくれる。エイプリル・スプリングズ全体を見渡せば、家に閉じこもり、降り積もった雪のことで不平不満を並べる人がおおぜいいるに違いないが、〈ドーナツ・ハート〉の客には、そういう人は一人もいなかった。少なくともクリスマスの翌日まで、ラジオをこの局に合わせたままにしておこうと決めた。オーケストラの演奏のあいだにキャロルがはさまれたが、ありがたいことに、〃おばあちゃんがトナカイさんにひき逃げされた〃という歌は流れてこなかった。

正午、店を閉めた。売れ残ったドーナツはたったの二個。コーヒーのポットに残っているのは一杯分に満たない量。そして、銀行へ預けにいくときに武装した警備員が必要になりそうな売上金は店の金庫にしまった。明日までこのままにしておいても大丈夫だろう。

全体としては、いい一日だった。もとの夫と、そして、いい人だけどわたしととくに親しかったわけでもない女性とが、行方不明でさえなかったら、この一日を心から楽しめたことだろう。署長のほうで運よくどちらかを見つけてくれただろうか。見つかったとしても、こちらにはまだなんの連絡もない。

そして、もちろん、ジェイク・ビショップのことも気にかかる。マーティン署長は彼に協力を求める気でいるのだろうか。それとも、一人で事件にあたるつもりだろうか。

だが、正直なところ、そんなことで頭を悩ませても始まらない。疲れた。そろそろ家に帰らなくては。残ったドーナツ二個を袋に入れ、バッグを持ってから、店を出て、ドアをロックするため通りに背中を向けた。

その瞬間、背後でくぐもった声がした。

「袋をよこせ。そうすれば、誰にも危害は加えない」

# 4

うしろ向きでバッグを渡そうとしたとき、笑い声が聞こえた。

「そのバッグじゃない。誰が金なんかほしがる？　ほしいのはドーナツだ」

ふりむくと、グレースがわたしに向かってニヤッとしていた。

「それ、わたしの分よね？　あなたが買っていくなんて信じられない」

「てっきり強盗だと思った」わたしはそう言いながら、ドーナツの袋をグレースに渡した。

「はい、どうぞ。でも、朝ごはんはちゃんと食べたんでしょ？」

グレースは笑顔になるのと肩をすくめるのを同時にやった。

「起きたばかりだって言うの？」

「まさか、そんなことないわよ」グレースは袋をのぞきこんだ。「からかっただけ。何時間も前から起きてるわ。あなたのお母さんから、朝食をたっぷり食べるように言われて、そのあとは、除雪車が通って雪をどけてくれるまで、家から出してもらえなかったの。ようやく逃げだしてきたのよ」

「ごめん。母ってときどき、暴君になる人だから」

「何バカなこと言ってるの？　お母さんに甘やかしてもらうのって、わたし、大好きよ」

わたしはスプリングズ・ドライブを見まわし、店をあけていたのがうちだけではなかったことを知った。ただし、いちばん儲かったのはうちの店に決まっている。地元のニューススタンド〈二頭の牛と一頭のヘラジカ〉も繁盛していたようで、ホッとした。このあいだ雑誌を買いにいったら、店をやっている若くて美人のエミリー・ハーグレイヴズが、可愛がっているぬいぐるみの動物たちにサンタの衣装を着せていた。ピカピカの黒いブーツに始まって、頭に危なっかしく乗っかった赤と白の帽子にいたるまで、きちんとそろえて。ただし、ヘラジカは枝角があるため、帽子をかぶせるのが大変だったようだ。お気に入りのぬいぐるみたちを店の名前にするなんて、エミリーもどうかしていると、以前は思ったものだが、レジの上にある特等席の棚にすわった三匹がお客を楽しませていることは、わたしも認めざるをえない。緑色のものを身につけるセント・パトリック・デイにはエミリーがどんな衣装を用意するのか、早く見たくてうずうずしている。

「何か食べましょ」わたしは言った。「〈ボックスカー〉があいてるみたい」

「うん、それがいいわね」

「うちの母の考えるバランスのとれた朝食がどんなものか、わたし、よく知ってるわ。ソーセージの山は、お皿に積みあげられたベーコンと同じ高さでなきゃいけないし、卵はその二つより量が多くなきゃいけない。あなた、おなかがいっぱいのはずよ。しかも、いま、わたしがドーナツを渡したばかりだし」

グレースは微笑した。「うん、そうね、おなかはすいてない。でも、あなたの食事につきあえないって意味じゃないわよ。あなたが食べてるあいだ、コーヒーを飲みながら話し相手になってあげる。さあ、行きましょ」

わたしたちは雪に覆われた線路を歩いて〈ボックスカー・グリル〉へ向かった。ステップをのぼると、トリッシュが笑顔で迎えてくれて、グレースが手にした〈ドーナツ・ハート〉の袋を指さした。「まさかダイナーに食べものを持ちこむ気じゃないでしょうね」

「めっそうもない」グレースは言った。「これはスザンヌが抱えこんだ在庫で、現金化したいって言うから、わたしがひきとることにしたの。ねえ、信じて。このお店のルールを破ることはぜったいしないから」

トリッシュのわざとらしい渋面がいっきに笑顔に変わった。

「わかったわ。でも、ここにいるあいだは、在庫品を袋から出さないようにしてね」

「なんなら、あなたに預けといてもいいわよ」グレースは言った。「どっちみち、満腹で何も食べられないの」

トリッシュは笑いだした。「じゃ、あなたにぴったりの場所にきたわけね。どうしてあなたがダイナーに惹かれるのか、よくわかったわ」

「ここにきたのはスザンヌのおつきあい」グレースはトリッシュにドーナツを渡しながら言った。「ねえ、よかったら食べて」

トリッシュは袋をのぞきこみ、それからわたしを見た。「いいかしら、スザンヌ？」

「どうぞ、どうぞ」わたしは言った。「でも、このダイナーに食べものを持ちこむのは禁止じゃなかった？」

「わたしがルールを作るんだから、破ることもできるのよ」カウンターの陰に袋を置きながら、トリッシュは言った。

空いている奥のブースへわたしたちを案内しながら、声をひそめて尋ねた。

「あの噂、聞いた？」

「ミュリエルが行方不明って噂？」わたしは言った。

グレースがわたしの腕をつかんだ。「ええっ？　それ、どういうこと？」

トリッシュが言った。「わたしを見ないでよ。そこまでしか知らないんだから。スザンヌ、何か新しいことを聞いてない？」

わたしはブースのベンチシートにすべりこみながら、首を横にふった。

「ただの噂と、根拠のない憶測だけ」

トリッシュの目が輝いた。「そういうのがいちばん好き。どんなことを聞いたの？」

「まず何か食べさせて。そしたら教えてあげる」わたしは言った。

トリッシュはムッとしたふりをして首をふった。「わたしの前で情報を出し惜しみするなんて、信じられない」

「信じなさい。ターキー・クラブサンドにするわ。トマト抜きね。それから、ポテトとダイエットコーク」

「ダイエット?」トリッシュが訊いた。

「カロリー控えめを心がけてるの」わたしは言った。

「それがダイエットの意味よ」トリッシュはグレースのほうを向いた。「何にする?」

「わたしもダイエットコーク」

「ワイルドなギャル二人が町にお出ましってわけね。ちょっと待ってて。すぐ持ってくるから」

トリッシュが立ち去ったとたん、グレースが小声で言った。「トリッシュが戻ってくる前に、知ってることを全部話して。何ひとつ省略しちゃだめよ」

「話すといっても、べつに何もないのよ。けさ早く、マーティン署長がドーナツショップにきて質問したの。マックスがどこにいるか教えてほしいって。知らないって答えたら、ミュリエル・スティーヴンズも行方不明だって言うのよ。エマなんか、二人一緒にどこかへ逃げたんじゃないかって言いだすし」

グレースは首をふった。「冗談に決まってるわ。正直言って、あの二人がカップルだなんて思えない。あなたはどう？」

「マックスがわたし以外の誰かと一緒にいる姿が、そもそも想像できないわ。ダーリーン・ヒギンズのことはべつにして。それだけはくっきり鮮やかに想像できる」

「捜査に進展はあったの？」グレースが訊いたとき、トリッシュがダイエットコークをわたしたちの前に置き、グレースを小突いて横に詰めさせた。

わたしたちのテーブルに割りこむが早いか、トリッシュは言った。

「待っててって言ったでしょ。わたしがいないあいだに何を話してたの？」

「マックスとミュリエルが二人でどこかに隠れてるんじゃないかと、エマが思ってるってことだけ話したところよ」わたしは説明した。

トリッシュはそれについて二、三分考えている様子だったが、やがて首をふった。

「だめだ。わたしには想像できない」

「わたしも。グレース、さっき言ってた捜査って、そのことなの？」

「ううん」グレースが言った。「ダーリーン殺しのことで警察が何か突き止めたのかどうか、気になって」

トリッシュがわたしを見た。「で、あなた、どう答えたの？」

「答える暇がなかったわ。でも、そうね、署長が何か知ってるとしても、わたしにはぜったい話してくれないわね」

「好奇心をそそられると思わない？」トリッシュは言った。「ダーリーンはどういうつもりでミュリエルのコートを着ていたのか。なぜウィッグを着けていたのか。そして、なぜ何者かがダーリーンをキャンディケインで刺したのか」身震いしながら、さらにつけくわえた。「ぞっとする死に方ね」

わたしはうなずいた。「こともあろうに、キャンディケインをつかんで凶器にするなんて、変だと思わない？」

「地面に突き刺すために先端にスパイクがついていて、それが鋭く尖ってるのよ」グレースが言った。

「どうしてそんなこと知ってるの？」わたしは訊いた。

「今日、ドーナツショップにくる前に町役場まで行って、地面からキャンディケインを一本ひき抜いて、この目でたしかめてきたの」

「誰かに見られたんじゃない？」

「たぶん大丈夫だと思う。こっそりやったわけじゃないけどね。どうして？」

わたしは首をふった。「そんなことしちゃだめよ。誰かがそれを見て、そのあとでまたキャンディケインを使った殺人事件が起きたらどうするの？」

グレースはくだらないと言いたげにわたしを見た。「マジで言ってるの？　そんな危険があるなんて本気で思ってるの？　だって、しょうがないでしょ。興味があったんだもん」

トリッシュが言った。「わたしだって見にいったでしょうね。もし思いついていたら」

グレースが訊いた。「それにしても、どうして町のほうであの飾りを撤去してくれないの？　あんなものがあるだけで、なんだか不安だわ」

「知らないわよ」トリッシュは言った。

「この町ではね、伝統をこわすのがむずかしいの」わたしは言った。「しかも、町役場の装飾は伝統リストのトップにきてる」

トリッシュがうしろのほうをちらっと見て言った。「クラブサンドができたみたい。いま持ってくるわ」

わたしが注文した品を運んできてくれたあと、トリッシュは接客で大忙しになり、わたしたちの席にふたたび割りこむことができなくなった。

わたしはグレースにポテトを差しだした。

「無理よ。おなかいっぱい」グレースは言った。

わたしはニヤッと笑ってみせた。「どうしてわたしがポテトを勧めたと思うの？」

グレースはわたしの皿を見つめ、ためらったのちに、手を伸ばしてポテトをとった。

「何よ？」笑みを浮かべたわたしを見て、グレースは言った。「女の子だって、心変わりしてもいいでしょ？」

「いいわよ」わたしは言った。「好きなだけ食べて」

グレースはうなずき、もうひとつポテトをとってから言った。「ほかにも誰かランチに招待したの？」

「ううん。なんでそんなこと訊くの？」

グレースはわたしの肩のうしろを指さした。「おまわりさんがこっちにくるわよ。あなたをまっすぐ見てる」

心臓がドキンと躍るのを感じた。ジェイクでありますようにと願ったが、残念ながら、スティーヴン・グラント巡査だった。エイプリル・スプリングズの警官で、うちのドーナツショップの上得意でもある。

「一緒にどう？」近づいてきた彼に、わたしは訊いた。

「喜んで」グラント巡査はそう言いながら、わたしがすわっているベンチシートのとなりにすべりこんだ。「ただし、昼はもうすませた」

トリッシュがやってきた。「何にする、スティーヴン？」

「パイとコーヒー」グラント巡査がそう答えたので、わたしは片方の眉をあげて彼を見た。彼はつけくわえた。「デザートも食べたとは言わなかったぞ。そうだろ？」

トリッシュが訊いた。「パイの種類は何がいいかしら」

「ぼくの好みは知ってるだろ、トリッシュ。とびきりおいしいのを頼む」

トリッシュは首をふりながら立ち去った。グレースが「ちょっと失礼。お化粧直しをしてこなきゃ」と言った。

「ぼくに遠慮して席をはずすことはないんだよ」グラント巡査が言った。

「ご心配なく。すぐ戻ってくるから」

グレースがいなくなってから、わたしは言った。「パイを食べにきたの？　それとも、何か用があったの？」

グラント巡査は声をひそめて答えた。「町の噂になる前に、きみに知らせておいたほうがいいと思って。それがフェアってものだろ？」

「なんの話だかわからないから、フェアかどうかは答えられない」

彼は顔をしかめ、それから言った。「よし、聞いてくれ。この話をきみに口外されたら、ぼくはクビになりかねないが、署長はどうも、きみがダーリーン・ヒギンズ殺しに何か関係してるんじゃないかと思ってるようだ」

わたしは冷たい恐怖に包みこまれるのを感じた。「署長さん、なんて言ってたの？」

「犯行時刻のきみのアリバイを調べるよう、きのう、吹雪になる前に署長がぼくに命じたんだ」

「わたし、署長からアリバイなんて訊かれてないわよ」声に怒りがにじむのを抑えようとした。

「心配しなくていい。犯行の時間帯にきみがブースでドーナツを売ってたことを証言してくれる人間が、三人見つかった。となりのギャビー・ウィリアムズも含めて。きみの容疑は晴れた」

「よかった。だって、わたしがやったんじゃないもの」わたしはグラント巡査をじっと見て、それから尋ねた。「でも、どうして話してくれたの？　わたしにはなんの義理もないでしょ」

彼は首をふった。「ないかもしれないが、きみは以前、警察にひどい目にあわされたことがあるだろ。だから、この件を知らせておこうと思ったんだ。アリバイの件を署長に報告したら、納得してくれたようだ。だから、きみは無罪放免」

「ほかに容疑者はいるの？」わたしは訊いた。容疑者リストに入っていたことを知って落ちこんだが、わたしの名前がすでに抹消されたと聞いて少し救われた。

「それは言えない」

トリッシュが彼のためにレモンメレンゲパイとコーヒーを運んできた。それを見て、グラント巡査は笑顔になり、つぎに「持ち帰ってもいいかな？」と訊いた。

「もちろん。わたし、箱に詰めるのが好きなの」

グラント巡査は笑った。「じゃ、感謝してもらわないと」

彼が帰ろうとしたとき、グレースが戻ってきた。「わたしのせいで帰っちゃうわけじゃないわよね？　お邪魔なら、また出直すけど」

「いやいや。仕事に戻らないと」グラント巡査はグレースに笑顔を見せ、つぎにわたしのほうを向いた。「いまの話はマル秘だ。いいね？」

「誰にも言わないわ」

「それがいい」

グラント巡査が〈ボックスカー・グリル〉を出ていったとたん、グレースが言った。

「帰ったわ。ほら、教えて。なんの話だったの？」

「グレース、誰にも言わないってわたしが約束したのを、いま聞いたばかりでしょ」

約束は守るつもりだとわたしがほのめかしたことに、グレースはショックを受けた様子だった。「でも、わたしは含まれてないでしょ？　ほらほら、スザンヌ、話しなさいよ」

「ごめん。約束だから」

グレースは一瞬考えこみ、それから言った。「わかった。約束したんだものね。さてと、ポテトもう一個もらっていいかな」

「さっき言ったでしょ。好きなだけ食べて」

グレースはひとつかみのポテトをとったが、どこへ置けばいいのかと迷った。しばし悩んだあとで、紙ナプキンを何枚もつかんで、そこにポテトを落とした。

わたしは笑った。「あらら、わたしの言葉をすなおに受けとったのね」

「当然でしょ。勧められたからもらったのよ」

みんなにコーヒーのおかわりを注いでまわろうとして、ポットを手にしたトリッシュが通りかかり、グレースの前で山をなしているわたしのポテトに気づいた。

「どうしたのよ、スザンヌ？ うちのポテトが好きじゃなくなったの？」

「好きよ。でも、ほかの誰かさんが、わたし以上にポテトを気に入ってるみたい」

グレースは黙って微笑し、トリッシュは首をふりながら立ち去った。

二分後、ポテトがどっさりのった大きな皿を持って、トリッシュが戻ってきた。

「はい、どうぞ。これで二人とも満足できるでしょ」

「多すぎる」わたしは言った。「食べきれない」

「あなたたちなら、きっと、ポテトの山を減らせるわ」トリッシュは言った。「がんばってね」

わたしはポテトに目をやり、つぎにグレースを見た。「全部あなたが悪いんだからね。完食しないと、トリッシュの心を傷つけることになるわよ」

グレースはふたたびポテトをとろうとして手を伸ばしながら言った。

「じゃ、きれいに平らげたほうがいいわね」

皿のポテトを二人でほとんど平らげたころ、トリッシュがやってきて皿を手にとった。

「二人ともみじめなお顔。これで充分な懲らしめになったわ」と言いながら、運び去ろうとした。「ほかに何かほしいものは？」

おなかがはちきれそうだったが、トリッシュをからかわずにはいられなかった。

「レモンメレンゲパイはもう残ってないの？」

「冗談よね？」

「冗談です、はい」わたしは笑顔で言った。「ほしいのは勘定書きだけ」

勘定書きはすでに用意されていた。大盛りポテトの代金が入っていないのを知ってびっくりした。

「ひとつ忘れてるわよ」

トリッシュは身を乗りだして、首を横にふった。「おたくのドーナツとポテトを物々交換。どう？」

「そっちが追いはぎにあったようなものよ」

トリッシュは肩をすくめた。「じゃ、早めのクリスマスプレゼントってことで。いいでしょ？」

「いいけど、今度はわたしが何かあげなきゃ」

「わたし、パインコーンのドーナツに目がないのよね」笑みを浮かべてトリッシュは言った。

「言ってみただけ」

わたしは勘定を払い、グレースと一緒に外に出た。〈ボックスカー〉にいたあいだに、空が暗くなり、ふたたび雪が降りはじめていた。

「本格的な雪になりそう」わたしはコートの襟もとをかきあわせた。

「家に帰る前に、食料品店に寄ったほうがよさそうね」

「またうちにきてくれれば歓迎するわよ」

「迷惑をかけたくないの」

「何バカなこと言ってるの？　迷惑なんかじゃないわ。わが家の緩衝材になってもらってるんだもん。雪のあいだ、あの家に二人だけで閉じこめられたら、ママもわたしもおかしくなってしまう」

グレースは唇を嚙み、それから言った。「じゃ、あなたさえかまわなきゃ。ふだんは一人暮らしが好きなんだけど、嵐ってどうも苦手なのよね」

「少なくとも、雷の心配だけはなさそうよ」そう言っているときに、空に稲妻が光り、二、三秒たつと、遠くで雷鳴が轟《とどろ》いた。

「ひどくなる前に帰ったほうがよさそうね」わたしは言った。「この前、吹雪の最中に稲光を見たときは、夜のあいだに三十センチも積もったわよ」

その光景を想像して、グレースは身震いした。「まずうちに寄ってくれない？　とってきたいものがあるの」

「いいわよ。でも、歩いていくしかないわね。ジープを家に置いてきたの」

「じゃ、早く行きましょ。雪は当分やみそうにないから」

幸いなことに、グレースの家はわが家へ帰る途中にある。歩道は雪のせいで歩けたものではなかったが、幸い、車がほとんど走っていないので、車道を歩くことにした。そのほうがずっと楽だった。とくに、新雪で道路がすべりにくくなっていたから。日中の気温は氷点下のままだが、除雪車のあとからトラックが塩をまいてくれたおかげで、いまのところ道路状態は悪くなかった。

「食料品も少し買っていく？」グレースが訊いた。「わが家のパントリーにある食料だけじゃ、ネズミ一匹すら養えないわ」

「わたしが母のことを理解してるとすれば――理解できるのはわたしぐらいのものだけどね――一カ月の籠城にも耐えられるぐらいの食料品を買いこんでるはずよ。備えあれば憂いなしがモットーの人なの」

グレースはうなずいた。「いまの状況では、悪い習慣じゃないと思わない？」

「ちょっと待って。わたしもあの母親の大ファンなのよ」母の長所のいくつかを思いだすために、ときとしてグレースの存在が必要であることは、わたしも認めるしかない。グレースのところは両親とも何年か前に亡くなっているので、うちの母は彼女の母親がわりのつもりでいる。

グレースの家のポーチに続く石段を二人でのぼったが、わたしが玄関ドアまで行き着く前に、グレースが片手を突きだして止めた。

「なんなのよ?」

「見て。ポーチに足跡がついてる。わたし、きのうから家に帰ってないのに」

「たぶん、郵便屋さんよ」

「うちの郵便受けは通りにあるの」

「近所の人が心配して見にきたとか?」

「まさか。スザンヌ、どうも様子が変だわ」

「結論に飛びつくのはやめましょ」玄関のほうへ歩きながら、わたしは言った。

グレースはうなずいた。「それもそうね。わたし、ちょっと神経質になってるみたい」

「いえ、そうでもないかも」玄関ドアが細めにあいているのに気づいて、わたしは言った。

「きのう、ドアをロックしておいたわよね?」

「いつもやってるわ。わたしが戸締まりにどんなに神経質か、あなたも知ってるでしょ。どうして? 何かあったの?」

わたしは玄関ドアを指さして、低い声で言った。「〈ボックスカー〉に戻って警察を呼びましょう」

グレースは無言であとずさったが、その表情から、悲鳴をあげそうになっているのが見てとれた。

あわてて十歩ほどひきかえしたところで、グレースが言った。「わたし、携帯を持ってるんだった。ここから電話する」

「わたしも携帯を持ってることにいま気がついたわ。でも、人目のある場所でかけたほうがいいと思わない？　二人だけでこの通りに立ってるのは無防備だわ」

「もういやっ、スザンヌ」グレースが言った。声がうわずっていた。

「大丈夫よ」

グレースが携帯を出そうとして、深いポケットに手を入れたとき、わたしは「ちょっと待って」と言った。

エイプリル・スプリングズ警察のパトカーが道路の向こうからやってきた。パトカーを見てこんなにうれしく思ったのは生まれて初めてだ。両手をあげて勢いよくふった。これなら、警官も、わたしが熱烈な挨拶を送っているのではなく、パトカーを止めようとしているのだと、ちゃんとわかってくれるだろう。

運転していたのはグラント巡査だった。警察の人間のなかで、わたしにとって唯一の本当の友達。道路に積もった雪の縁まで車を寄せて、窓をおろした。「どうしたんだ、スザンヌ？」

「グレースの家に何者かが押し入ったみたいなの」家のほうを指さしながら、わたしは言った。

グラント巡査はうなずいた。「じっとしててくれ。調べてくる」

積もった雪の上へ巧みにパトカーを移動させた。見ると、タイヤにチェーンがついていた。グラント巡査が車をおりたので、わたしがそっちへ行こうとすると、巡査は一歩も動かないようにと片手でこちらに合図をよこし、ホルスターのバックルをはずして銃をとりだした。

オーケイ、合図に従うことぐらい、わたしも心得ている。露骨に命令されると、無視することもあるけど。

降りしきる冷たい雪のなかで、グレースもわたしと並んで立っていたが、二人ともひとこともしゃべらなかった。グレースが何を考えているかはわからないが、わたしのほうは、銃声が聞こえるのではと思い、神経を張りつめていた。一生分の時間がたったように思われたころ、ふたたび玄関ドアがひらいて、グラント巡査が出てきた。リボルバーはホルスターに戻されていた。

手をふって呼んでくれたので、二人で彼のところへ急いだ。

「押し入ったやつはとっくに逃げたあとだった」

「たしかなの？」グレースが訊いた。

グラント巡査はうなずいた。「ああ、大丈夫。ひとつひとつのベッドの下と、すべてのクロゼットのなかをチェックした。信用してくれ。犯人はもういない」

「なくなったものがあるかどうかわかる？」わたしは訊いた。

「ないようだ。テレビは無事だし、寝室で値打ちのありそうなジュエリーをいくつか見つけた。宝石箱の底に百ドル札が四枚隠してあった。現金を隠すなら、もっと安全な場所を見つけたほうがいい」

「いつもそう思ってるんだけど、そこまでやってる暇がなくて」グレースは言った。

グラント巡査はしかめっ面でつけくわえた。「汚れた皿が流しに何枚か置いてあり、カウチには枕と毛布がのっていた。押し入った人物は、たぶん、吹雪をよけるために一夜の宿がほしかっただけだろう」

「舞い戻ってきたら、どうすればいいの？」グレースが訊いた。ヒステリーを起こす前兆が声にはっきり出ていた。

「ここの明かりがついているのを見れば、どこかよそへ行くだろう。ぼくのほうでも、この家を見張ることにしよう」

「ありがとう。でも、今夜ここで寝るのはごめんだわ」

わたしはグレースに腕をまわした。「夢にもそんなこと考えちゃだめよ。うちにきて泊まる約束だったでしょ。覚えてる？」

グレースはうなずき、それからグラント巡査に頼んだ。「二、三分ここにいてもらえない？少し荷物を詰めてきたいから」

グラント巡査はうなずいた。「いいですよ。ただし、あまり時間をかけないように」

「その点は問題ないわ」

グレースは家に入ろうとして、そこで言った。「バカみたいなのはわかってるけど、荷物を詰めるあいだ、二人でリビングにいてくれない？」

「喜んで」わたしはできるだけ頼もしい声を出そうと努めた。「じゃ、せっせと荷物を詰めてね。そしたら、わたしの家に戻れるわ」

グラント巡査とわたしはグレースの頼みどおりにした。リビングに立っていて、ふと気づくと、二人とも、ほかの部屋で彼女が動きまわる物音にじっと耳を傾けていた。

一分ほどたってから、わたしは玄関ドアを指さして尋ねた。「待つあいだに、あのドアをわたしたちの手でなんとかできないかしら」家のなかから見ると、何者かがドアを強引にこじあけたのが歴然としていた。ドアの脇柱が裂けて、木の破片がいくつか床に落ちていた。

グラント巡査はうなずいた。「とりあえず、バリケードを作っておいて、出ていくときは横のドアを使うことにしよう。このカウチを運ぶのを手伝ってくれる？」

わたしはうなずき、二人でカウチを玄関まで運んで、できるだけしっかりドアに押しつけた。グレースの家は横手にも出入口があり、そちらから出ようとすると雪をかき分けなくてはならないが、玄関ドアをあけっぱなしにしておいてほかの侵入者を招き入れる結果になるよりは、そのほうがまだましだ。

「これで、ゆうべの男はあきらめるだろうって、ほんとに思ってる？」

「たぶん、戻ってもこないと思うよ。盗みが目的だったのなら、とっくに実行してるはずだ」

「でも、そいつが今夜もここに泊まる気でいたらどうする？」グレースに聞こえないよう、わたしは声をひそめて訊いた。

「だったら、押し入った痕跡を残さないよう、もっと気をつけたはずだ。きみたち、ここに誰かがいたことを知るのに、玄関の錠を調べる必要はなかっただろ？」

「そうね。ドアが蹴破られてたのは明らかだったわ」

「そこだよ、ぼくが言いたいのは。犯罪のプロではなさそうだ。きみの友達が留守だとわかって入りこんだだけさ。しかも、とっくに姿を消してる」

「だといいわね」

グラント巡査はうなずいた。そのとき、ベルトの無線機がビーッと鳴ったので、誰にも聞かれない場所で応答できるよう、キッチンへ姿を消した。

グレースが一泊用のカバンを手に戻ってきて、焦った様子でリビングを見まわした。

「グラント巡査はどこ？　わたしたちを見捨てて帰っちゃったの？」

「まあまあ、落ち着いて。キッチンにいるわ」

「神経質になってるのは自分でもわかるけど、どうしようもないの。認めるわ。もう怖くって」玄関ドアの手前に置かれたカウチを見て、つけくわえた。「あれ、冗談よね？」

「いまのところ、あれが精一杯なの」

グレースは首をふった。「がんばってくれてありがとう。でも、あれじゃ充分とは言えないわ」

彼女が電話帳に手を伸ばしたので、「どこへ電話するの?」と訊いた。

「ティム・リアンダー。うちのことを全部やってくれてる便利屋さん」

わたしは電話を手で押さえた。「目下、緊急の依頼に応じるのに大忙しなんじゃないかしら」ティムがエイプリル・スプリングズの住人たちにとって頼みの綱であることは、わたしも知っている。町じゅうの修理を楽々とやってくれる。どんなものでも修理できる名人で、エイプリル・スプリングズのほかの家々と同じく、わが家の短縮ダイヤルにも登録されている。

「これが緊急事態じゃないって言うの?」ティムの番号を押しながら、グレースは甲高い声で言った。

「ティム? グレースよ。お願いがあるの」向こうの応答に耳を傾けた。きっと、ティムが、すべてを投げ捨てて駆けつけるのは無理だと言っているのだろう。

数秒後、わたしに笑顔を見せて、グレースは言った。「助かるわ。じゃ、五分後に。ティム、ありがとう」

グレースが電話を切ったあとで、わたしは言った。

「オーケイ、感心しました。ティムの弱みでも握ってるの? ま、知りたいとは思わないけど」

グレースは首をふった。「スザンヌ、わたしね、ティムにひとつ貸しがあるから、それを返してもらうのにぴったりのチャンスだと思ったの」

「どんな貸しがあったの？　それとも、知らないほうがいい？」

玄関ドアがあいているのに気づいて以来初めて、グレースが笑った。いい兆候だ。

「想像力が豊かすぎる人だから、勝手に理由を考えさせてあげたいけど、やめておく。ティムが前にアドバイスを求めてきたことがあって、わたしが相談に乗ってあげたの。単にそれだけのこと」

わたしは首をふった。「それだけとは思えないわ。くわしく話して。ねえ、拝聴するから」

しかし、グレースは何も言おうとしなかった。

「だめだめ、スザンヌ。約束したの。だから何も訊かないで」

「オーケイ、その気持ちは尊重する。でも、正直なところ、好奇心ではちきれそうだわ」

「人生には明らかにしないほうがいい謎もあるのよ」グレースがそう言っているところに、グラント巡査が戻ってきた。

「お二人さん、そろそろ行こうか。緊急事態でオークハーストのほうへ呼びだされた」

「じゃ、行って」グレースが言った。「こっちはもう大丈夫だから」

「二人を置き去りにするわけにはいかない」反論は許さないという声で、グラント巡査は言った。

「大丈夫よ。もうじきティム・リアンダーがきてくれるから」グレースが言った。「出ていく前に、カウチをもとに戻すのを手伝ってくれる？」

グラント巡査はうなずき、表情に笑みを加えた。「いいとも。雪をかき分けて進む手間が省けるのなら」

三人でカウチをもとの場所まで押し戻した。グラント巡査が帰ろうとして玄関のノブに手をかけたとき、ティムのノックが響いた。

「入ってくれ」グラント巡査は言った。「ちょうど帰ろうとしてたんだ」

ティムはがっしりした体格の年配男性で、ごま塩頭。うなずきながら言った。「おまわりさん、今日はひっぱりだこだろうね」

「同じ言葉を返すとしよう」グラント巡査は言った。

「雪が少しでも降れば、つねに商売繁盛さ」ティムがうなずき、グラント巡査は出ていった。

ティムが言った。「はい、お邪魔しますよ。何があったのか見せてもらおう」ティムはまるでピカソの絵を鑑賞するかのように、裂け目のできたドアの枠を調べ、それから言った。

「とりあえず応急修理だけしておいて、落ち着いてから、ドアの枠をとりかえることにしよう。それでいいかな？」

グレースが訊いた。「そうしておけば、ゆうべ押し入った人間はもう入ってこられない？」

ティムはうなずいた。「その点は保証する。ほかの窓や出入口については保証できないが、この玄関からはぜったい入れないようにしておく」

「それなら安心だわ」グレースは言った。

「トラックからちょっと道具をとってこないと。すぐ戻る」

ティムがピックアップトラックのほうへ歩いていくあいだに、わたしは言った。「あの人がいてくれると、町じゅう大混乱だなんてとても思えないわね」

「わたし、そこが気に入ってるの。いつだって冷静そのものでしょ」

キャンバス地の大きな工具袋を持って、ティムが戻ってきた。コードレスの電動ねじまわし、使いこまれた手引きノコ、金槌、のみ、誰かに破壊されたドア枠の一部よりやや大きめの木片などで、袋はいっぱいだった。裂けた部分の残骸を手引きノコで切りとるあいだ、彼はなんと、口笛を吹いていた。

「ここで見ててもかまわない?」わたしは訊いた。

「いいとも。観客に〝ノー〟と言ったことは一度もない」それから、ティムはわたしを見て、ニッと笑った。「ただし、おれに向かって修理法のアドバイスなんか始めたら、料金が一分ごとに二倍になるぞ。苛立ち税とでも呼ばせてもらうかな」

「ひとこともしゃべりません」わたしは言った。「約束する」

あっというまに新しい木片がとりつけられた——ドリルで穴をあけて錠まではめこんであ

る——これが本当にただの応急修理？　わたしは首をひねった。「あとでやりなおす必要があるの？」道具を片づけはじめたティムに訊いた。

「頑丈にしておいたから、とりあえずはこれでいい」新しい木材部分を片手で軽く叩きながら、ティムは言った。「しかし、見栄えがよくない。そうだろ？　だが、心配ご無用。本格的な修理を終えれば、こわされたこともわからなくなる」

グレースは財布に手を伸ばした。「いくら払えばいいかしら。どんなに高くても喜んで払うわよ。すぐに飛んできてもらって、すごく感謝してる」

ティムは言った。「役に立ててよかった。代金なんて野暮なことは言いっこなし」

「ちゃんと払わせてもらわなきゃ」グレースは反論した。

「大きな借りがあるんだから、金なんてもらえないよ」

「そこまでしなくても」グレースは言った。

あらら、ティムがグレースにウィンクした。「しなくてもいいが、させてほしいんだ」

ティムが帰り、グレースがロックの具合を二、三度たしかめたあとで、わたしは言った。

「いったいどういうことなのか、どうしても話してくれないの？」

「ごめん。話せない」

「じゃ、ひとつだけ質問させて」

グレースはいぶかしげにわたしを見た。「どんな質問？」

「わたしが窮地に立たされることがあったら、あなたのコネを駆使してくれる？」

グレースは笑いながら、一泊用のカバンを手にとった。「何も約束できないわ。さ、行きましょ」

「訊いてみてよかった」

わが家に着くころには、家宅侵入でグレースの受けたショックも明らかに薄れていたが、動揺した彼女を非難することはできなかった。わたし自身は思いだしたくもないほど長いあいだ、一人暮らしと無縁の日々を送ってきたし、家に泥棒が入ったときに母がわたしを守ってくれるかどうかは疑問だが、つねに誰かがそばにいるのは心強いものだ。

グレースにはそれがない。自立した強い女性ではあるが、同居人のいるほうがいいはずだ。たとえそれがただのペットであっても。

わたしに言わせれば、一人暮らしなんてするものじゃない。でも、あくまでもグレースの人生なんだから、よけいなお節介はやめておこう。

まあ、すでに焼いてしまったお節介はべつにして。

# 5

「早く入ってらっしゃい、二人とも。外にいたら肺炎になってしまうわ」

予想どおり、わたしの横にグレースがいるのを見て、母は喜んでいた。不思議なことに、わたしの家に向かってグレースと二人で道路を歩いていたら急に雪がやみ、一歩進むたびに気温が下がっていくように感じられた。近道をしようと公園を通ったため（最高に賢明な判断とは言いがたい）、積もった雪に埋もれながら進んだが、家の玄関までの長い距離を歩かずにすんだ。

「雪がやんだなんて信じられる？」裏のドアのところでグレースと一緒にコートを脱ぎながら、わたしは母に言った。

「一時的にやんだだけだと思うわ」外をながめ、黒雲に目を向けながら、母は言った。

「かもね。今夜もグレースが泊まっていってもかまわない？」

「泊まってほしいと思ってたのよ」優雅な南部女性の魅力を発揮して、母は言った。

グレースが訊いた。「ほんとにかまいません？」

「あら、泊まってもらうつもりで、一日じゅう、お料理に精を出してたのよ。きてくれなかったら、スザンヌを迎えにやるつもりでいたの」

「わあ、すごくうれしいです」

帰ってくる途中、グレースの家に何者かが侵入したことは母に内緒にしておこうと、二人で決めた。母によけいな心配をさせる必要はない。

母はわたしを数秒ほどじっと見て、それから質問した。「スザンヌ、ママに話したいことがあるんじゃない？」

「今日のママはすてきよ」そう答えながら、わたしが隠しておきたいことが何か母の耳に入っているのでは、と心配になった。母が何を耳にしていてもおかしくない。

母がわたしを叱りつけた。「グレースの家で何があったのか、ひとことも言ってくれないのね。またしてもママを世間の荒波から守ろうとしてるの？　お嬢さん、あなたが生まれる前からママ一人でいろんな事柄に対処してきたことを、ここでわざわざ言わなきゃだめなの？　ママはこれからもずっとそうしていくつもりよ。親に隠しごとをするようなバカなまねはやめなさい」

わたしは微笑した。「はいはい、そうでした。グレースの家の件をママが早くも知ってることに、どうしてびっくり仰天したのか、自分でもわからないわ。この町には大きな口がひとつあるようね」誰が母にしゃべったかを知りたかったが、それとなく聞きだすタイミングはとっくにすぎていた。「ねえ、誰から聞いたの?」

ジェイク・ビショップがダイニングルームから出てきて、わたしに笑いかけた。「ぼくだよ。お母さんとコーヒーを飲んでたとき、ぼくの無線に入ってきたんだ」

ジェイクは背の高いほっそりタイプ、わたしが思わず指をすべらせたくなるような砂色がかった豊かなブロンドの髪をしている。いまここでそんなことをするつもりはないけど。ここしばらく音信不通で、わたしとの時間を作ろうという努力もしてくれなかった。彼が忙しいのはわかっている。でも、こっちだって忙しいけど、彼のためなら喜んで自分のスケジュールを変更する。ただし、ドーナツ作りに支障をきたさない範囲で。ドーナツ作りはわたしの日常の大きな部分を占めている。それも一週間に七日。はいはい、向こうの一方的な責任だと思いたいけど、そうでもないのかも。

思いきり彼に抱きついたが、彼のほうは、わたしが満足するようなハグを返してくれなかった。

そこで彼の目をのぞきこみ、何かあったらしいと気がついた。

まじめな声で、ジェイクが言った。「スザンヌ、ちょっと時間をとってくれないかな。話したいことがある」

「あらら」横でグレースが低くつぶやいた。わたしも彼女のつぶやきに全面的に賛成。

ママが言った。「グレース、マッシュポテトを作るのを手伝ってちょうだい。わたし一人であれこれやるのは大変だから」

「喜んで」グレースは言った。

グレースを連れてキッチンへ姿を消す前に、母は言った。「あなたも食べてってってくれるわね、ジェイク」

「いや、だめなんです。今夜、アッシュヴィルまで行くことになってて、もうじき出発しないと。でも、誘ってもらって感謝します」ジェイクの目にはこわばった表情が浮かんでいた。いい話を持ってきたのではないようだ。

「わが家では、あなたはいつでも大歓迎よ」母が言い、やがて、わたしたち二人だけになった。

「どうかしたの、ジェイク？」どうしてこんな重苦しい表情でこちらを見ているのかといぶかりながら、わたしは尋ねた。

「話がある」ジェイクに生気のない声で言われて、一日の締めくくりが不意に悲惨なものになったのを感じた。「これ以上続けていけない。心からすまなく思っている。きみじゃなくて、ぼくのせいなんだ」

「つまり、ほんとはわたしのせいだって意味ね。続けて、わたしはタフだから。本当のことを言って。せめてそれぐらいは、わたしへの礼儀でしょ」涙があふれてきたが、彼が帰るまでは泣くまいと思い、必死にこらえた。

ジェイクのほうも泣きそうな顔だったが、それでは筋が通らない。だって、彼のほうから別れようと言ってるんだもの。

しばらくして、ジェイクは落ち着きをとりもどした。「要するに、ぼくがいまも妻を愛してるってことなんだ。きみに何か言われる前に弁解しておくと、いかにばかげた言い草かは、自分でもわかってる。妻が戻ってくるはずのないことに、ぼくが気づいてないとは思わないでほしい。妻が亡くなったとき、ぼくの心は妻を手放すことができなかった。きみに出会って、これで新たなスタートが切れる、自分の人生をとりもどすことができると思った。なのに、妻の思い出が強すぎるんだ。本当に申しわけない。きみを傷つけるつもりはけっしてなかった」

そこまで言って、ジェイクは泣きだした。このタフな州警察の警部からは想像もできないことだ。わたしはジェイクに近づいて抱きしめ、すすり泣く彼の頭をなでた。自分でも驚いたことに、不意にわたしまでもらい泣きをしていた。

永遠とも思える時間がすぎたあとで、最後にもう一度だけ彼の髪をなでてから、わたしは言った。「ジェイク、申しわけないなんて思わないで。心のなかの思いはどうにもできないもの。わたしはただ、うまくいかなくなったことが残念なだけ」

「ぼくもだ、スザンヌ。きみが思っている以上に」

ジェイクは手の甲で涙を拭い、わたしの手をとろうとしたが、最後の瞬間に手をひっこめた。しばらくしてから言った。「ほんとにもう行かないと。ゆっくりできなくてごめん」

「アッシュヴィルに何か大事な用があるの？　この町の殺人事件を捜査するために、こっちに呼びもどされたんだと思ってた」

「じつはそうだったんだ。ところが、ローリーから車でこっちに向かっていたとき、アッシュヴィルの市会議員が事務所で殺されたため、エイプリル・スプリングズの事件からはずれることになった」

わたしは一歩ごとに重く沈む心を抱えて、ジェイクを玄関まで送った。

ほとんど言葉にならない別れをかわし、ジェイクは出ていった。

彼の車が走りさるのを見ながら、ふたたび涙に暮れ、そのあとでようやく自制心をとりもどした。涙の原因は、たったいまジェイクに捨てられたことよりも、彼と歩むつもりだった未来が消えてしまったことにあった。何度もデートを重ね、おたがいに居心地のいい存在になっていた。ただ、生涯をかけて愛する人になるかどうかは未知数だった。マックスとの結婚生活を続けようとして失敗し、その後長いあいだ、結婚という制度はもうこりごりだと自分に言い聞かせてきたが、最近はそこまで断言できなくなっていた。わたしの人生に男が必要なわけではない。一人でちゃんと生きていける。でも、早く会いたいと思う相手がいたほうが、やはり幸せだと思う。たとえ、ジェイクみたいにいつ会えるか予測のつかない相手であっても。

涙を拭き、キッチンへ行く前にまず洗面所へ行き、冷たい水で顔を洗った。キッチンのドアの前まで行ったが、グレースと母の集中攻撃にさらされる前に、足を止めて深呼吸をした。ジェイクが訪ねてきた理由が、二人のほうから口にしにくい話題であることはわかっていたので、いますぐ何もかも話してしまおうと決めた。

「ジェイクに別れようって言われたの」

「スザンヌ、それってひどすぎる」グレースがわたしのほうにきた。「大丈夫？」

「いまはあんまり大丈夫じゃないけど、そのうち立ち直るわ」

わたしは母を見た。いまの爆弾宣言から考えると、母はこちらが不安になるほど静かだった。「何か言いたいことはないの、ママ？」

母は眉をひそめ、つぎにおだやかな声で尋ねた。「いいえ。でも、訊きたいことがひとつあるわ。理由を言ってくれた？」

わたしはうなずいた。「亡くなった奥さんをいまも愛してるんですって。亡くなった人とどうやって競争しろって言うの？」

母は手にしていた鍋つかみを置き、抱きしめてくれた。グレースが半歩うしろにいた。母は言った。

「亡霊とは戦えないわね、スザンヌ。ジェイクの本当の心が早くわかって、かえってよかったんじゃないかしら。辛い気持ちはわかるけど、あなたにふさわしい人がきっとどこかにいるはずよ。あなたは頭がよくて、強くて、美人だもの。何が起きようと、あなたなら大丈夫」

思いきり泣きたくなった。母の口からこんな褒め言葉が出るなんて、めったにないことだ。遠まわしにほのめかすことは多いけれど。わたしは母に腕をまわし、必要以上に力をこめて抱いてから、「ありがとう」と、母の耳もとでささやいた。

母は身をひくと、わたしの頬の涙を拭いてくれた。「どういたしまして。さてと、あなたさえかまわなきゃ、テーブルの用意をしてちょうだい。ねえ、グレース、この子と一緒にやってね。わたしはいまからキッチンで大忙し。手伝ってもらえて助かったわ」

「お役に立てたのならうれしいです」わたしと一緒にダイニングルームのほうへ行きながら、グレースは言った。

「お母さんったら、フライ返しさえ持たせてくれなかったのよ。まさに、キッチンの女王さまね」

「昔からそういう人なの」

グレースはわたしの目をのぞきこんだ。「ほんとに大丈夫？」

「多少打ちのめされてるのは事実よ。でも、そのうち立ち直るわ。あれでよかったのよ。最初からずっとわかってたの。ほんとの気持ちが知りたいなら言うけど、わたしは彼に同情してる」

「愛する人の存在をつねに感じるって、辛いことでしょうね」グレースは言った。

「奥さんが幽霊になって戻ってきたなんて言ってないけど」

「スザンヌ、存在を感じるといっても、幽霊の訪問以外にいろんな形があるのよ」グレースは何も出ていないテーブルに目をやった。「せっせと働いたほうがよさそうね。わたしの推測が間違ってなければ、もうじきお料理が運ばれてくるはずだから」

「今夜の献立は何？　ママからそれぐらいは聞きだせた？」

「ポーク・テンダーロイン、つけあわせはお母さんお得意のガーリック味のマッシュポテトとベビーキャロット。デザートはバナナ・プディングみたいな感じのもの。冷蔵庫をのぞいてみたの。お母さんがオーブンに首を突っこんでる隙に」グレースは微笑した。「やだ、いまの言い方、ちょっとまずかったわね」

「自殺願望を持つ人がこの世界にたくさんいるのは知ってるけど、うちの母はそこには入ってないわ。今夜も上等のお皿を使ったほうがいいかしら」

「名案だわ。だって、ある意味で、あなたの独立記念日だもの。でしょ？」

「まあね。ふたたび独立する心の準備ができてるかどうか、よくわからないけど」

「いいの、いいの」グレースはわたしを小突いた。「楽しいものよ」

「あなたがそう言うのなら」

テーブルに三人分の食器をセットするあいだ、ジェイクのことも、男性全般のことも、それ以上話題にしないことにした。夕食からベッドに入る時刻まで、男の話はいっさい出ない夜になりそうだ。明日の目覚まし時計が鳴る時刻のことを考えると、食事がすんでしばらくしたらベッドに入らなくては。ふだんのわたしなら、早寝早起きがいやだとは思わない。まあ、少なくとも、〈ドーナツ・ハート〉をオープンして以来、それになじんできた。でも、グレースがうちに泊まっているあいだは、いつもの時間にベッドに入るのがむずかしくなっている。

食事のあと、みんなでスクラブルをやっているあいだについ居眠りをし、とうとう、「スザンヌ、そんなにあくびばっかりしてたら、ママまで眠くなるわ。疲労で倒れる前にベッドへ行きなさい」と言われてしまった。

「でも、二人だけになってどうするつもり?」まだ降参する気になれなくて、わたしは訊いた。

「あなたがいなくても、どうにかやっていけるわ」母は笑顔で答えた。

わたしはグレースを見た。「じつはもうクタクタなの。わたしがいなくなっても、ほんとに大丈夫?」

「よくもこんなに遅くまで起きていられるものだと、感心してたのよ」グレースは言った。「もう寝たほうがいいわ。こっちは大丈夫。ほんとよ」

反論したかったが、正直に白状すると、疲れがひどくて口論する元気もなかった。けっこう前から疲れていたが、ジェイクとの別れで、最後に残っていたエネルギーも消えてしまった。

二階にあがり、フランネルのパジャマに着替えて、そのままベッドにもぐりこんだ。ジェイクとのことが心に重くのしかかって寝つけないのではないかと心配だったが、ある意味で、交際に終止符が打たれたのはいいことだし、言いにくいことを正直に言ってくれたジェイクを偉いと思った。

眠りのなかへ漂っていくあいだ、わたしの頭にあったのは、明日がどんな一日になるだろうということだった。過去のことより、未来の可能性に注意を向けようと思った。きっと効果があったはず。そりゃそうよ。これまでに数えきれないぐらい、自分に同じことを言い聞かせてきたおかげで、ずいぶん上手になっている。

翌朝は、目覚ましではなく、寝室のドアのところでわたしを呼ぶ声に起こされた。

「スザンヌ、起きてる？」

身体を起こして、時計を見た。アラームをセットした時刻まで、まだ三分ある。苛立ちが声に出ないよう気をつけて返事をした。

「グレース、どうかしたの？」

「ううん、どうもしない。お店に出るとき、わたしも一緒に行っていいかどうか、訊きたかったの。ボスから出社の指示がまだ出てないから、わたし、今日も好きにしていいのよ。こしばらく、あなたのあとばかり追いかけまわしてたから、今日もそうしようかなと思って。かまわない？」

わたしは目をこすって眠気を払いのけた。「入って」

入ってきたグレースを見ると、すでに着替えをすませていた。

「グレース、あなたが一緒に行こうとする理由はわかってるし、感謝してないとは思わないでほしいけど、寝間着に着替えてベッドに戻ってちょうだい。ベビーシッターは必要ないから。わたしは大丈夫よ」

「大丈夫なことぐらいわかってるわよ、バカね。今日は一緒にお店へ行って、ドーナツがどんなふうに作られるのか、じっくり見てみたいの。いいでしょ？　ついていくのはご迷惑？」

「いいわよ。本気で言ってるのなら」わたしはあくびをこらえながら言った。

廊下から射しこむ明かりのなかで、グレースがニコッと笑うのが見えた。

「本気だから、こうしてちゃんと起きてるでしょ？　ところで、そっちはどうして起きないの？」

ちょうどそのとき、目覚まし時計が鳴りだした。「目がさめたわ。コーヒーを二杯お願い。すぐおりていくから」

「やったぁ」グレースはそう言いながら姿を消した。わたしがドーナツ・ショップをやるようになって以来、いつか一緒に働きたいと冗談で言っていた彼女だが、ゆうべジェイクが訪ねてこなかったら、店までついてくるなどと、はたして彼女のほうから言いだしただろうか。でも、グレースの申し出を拒絶するつもりはなかった。エマも気にしないだろう。たぶんね。エマの母親だって、月に一回はドーナツ作りを手伝いにやってくる。わたしが珍しくも〈ドーナツ・ハート〉を休む場合に備えて、店の最新の状況をつねに把握しておくために。グレースが押しかけたところで、問題はないだろう。

ジーンズをはき、Tシャツと分厚いセーターを着てから一階におりると、グレースがトラベルマグにたっぷりコーヒーを注いで待っていた。

わたしはコーヒーをゴクンと飲んでから言った。「ほんとにこんなことしたいの？」

「やっぱり邪魔者扱いされてるような気がしてきた」グレースは言った。

「違うって。ただ、真夜中に起きる必要もないのに起きる人って、ぜったいどうかしてると思っただけ。ジープのエンジンをかけてくる。そしたら出発よ」

「エンジンなら、あなたがおりてくる前にかけといたわ。ゆうべはたいして積もらなかったみたい。峠を越したのかも」

「このあたりの気象って、予報がむずかしいと思わない？」わたしはセーターの上に分厚いコートをはおり、「一緒にくるのなら、出かけましょ」と言った。

グレースがジャケットをつかみ、二人でジープに乗りこんで、店までゆっくり走った。いつもなら三分で行けるところが、道路がスリップしやすいため、十五分もかかった。四駆の車を買っておいてよかったと、あらためて思った。氷の上を走るのは無理としても――わたしの知るかぎり、どんな車だって無理だ――こちらが図に乗りさえしなければ、雪道でも頼もしい走りを見せてくれる。

店の前に車を止め、けさもまた、ボブとアールがうちの駐車場からアスファルト道路までの雪をどけておいてくれたのを見て、思わず笑顔になった。

グレースも気がついた。「どうしてここだけ特別待遇なの？」

「除雪車を運転してる二人に親切にしてあげたの。コーヒーとドーナツを提供してるかぎり、駐車場の雪をどけてもらえるのよ」

「それって賄賂のようなものじゃない？」ジープをおりながら、グレースが言った。

「ううん、まさに賄賂そのもの」わたしは言った。「何か非難なさりたい点でも？」

グレースは笑った。「ご冗談でしょ。うちの業界では、バイヤーにしょっちゅう賄賂を使ってるわ。ただ、手数料って呼び方をしてるだけ」

わたしが表のドアのロックをはずしているときに、グレースが言った。「気にせずどんどん仕事をしてね。わたしはいないものと思ってちょうだい。なるべく邪魔にならないようにするから」

「ありがとう。ただし、わたしの手伝いがほしいときはべつよ」

「でも、エマとわたしだけで大丈夫よ」

わたしはオフィスからスツールをひきずってきて、エマとわたしが朝の作業をこなすあいだグレースが火傷をする心配のない場所に、それを置いた。

フライヤーのスイッチを入れてから、オフィスで留守電メッセージをチェックした。予想どおり、メッセージはひとつもなかった。とにかく、まともなものはなし。一件だけ入っていたが、三十秒ほど息遣いだけが聞こえ、やがて切れた。この手の電話はうんざりするほど多い。

厨房のほうで声がしたので、オフィスから顔を出すと、エマが到着したところだった。

エマはわたしをじっと見て言った。「今日、人がくるなんて知らなかった」

「二人が働くところを見学しにきたのよ」グレースが言った。「楽しそうだと思って」

「どうぞ」エマは言った。「そうおっしゃるのなら」

わたしたちがオールドファッションドーナツの生地を作るあいだ、グレースがひっきりなしにしゃべりつづけた。わたしは平気だったが、外部の人間が店にいることをエマがこころよく思っていないのは明らかだった。困ったものだ。〈ドーナツ・ハート〉はわたしの店。そうである以上、わたしの友達がきたときは歓迎してもらいたい。わたしはプレーンな生地をドロッパーに入れた。これは金属製の器具で、大きなじょうごに似た形をしている。なかにバネ仕掛けの円板が入っていて、ドーナツの生地を完璧な輪の形にして油に投入することができるが、ほかの人がいる前で使うのは危険だ。

「二、三分だけ、売場のほうへ行っててほしいんだけど」グレースに頼んだ。

「ごめん。しゃべりすぎ?」

エマがうなずくのが見えたように思ったが、グレースは気づかなかった。

「ううん。生地を底のほうへ沈めるためにふりまわさなきゃいけないから、これがうっかり手から離れて飛んでいったりしたら大変でしょ」

そう言われて、グレースはびっくりした顔になった。「よくあることなの?」

わたしが返事をする前に、エマがグレースの向かい側の壁面を指さした。

「このあいだも、スザンヌがうっかり手をすべらせたせいで、あそこまで飛んでったのよ。だから、あたしだったら、スザンヌのアドバイスを聞き入れて出ていくわ」

壁の傷跡を見ただけで、グレースは納得した。「売場のほうへ避難してるから、用があったら呼んでね」

グレースがいなくなったあとで、わたしはドロッパーを調理台に置き、エマをきびしい目で見た。「どういうことか説明してもらえる?」

「何を? ほんとのことだもの。そうでしょ?」

「あれは店をオープンして三日目のことよ。それに、わたしが言ってるのはそんなことじゃないわ。わかってるくせに」

エマはグレージング用のコーナーに隣接した調理台を布巾で拭くふりをした。すでに二回拭いたのを、わたしは目にしていたが。

「なんの話だか、さっぱりわからない」

「あなたの態度よ。どうしてグレースにあんなにツンツンするの？」

エマは顔をしかめ、それから言った。「どうしろって言うの？　腕を広げて歓迎しろとでも？」

「そのほうがよかったわね」

「おことわり。あたしの後釜に仕事を教えたいのなら、べつにかまわないわ。でも、あたしがうれしがるとは思わないで」

わたしはこらえきれずに噴きだした。

しかし、エマはそれを誤解した。「おもしろがってるの？」

「エマ、大事なエマ、グレースはあなたの後釜にすわろうなんて思ってもいないわ。もしその気があるとしても、わたし、グレースを雇う気はないわ。ここで働きたいってあなたが思ってるかぎり、ここはあなたのものよ」

エマは慎重にわたしを見て、そっと尋ねた。「本気なの？　それとも、あたしを傷つけないために言ってるだけ？」

「信じて。本気も本気、心からそう思ってる」

エマは眉をひそめ、客席のほうへ目をやった。「じゃ、あの人、どうしてここに？」

「ゆうべ、うちに泊まったの。わたしが店をオープンして以来、一緒にやろうってうるさく言ってた人なのよ。でも、心配しないで。あなたにとってかわろうなんて、グレースは思ってないから」わが親友がわずか数日でわたしの一カ月分の稼ぎをうわまわる収入を得ていて、しかも実働時間がわたしの十分の一であることは、エマには黙っておいた。

グレースがいまの仕事をやめてドーナツショップで働くなどと言いだしたら、それこそ異常事態だ。

「じゃ、あたし、謝ってこなきゃ」

「それがいいわね」わたしは言った。エマがグレースに対して露骨に不作法な態度をとったわけではないが、二人のあいだにわだかまりができるのは避けたかった。

「いますぐ謝ってくる」

エマは客席のほうへ姿を消し、わたしはオールドファッションドーナツの生地を油に投入した。裏返す前に、エマが厨房に戻ってきた。人類史上もっとも短い謝罪だったようだが、わたしは高温の油でドーナツを揚げるのに忙しくて、揚げおえるまでそちらに注意を向けるどころではなかった。

こんがり揚がったドーナツをがっしりした木製トングで油から出していくと、エマがグレーズを用意して待っていた。

わたしはつぎの生地を油に落とす前に、「そんなに長くかからなかったのね」と言った。

「謝ってないから」と、エマ。

「ちょっと待って。謝るのが筋だってことで、わたしたちの意見が一致したと思ってたけど。どうして向こうへ行ったとたん、決心を変えたの？」

「自分の目で見てきて」エマは微笑した。

厨房のドアを抜けたわたしは、一瞬、グレースが帰ってしまったのかと思った。やがて、カウチの端から彼女の両足が突きでているのが見え、それに気づくと同時に、軽いいびきが聞こえてきた。

ドーナツを揚げるよりも短時間のうちに寝入ってしまったのだ。まさに記録的早業。

厨房に戻ると、エマがニッと笑っていた。「気の毒で起こせなかったの」

「感心ね。でも、あとでやっぱり謝るのよ。いい？」

「喜んで」エマは言った。「でも、どうしてそんなにうるさく言うの？」

わたしはエマの肩を抱いた。「いちばん大切な友達二人が反目する姿を見たくないから。必要もない反目だったら、とくにね」

エマは奇妙な目でわたしを見た。「ほんとなの？」

「もちろん、ほんとよ。わたしが対立をどんなに嫌ってるか、あなたも知ってるでしょ」

「ううん、そのことじゃなくて」エマはわたしから視線をそらさなかった。「友達だって言ってくれたのはほんと？」

「当然よ。あなたのことは、一緒に働く仲間という以上の関係だと思ってる。押しつけがましいかしら」

「ううん、あたしもスザンヌのことを友達だと思ってる。口に出して言ったことはないけど」

わたしはエマに笑みを向けた。「あら、じゃ、そろそろ口に出してもいいころだと思わない?」ふたたびドロッパーを手にして、「仕事に戻ろうか」と言った。

「準備オーケイ」エマが答えた。彼女がわたしのオフィスへ避難したところで、わたしはドロッパーを左右に二、三回ふって、生地を底に沈めた。

「終了」と叫んで、新たな輪っかを油に落としはじめた。エマも出てきて、つぎの作業の準備にとりかかった。わたしがオールドファッションドーナツを揚げ終えると、エマはケーキドーナツの材料を用意した。二人でいつもの手順どおり、ひとつのミスもなく作業を進めながら、グレースに見てもらえないのを残念に思った。まるで入念に振り付けされたダンスのようなのに。店をオープンして以来、週に六日ずつ二人で作業を続けてきた成果だ。

ようやく、休憩時間になった。

エマが言った。「グレースを起こしちゃ悪いから、休憩はここでとることにする?」

「あなたはどうか知らないけど、わたしは新鮮な空気が必要だわ。いつもの習慣を破る理由はないと思うけど。どう?」

「グレースを起こしたくないの」

わたしは笑った。「グレースのいびきを聞かなかった？　夜明けまで大砲を撃ちつづけたって、グレースを起こせるかどうか疑問だわ。さあ、外に出て、また雪になってるかどうか見てみましょう」

二人で客席のほうへ行き、カウチに横になったグレースを見ると、さっきの位置から一センチも動いていなかった。呼吸は深くて規則正しく、ぐっすり眠れる彼女を心の片隅で羨ましく思った。外に出ると、雪がしばらく降ってからすっかりやんだことが、はっきりわかった。歩道と道路の様子からすると、わたしたちが店に入ったあとで、うっすら積もっただけのようだ。

エマがあたりの景色をじっくりながめてから言った。「どうやら、雪は峠を越したみたい」

「そのようね。天気予報を見てきた？」

「ううん。でも、二、三度続けて雪が降ったのって、前回はいつだった？」氷のかけらと、解けかけた雪を蹴りながら、エマが訊いた。

わたしは考えこんだ。「ここ数年なかったわね。ようやく雪がやんでホッとしたわ」

「でも、クリスマスまで雪が残ってるといいなあ」エマは言った。

「太陽と暑さを崇拝してたのは、あなたじゃなかった？」

「もう、スザンヌったら。みんな、ホワイトクリスマスが大好きなのよ。このあたしだって」

早朝の空気を吸いながら、それぞれ物思いにふけった。ケーキドーナツ作りとイーストドーナツ作りのあいだにとる休憩は、わたしたちにとって大切な時間だ。エマも、わたしも、すでに終わった作業を頭から追い払い、これからの作業に焦点を合わせることができる。発酵装置のなかでは、イーストドーナツのタネが温かく守られているが、わたしは寒くても外にいるほうが気分がすっきりする。生きていることが実感できる。ある意味で、八月の暑い日にはとうてい体験できないことだ。

腕時計に目をやると、休憩時間を四分もオーバーしていた。

「行きましょう」

エマがうなずき、二人で店のなかに戻ると、タイマーが鳴りつづけていた。わが友を起こしてしまったのではと心配になった。グレースをちらっと見ると、気持ちよさそうに寝ていて、一センチたりとも動いた様子はなかった。

開店二分前、表のドアのロックをはずして客を迎えなくてはならないので、グレースを起こすことにした。陳列ケースにドーナツを並べても、淹れたてコーヒーの香りが漂っても、グレースが目をさまさないのが、わたしには信じられなかった。

マグにコーヒーを注ぎ、グレースのそばまで行って、そっと肩を揺すった。

「ほら、お寝坊さん、起きる時間よ」

「えっ？　ここ、どこ？」のろのろと起きあがりながら、グレースは言った。「スザンヌ？」

一秒ほどして、コーヒーに気づいた。「あ。飲みたい。コーヒー」

わたしはグレースにマグを渡し、彼女がひと口飲むあいだに言った。

「起こすのはいやだったけど、あと一分でお店をあけなきゃいけないの」

「わたし、寝てたの？」空いたほうの手で顔をこすりながら、グレースは言った。コーヒーのマグを持った手は使えない。

「そうよ。わたしたちが休憩をとる前からもうぐっすり」

「起こしてくれればよかったのに」

「ご冗談でしょ。すごく気持ちよさそうに寝てたから、気の毒で起こせなかったわ」

驚いたことに、エマが揚げたてのイーストドーナツをとってグレースに渡した。

「お詫びしなきゃ。さっき、ちょっと意地悪を言っちゃったから」

グレースは喜んでドーナツを受けとった。「エマ、わたしが毎朝あなたみたいに早起きしなきゃいけなかったら、きっと、ほかの人の頭をチョコレートみたいに嚙みちぎってしまうと思うわ」

エマは言った。「早起きは言い訳にならないわ。あなたに仕事を奪われるんじゃないかと心配だったの」

「月に百万ドルくれると言っても、おことわりよ」グレースは言った。ちょっと黙りこみ、それから、「いや、百万ドルならいいかも」揚げたてドーナツの匂いを吸いこんで、それからかぶりついた。「おいしい。でも、このために早起きするなんてごめんだわ。スザンヌ、あなたに新たな尊敬を抱くべきか、完全にいかれた人だと思うべきか、わからなくなってきた」

「両方じゃだめ？　ブースのほうへ移ってくれない？　家に帰る気があればべつだけど。帰りたかったら、ジープを使っていいわよ」

「まだ、自分の家に帰る気になれないの」この朝初めて、グレースの表情に恐怖の色が浮かんだので、わたしは家のことを持ちだしたのを後悔した。

「わたしの家に帰りたければどうぞ、ってつもりで言ったのよ。きっと母が大喜びして、ボリュームたっぷりの朝食を作ってくれるわ」

「ドーナツとコーヒー、それだけで充分よ。わたしがうろちょろするのが邪魔だったら、帰ることにするけど」

「何言ってるの？　いてくれるとうれしいわ。そうよね、エマ」

感心なことに、わがアシスタントは躊躇なく答えた。「そのとおりよ。ドーナツ、もうひとつどう？　いろんな種類があるのよ」

グレースは首をふった。「いまはこれで充分。二人とも仕事でしょ。わたしのせいで仕事の手を止めたりしないで」

「止めてないわ。このあとも止めないわよ」わたしは笑顔で言った。

表のドアのロックをはずしたが、店に入ろうとして待っている客は一人もいなかったので、形だけの開店となった。

五分後、客がどんどん入りはじめた。客に出せるドーナツがちゃんと用意できているのは、気分のいいものだ。常連客の多くにとって、ドーナツのない一日は喜びのない一日のようなもの。常連客から喜びを奪うようなまねは、ぜったいにしたくない。

一時間後、午前中の売上げにホクホクしていたとき、マーティン署長がグラント巡査を従えて入ってきた。二人の表情を見て、本日のわが喜びもこれでおしまいだと覚悟した。

# 6

「ドーナツが目的ではないような気がするのはなぜかしら」カウンターに近づいてくる署長に、わたしは言った。

「スザンヌ、話がある」

「だから二人できたの？　わたしを袋叩きにしようっていうの？　何があったの、署長さん？」

「マックスのことだ」署長に言われて、顔から血の気がひくのを感じた。

「死んだの？」不意に、マックスにきつい言葉を投げつけたことや、彼の鼻先でピシャッとドアを閉めたことを後悔した。ごめんねと謝る機会も、過去を水に流す機会も、なくなってしまった。

わたしに質問されて、署長は驚いた顔になった。「なんでそんなことを言うんだ？」

「あら、じゃ、違うの？」

署長は首をふった。「こっちの耳には入ってないね。あんたがそんな質問をするとは妙だ。

そう思わないか？」

「さあ、知らない。こういう場合、どう反応するのが正しいの？　もと夫が行方不明だったことはわかってるし、ダーリーンの死にもと夫が何か関係してるんじゃないかと、署長さんが疑ってることも、わたしにはわかってる。マックスの身に何かあったんじゃないかと思うのは、そんなに不自然なこと？」

マーティン署長は肩をすくめた。「さあな。考えてみる」

「マックスが死んでないのなら、署長さん、どうしてここに？」

グラント巡査が何か言おうとしたが、署長のひとにらみで黙りこんだ。

かわりに署長が言った。「あんたが別れた夫を匿《かくま》っていると信ずるに足る理由があるため、個人的に話をしにきたんだ。もし匿っているなら、あんたに災難が降りかかることになるぞ」

「匿う？　マックスのことをなんだと思ってるの？　犯罪者？　どこにいるのか見当もつかないわ。ほんとよ」

署長は信じた様子ではなかったが、わたしは気にもしなかった。

「ならば、きのうグレースの家に忍びこんだのは誰だったんだ？　それから、グレースが自宅を出てあんたの家に泊まったのはなぜなんだ？」

自分の名前を耳にして、グレースが飛んできた。こちらのやりとりに聞き耳を立てていたのは明らかなので、話の内容を伝える必要はなかった。

グレースは署長をにらみつけて言った。「質問があるんだけど、署長さん。わたしたちがマックスを匿うとしたら、わたしの家の鍵を彼に渡すのがふつうじゃない？　そうすれば、玄関ドアをこわされずにすむもの」

「その点はわたしもすでに考えた」署長は言った。「だが、マックスが身を潜めてるのが見つかった場合、あんたには匿ったことを否定するための材料が必要になる」

「かもね。でも、それなら、わたしがグラント巡査を呼び止めたのはなぜ？　それも偽装工作だって言うの？　署長さん、〈刑事コロンボ〉の見すぎじゃない？」

署長は聞き流すことに決めたようだ。「マックスを匿っているのなら、もしくは、居所を知っているのなら、あんたたち二人を徹底的に追及してやる。正直に白状する最後のチャンスだぞ。マックスはどこだ？」

「知りませんってば」わたしは言った。

「わたしを見ないで」グレースが言った。「マックスがベーコンで仕立てたスーツを着てて、野犬の群れに襲われたとしても、助ける気なんかないわ」

署長は首をふった。「スザンヌ、ダーリーンの身に何があったかは知らんと、いまでも言い張る気かね？」

「どっちを非難してるの、署長さん？　わたしか、もとの夫か。ミュリエルはどうなの？

まだ見つからない？　容疑者リストからはずした？　それとも、まだリストに入ったまま？」

「スザンヌ、質問するのはきみではない。わたしだ」

「何がどうなってるのか、きちんと話してくれたら、協力できるかもしれない」わたしは言った。

署長はわたしの頭を嚙みちぎってやろうかという顔になったが、どうやら気が変わったらしく、荒々しい足どりでドアへ向かった。グラント巡査が何か言いたそうな様子だったが――わたしのほうを見る表情から、それは明らかだった――その機会がなかった。

署長がドアのところで足を止め、グラント巡査をどなりつけた。「帰るぞ。さあ」

二人が出ていったあとで、グレースが言った。「まったく図々しい男。入ってきたと思ったら、別れた夫を匿ってるだろうなんて、わたしたちを疑ったりして。失礼なやつ」

わたしはむずかしい顔になった。「聞いてくれる？　失礼じゃないのかも。マックスがわたしのところにきてたら、わたし、署長が言ったように匿ってたかもしれない。そして、あなたにも協力を頼んだと思う。マーティン署長がどう考えようと、マックスがダーリーン・ヒギンズを殺したなんて、ありえないと思う。彼が刑務所に放りこまれるのを阻止するためなら、わたし、署長の疑ってたような行動をとらないとは言いきれないわ」

グレースは言った。「あの署長、あなたがダーリーン・ヒギンズ殺しに関係してるみたいな言い方だったわね。どう？」

わたしは下唇を噛み、それから答えた。「あなたも気がついた？　署長はわたしのアリバイを信じてない感じね」

グラント巡査がくれた情報を危うく洩らしてしまうところだった。そんなことになったら、わたしの信用はガタ落ちだ。でもグレースは何も気づかなかったかも。

「署長にアリバイを訊かれたの？　知らなかった」

「まあ、それが当然だもの。違う？　わたしにはダーリーンの死を望む理由があるって、署長が思う気持ちもわかるのよ。ねえ、聞いて。事件に首を突っこむのはやめようって、極力がんばってきたけど、もう選択肢がないみたい。署長がわたしとマックスを有力容疑者扱いする気なら、そろそろ、わたしのほうで真犯人捜しを始めなきゃ」

「そうこなくちゃ」グレースが言った。「どこから始める？」

「いまからジョージに電話するわ。よかったら、あなたも参加して。前にもやったでしょ」

グレースはうなずいた。「まかせといて。なんだってやるわよ。任務を与えてくれれば、全力でとりくみます」

「ジョージがくるまで待ちましょう。ねっ？」

「オーケイ。わたし、さっきのブースに戻るけど、用があったら大声で呼んでね。すぐ飛んでくるから」

ジョージ・モリスに電話しようとしたとき、当人が店に入ってきた。

「話があるの」

ジョージはうなずき、それから尋ねた。「まずドーナツを食べてもいいかね？　それとも、緊急事態かい？」

「ドーナツを一個か二個食べるぐらいの時間はあると思うわ」彼のためにコーヒーのカップを出し、揚げたばかりのアップルシナモン・ケーキドーナツを二個とりながら、わたしは言った。「あなたを飢え死にさせるようなことはしたくない」

「わたしだってしたくないよ」

ドーナツをひと口かじり、コーヒーを飲んだあとで、ジョージは言った。

「これで人心地がついた。さてと、重大な用というのはなんだい？」

「ちょっと待って」店内にかなり客がいるので、いまからやろうとしていることをみんなに吹聴するようなまねは避けたかった。カウンターで全員の注文をさばいたあと、つぎの客の波が押し寄せてくる前に、ジョージとの話を終えてしまわなくては。雪が降ると、エイプリル・スプリングズの人たちはなぜかドーナツが食べたくなるらしい。

ふたたびジョージのほうを向いたとき、ダーリーンのいとこのテイラー・ヒギンズが入ってくるのが見えた。

彼がカウンターにくるまでに、わたしはコーヒーの用意を終えていた。

「おはよう」と、思いきり明るい声で彼を迎えた。わたしも悩み多き人間ではあるが、テイラー・ヒギンズは親しいいとこを亡くしたばかりだ。わたしが最近経験したどんなことより(ジェイクに捨てられたことも含めて)、そのほうが辛いだろう。「元気?」

「いや、あんまり」テイラーは言った。「ここにきたのは、いとこの件でね。犯人捜しに警察が全力をあげていないような気がして心配なんだ」

「どう言えばいいのかわからない」

「そうだね。きみの問題じゃないもの。もう少ししたら、警察へ行ってマーティン署長と少し話をしようと思ってるんだが、まず、勇気をふるいおこすために、ここに寄ることにしたんだ」

「コーヒーより効果のあるものが出せるといいんだけど」

「ありがとう。そう思ってもらえるだけで感謝だが、どっちみち、ぼくは禁酒中でね」テイラーはドーナツをことわったあとで、コーヒーだけ手にして、窓辺の席についた。

わたしはジョージに視線を戻した。わたしがジョージと話をするのを署長が喜ばないのはほぼ確実だし、この二、三年、わたしは署長の機嫌を損ねてばかりだったので、これ以上それを繰り返すのは避けたかった。

声をひそめてジョージに言った。「グレースの席へ行ってすわっててくれない? 彼女も協力してくれるんだって」

「そりゃまた驚きだ」ジョージはそう言って軽い笑みを浮かべた。

しばらくしてから、わたしも二人の席へ行った。

「お客さんをほっといていいの？」グレースが訊いた。

「大丈夫よ。エマに話をしたら、わたしのかわりに売場を担当してくれるって。あの子、接客が苦手なんだけど、こんな重大な話しあいを閉店まで待つわけにいかないものね」

ジョージがうなずいた。「オーケイ、あんたはわれわれをここに呼びよせた。つぎはなんだね？」

「過去にやったことと比べると、はるかに複雑な事態になりそうよ」わたしは言った。「三人の人間の人生を調べる必要があるけど、こっちも三人しかいない。今回も本当に手伝ってもらってかまわないの？　またまた苦境に立たされそうな気がするけど」

グレースが言った。「スザンヌ、頼む必要もないわ。あなたのために集まったんだもの。わかってるでしょ」

ジョージも同意のしるしにうなずいた。「何を考えてるのか、とにかく話してくれ」

わたしは注意深く彼を見て、わたしが警察の捜査に首を突っこむことを彼がひどく警戒しているのに気づいた。なにしろ、ジョージ自身がもと警官だ。

「何か不都合な点でもあるの？　もしそうなら、この件から手をひいてくれてもぜんぜんかまわないのよ」

ジョージはテーブルの上でしばらくマグを動かしていたが、やがて言った。

「スザンヌ、わたしはあくまであんたの味方だが、正直なところ、ときどき、あんたのために警察の様子を探る安っぽいスパイになったような気がするんだ。マーティン署長がジェイクを呼び寄せる可能性はないのかね？　捜査状況を知るには、わたしよりそっちのほうが強力なパイプラインになると思うが」

わたしが口止めする暇もないうちに、グレースが勝手にしゃべりだした。

「そりゃそうだけど、ゆうべ、ジェイクがやってきてスザンヌに別れ話を切りだしたの。心配しないで、ジョージ。助っ人なら、ほかに誰か見つけるから。気に入らなきゃ、抜けてくれてかまわないのよ」

「ちょっと待って」わたしは言った。「ジョージにそういうきつい言い方はやめてよね。ジョージは最近、あちこちで用があって忙しい人だから、わたしたちに協力するのは都合が悪いって言うのなら、それはそれでかまわないの。わかった？」

グレースが言った。「わたしが言いたいのは、こっちの味方になるのか、ならないのか、はっきりさせてほしいってこと」

ジョージはしかめっ面でグレースを見た。「ああしろこうしろと、いちいちあんたに指図されるいわれはないと思うが」

グレースは肩をすくめた。「スザンヌにはわたしの助けが必要なの。あなたがどう思おうとわたしには関係ない。とにかくスザンヌに協力するわ」

「わたしもだ」ジョージはテーブルに片手を叩きつけた。すごい音だったので、店じゅうの人がこちらを見たが、火花が散るのはここまでとわかると、みんな、自分たちの会話に戻っていった。

わたしは言った。「もうたくさん。二人とも、こっちにきてちょうだい」

ジョージとグレースがついてくるかどうか、ふりむいて確認しようともせずに、厨房へ向かった。ついてきてくれなかったら、こちらの面目丸つぶれだが、ホッとしたことに、二人とも言われたとおりについてきた。

「さてと、わだかまりはこの場で消しておきましょう」

グレースが言った。「あなたの身を守ろうとしてるだけなのよ」

わたしはグレースの手をとった。彼女の首を絞めてやりたい誘惑を退けるために。「グレース、ジョージもわたしの友達なの。彼が誠実な友達だってことを二度と疑わないで。わかった？」

グレースは神妙な顔になった。「はい、了解」

わたしが黙りこんだままだったので、グレースはこちらの言わんとすることを察して、握られていた手をおろした。彼女がジョージのほうを向いたとき、どんな場面が展開することになるのか、わたしにも予測がつかなかったが、うれしいことに、グレースはおだやかな声で言った。

「ジョージ、意地悪なことを言ってごめんなさい。ゆうべ、わたしの家に何者かが押し入ったの。町で起きてる事件と関係があるような気がする。あなたが協力を渋る口ぶりだったから、つい頭にきてしまったの。反省してるわ。どうか許して」

グレースのこういうところをわたしは尊敬する。心のなかを正直に打ち明けるとき、その誠実さは疑いようがない。これがたぶん、すぐれた営業ウーマンになるための資質のひとつなのだろう。

ジョージはうなずき、つぎに、ぶっきらぼうに言った。

「家宅侵入の件は災難だったな。誰かが無断で自宅に入りこんだとわかって、きっと不快な思いをしたことだろう。プライバシーを冒瀆されるようなものだ。違うかね？」

グレースは言った。「まさにそうだわ。どこで聞いたの？」

「わたしはもと警官だよ。覚えてるかい？　世間がどう思ってるか知らんが、人の気持ちも推し量れないような人間に、警官の仕事は務まらん」

「そうでしょうね」グレースは言った。

「さてと、何を告白すればいい？」ジョージはわたしに訊いた。

「わたしが知ってることは何も言わなくていいわ。どうして？　良心の呵責に苛まれてるとか？」

「わたしが？　いいや。夜は赤ん坊みたいに熟睡してる。あんたがわたしを奥に連れてきたのは、何か訊きたいことがあるからだと思ったんだが」

言うべきかどうか迷ったが、友達を相手にするときは、いちばん楽な選択が最上の選択とはかぎらないことに気がついた。「あなたのことが心配なの。テーブルに手を叩きつけるなんて、これまでのあなたからは想像できない。何かあったの？」

「いや、何も」ジョージはそう言ったが、声にためらいがあった。黙って聞き流す気にはなれなかった。

「ジョージ、ほんとのことを話して」

グレースが言った。「ちょっと失礼していいかしら。わたしのコーヒーが冷めてしまう」

グレースが出ていったので、わたしたち二人だけになった。もうひと押しすることに決めた。「ジョージ、わたしになら何を話しても大丈夫なことはわかってるでしょ。友達なのよ」

「まあな。ときとして、そこが問題だ。どうだね？」狭い厨房のなかを行きつ戻りつしながら、ジョージは言った。

「どういう意味かよくわからない」彼の奇妙な言い方に、わたしはすっかり面食らった。

ジョージは歩きまわるのをやめ、その場に立ってわたしを見た。

「署長がさまざまな事実に気づいてないと思うかね？　あんたがどう思いこんでいるかは知らんが、あの署長は優秀な警官だ。あんたが思ってる以上に、多くのことを見ているんだよ」

そんな可能性は考えたこともなかった。「何が言いたいの？　わたしとの友情のせいで、警察とのコネがまずいことになってるとか？」

「スザンヌ、コネじゃない。みんな、わたしの友達なんだ。ところが最近、わたしの忠誠心はどこを向いているのかという不満が聞こえてくるようになった。わたし自身もときどき、考えこむことがある。法執行機関の人間は兄弟のごとき絆で結ばれていて、ときどき、わたしはそれにつけこんでいるわけだ」

ジョージの口からこんな長いスピーチを聞いたのは初めてだった。彼の肩に軽く手を置いた。「ジョージ、友情を裏切ってほしいなんて、わたしはぜったい頼まない。それはわかるでしょ？」

ジョージはうなずき、胸を張った。「わかってるとも。だが、ときどき、警察の連中にはわかってないんじゃないかと思うことがある」深く息を吸いこみ、それから言った。

「いいかね、わたしが必要なら、いつでもここに飛んでくる。探りだせることはすべて探りだすつもりだ」

「いくらわたしのためでも、後戻りできないようなまねはしないで」

「そんなことをするとは言ってないよ。だが、差しさわりのない範囲であんたに協力できるなら、やるつもりだ」

わたしが反対しようとすると、ジョージはさらに続けて言った。

「スザンヌ、あんたはわたしの母親でも、上司でも、精神科医でもない。友達なんだ。わたしが力を貸そうと決めた以上、あんたにはもう止めることはできない。さてと、席に戻って朝のドーナツを食べてもいいかね？　やってもいないことで放課後に居残りをさせられる子供になったような気分だ」

「行ってちょうだい。ドーナツを食べてきて」わたしは笑いながらジョージのあとについて、売場のほうへ戻った。ジョージは自分の席へ向かったが、わたしはレジの番をしているエマのところで足を止めた。

「よかった。交替してくれるのね」エマが言った。

「ちょっと無理。まだ少し話が残ってるから。ここはあなた一人で大丈夫ね？」

エマはおおげさに親指を立ててみせて、それから言った。「接客があたしの職務範囲に含まれるのなら、バイト料をあげてほしいな」

「わたしだったら、ポニーがほしい。でも、どちらの願いも叶いそうにないわね」

グレースたちの席へ行くと、二人とも黙りこんでいて、期待に満ちた目でこちらを見た。わたしは深く息を吸い、それから言った。「まず、大事なことから。もうわだかまりは消えた？」

二人から同意のうなずきがあった。わたしが望んでいたことだ。これでひとつのチームになれる。

「オーケイ。では、わたしの考えを聞いてちょうだい。マックスの失踪について調べる必要がある。それから、ミュリエルが突然姿を消した件も。その調査と並行して、ダーリーンの人生に探りを入れ、彼女の死を望む人物を突き止める必要がある。また、ミュリエルの人生を調べる必要もある。なぜなら、ダーリーンを殺した犯人はミュリエルを狙っていたのかもしれないから」

グレースが言った。「そんな間違いをする人間がいるなんて、ほんとに思ってるの？　二人は似ても似つかないタイプだわ」

「地面に倒れたダーリーンの姿を、あなた、見てないものね」わたしは言った。「わたしだって、ダーリーンの着けてたウィッグがずれて下から金髪がのぞくまで、彼女だとは気づかなかったのよ。じつはね、ダーリーンはマックスが演出する芝居に出たくて、ミュリエルと張りあってたの」

「なるほど」ジョージが言った。「で、誰が何を担当すればいい？」

「わたしの案をざっと話すわね。グレース、ダーリーンとミュリエルの経済状態について、なるべく目立たないように尋ねてまわってちょうだい。借金はなかったか、高額の生命保険に入っていなかったか、預金口座に大金が残っていないか。金銭がらみで動機になりそうなことがあったら、片っ端から調べてもらえると助かる」

「ダーリーン・ヒギンズに多額の遺産があるなんて、想像できない」グレースは言った。

「正直なところ、わたしも想像できない。でも、推測は禁物よ。事実を探りださなきゃ」

「できるだけやってみる」グレースは言った。腕時計に目をやり、それからつけくわえた。「話をする必要のある人たちは、たぶん、ほとんどまだ寝てるでしょうね。電話をかけるのは、あと二、三時間待たなきゃ」

ジョージは数秒ほどわたしをじっと見て、それから尋ねた。

「さて、わたしにはどんな任務を割りあてる気だね？」

「ほんとにやってくれるの？」

ジョージはうなずいた。「何をしたらいいか言ってくれ」

わたしは深呼吸をしてから答えた。「いちばん大変なことをお願いしたいの。マックスとミュリエルを見つけてちょうだい」

「それなら、署長が警察の連中を使って必死にやっている」

「わかってる。でも、あなたほどの経験と技術を持った人は他にいないわ」

「お世辞は言わなくていい、スザンヌ、すでに協力すると言ったんだから」お世辞に照れているものの、ジョージがうれしがっているのはかなり明白だった。

「ほんとのことを言ってるだけよ」

「はいはい、なんなりと」ジョージは席を立ち、ドアのほうへ向かった。

途中で足を止めた。「朝食代はいくらだね？」

「店のおごりよ」

ジョージはうなずいて、ドアから出ていった。最近の彼は、無料でドーナツを食べることにあまり抵抗を感じなくなってきているようだ。彼の職歴と、警官はドーナツが大好きという世間の定説を考えると、わたしはいつも思わず笑ってしまう。

残るはわたし一人。町をまわって、人々の噂のなかから、ミュリエルとダーリーンに関するゴシップを残らず拾うことにした。ならば、わたしの行き先はひとつしかない。となりのギャビー・ウィリアムズの店だ。

となりがまだ開店前で、まことに残念だった。

グレースもわたしと同じことを考えていたに違いない。

「ギャビーと話をしなきゃ。そうでしょ？」

「ええ。でも、それはあとでいいわ。わたしたちにまず必要なのは、髪の手入れをしてもらうこと」

「スザンヌ、そんなことしてる暇があると思うの？　何があったかを突き止めるために、ジョージが手がかりを捜しまわってるのよ」

わたしはグレースにニヤッと笑ってみせた。「どこへ行くのか、まだ言ってなかったわね。いまから、ウィルマ・ジャクソンの〈ヘアサロン・カットニップ〉に電話して、二人分の予約をとるのよ」

「わたしまでひきずりこまないで」グレースはエレガントにセットした髪を両手でかばった。

「じゃ、こうしましょ。予約はわたしの分だけにするから、あなたはついてくるだけでいい。いかが？」

「だったら、まだましね」

「どうしてそんなこと言うの？」

「町なかで、まったく同じ髪型の女性を見かけたことはない？　共通点がひとつあるのよ。みんな、〈カットニップ〉に通ってるの」

「べつに悪いことじゃないでしょ？」そう言いつつも、わたし自身の手は愛しのわがポニーテールのほうへ伸びていた。

「いまの言い方はちょっとおおげさだったかも」グレースは言った。

長い沈黙ののちにつけくわえた。「でも、ひょっとすると、おおげさじゃないかもね」

〈カットニップ〉に電話をするとき、指が少々震え、心の片隅で、七月の末まで予約が詰まっていればいいのにと思った。

あいにく、キャンセルがあったばかりで、十五分後にわたしの予約がとれた。

売場のほうをもうしばらく担当してほしいとエマに頼むと、「どこに行くの？　用事なら、あたしがかわりに行ってもいいわよ」と言われた

「〈カットニップ〉へ行って髪をセットしてもらうの。そうすれば、ダーリーンのことを探

れるから」わたしは声をひそめて答えた。

「なるほど。じゃ、行ってきて。どうぞごゆっくり。なんだったら、正午にお店を閉めるのもあたしがやっておく」

わたしは首をふった。殺人事件の調査という名のもとにわたしの髪がどんな目にあわされるやら、という不安で頭がいっぱいでなかったら、思わず笑いだしていただろう。これしか方法がないのだと、自分に言い聞かせる必要がある。そうすれば、美容院の椅子から逃げださずにすむかもしれない。さもないと、ウィルマがわたしの髪を拷問にかけるあいだ、わたしを拘束しておくための頑丈なストラップが必要になるだろう。

美容院のドアのところで躊躇したとき、なかから女性が出てきた。ウィルマお得意の逆毛を立てたヘアスタイルだった。大きく膨らんでいて、現代より六〇年代のほうがぴったりの感じ。

「ねえ、ちょっと聞いて。この作戦に自信が持てなくなってきた」わたしはグレースに言った。「ほんとにやる価値があると思う?」

「もうっ、赤ちゃんみたいなこと言わないの」グレースがわたしをドアのほうへ軽く押しやろうとした。

「わたしが赤ちゃんだって言うなら、わたしのかわりにあなたが髪をセットしてもらったら？」

グレースはわたしにしか聞こえない低い声で笑った。「スザンヌ、まじめな話、わたしがそこまで物好きな女に見える？」

辛辣な皮肉のこもった返事を思いつく前に、手遅れになっていた。もう二人とも店のなかにいた。

ウィルマの美容院には椅子が五つあって、そのうち四つに客がすわり、ほかに待っている女性が一人いた。店内は忙しそうだった。誰もすわっていないあとひとつの椅子には、黒いスモックがかかっていて、赤で〝ダーリーン〟と刺繍してあった。

わたしたちが入っていくと、ウィルマが会釈をよこした。四十代に両手でしがみついている女性で、ぴっちりした黒のストレッチパンツをはいている。スモックの下からヒョウ柄のブラウスがちらっと見えた。赤く染めた髪は逆毛でふくらませてあり、まるで巨大なボールのよう。なるほど、客のヘアスタイルを考えるさいには、自分の髪を参考にすればいいわけだ。

「あら、お久しぶり。ドーナツ・レディじゃないの」ウィルマが言った。「ついにそのポニーテールを卒業して、大人っぽい髪型にする決心がついたの？」

わたしは髪に手をやった。「今日は、どんなスタイルがいいか相談しようと思って寄っただけなの」嘘をついた。「でも、大胆なイメチェンをするつもりはないのよ。慣れるのに時間がかかるでしょ。とりあえず、シャンプーとカットだけお願いできる？」

ウィルマは宙でハサミをふりまわし、目下担当している客の左の耳たぶを危うく切り落としそうになった。「あのね、うちの店では、車のオイル交換以外ならなんでもやるのよ」

グレースとわたしが椅子に腰をおろすと、ウィルマは言った。

「あなたはどう、グレース？ 軽くセットしなおす？」

「ううん、いいの。スザンヌの新しいヘアスタイルについて意見を言うためについてきただけだから。スザンヌって、何をするにもわたしのアドバイスがほしい人なの」

グレースの足を蹴飛ばしてやったが、ほかの人は誰も気づかなかった。

ウィルマはグレースをじっと見て、それから言った。

「じゃ、そのままにしておきましょう。こんなこと言って気を悪くしないでほしいんだけど、流行を追いかけすぎてて、わたしのセンスに合わないわ」

わたしは笑いをこらえようとして、むせてしまった。数秒たってから、ようやく咳が止まったが、美容院にいるほかの人々から妙な目で見られていた。

グレースが言った。「ほんとのことを言いましょうか。あなたのヘアスタイルが誰にでも似合うとはかぎらないのよ、ウィルマ」

美容院のオーナーはうなずいた。「そこに気がつくなんて、頭のいい人ね。でも、自分を卑下しちゃだめよ。なかなかすてきな髪型だわ。あなたにできる範囲でって意味だけど」

何か辛辣な言葉が返るものと期待したが、グレースはどうにか笑みを浮かべて、こう答えただけだった。「あなたの口から出ると、まさに本物の賛辞だわ」

わたしは思わずグレースを見たが、グレースは涼しい顔だった。

ウィルマがハサミをもうしばらく使ってから、椅子にすわった女性のケープをはずした。料金を受けとったあとで、わたしのほうを向き、椅子を軽く叩いて笑顔で言った。

「あなたの番よ」

「あの人は？」わたしたちより前にきていた女性のほうを指さして、わたしは尋ねた。

「サリーのこと？　メアリ・フランを待ってるの。セットもカットもなし。さあ、恥ずかしがらないで。嚙みついたりしないから」

そうね。でも、賭けてもいいけど、きっとハサミが嚙みついてくるわ。しぶしぶ椅子にすわると、ウィルマがケープをかけてくれた。

わたしに指示をよこした。「さあ、仰向けになって、シンクに頭をつけてね。まず、きれいにシャンプーしましょう」

「髪ならゆうべ洗ったわ」わたしは抵抗した。突然、ここにきたのがいい考えだったと言えるかどうか、疑問になってきた。

ウィルマは鼻をクンクンやってから言った。「こんなこと言っては失礼かもしれないけど、ドーナツみたいな匂いがするわよ、スザンヌ」

「もっと不快な匂いだっていっぱいあるわ」わたしは言った。

ウィルマはわたしの肩を軽く叩き、そのついでに、わたしを仰向けにして首がシンクの縁に届くようにした。「はい、リラックスしてね。痛くも痒くもないから」

それじゃ困るのよ。何をされてもわからないもの。

ウィルマが髪にお湯をかけるあいだに、わたしは言った。

「ダーリーンのことだけど、ほんとに気の毒だったわね」

髪がきつくひっぱられたのは、わたしの意見に対するコメントがわり？

ウィルマが言った。「あら、ごめんなさい。髪のもつれに指がひっかかってしまった。ええ、ダーリーンの死を悼むために店を一週間閉めてはどうかと、さんざん考えたんだけど、ダーリーンはきっと営業を続けてほしがったと思うの」

「そうよ」美容師の一人が宙でハサミをふって、自分の意見にアクセントを添えた。「まさに美容師の鑑《かがみ》だったわ」

「こんなこと言っちゃなんだけど、あなたの口からダーリーンへの同情の言葉を聞こうとは思わなかったわ、スザンヌ・ハート」

わたしが反論しようとすると、ウィルマはさらに続けた。「非難してるわけじゃないのよ。ダーリーンはマックスに夢中だったでしょ。あなたも認めるしかないと思うけど、彼って、その魅力で誰でもとりこにしてしまうタイプだし」

「たしかに魅力的な男ね。それは否定しない」癇癪を起こさないよう我慢して、わたしは言った。ここにきたのは情報を得るためで、もと夫のわずかな名誉を守るためではなかったはずなのに。

「ここだけの話だけど、彼って、運転免許をとったその日から、問題ありだったわねえ」ウィルマは言った。「ダーリーンにも注意したのよ。ところが、あの子、耳を貸そうとしなかった」

ウィルマがわたしの髪にシャンプーをふりかける前に、不意にその香りが漂った。バナナとアプリコットの香り。強烈かつ刺激的。できることなら、ドーナツの匂いのままでいたかった。

わたしの頭皮にシャンプーをすりこみながら、ウィルマが言った。

「ほらね、気持ちいいでしょ?」

「え、ええ……」自分が何を口走るかわからないので、そこまでにしておいた。

ウィルマがシャンプーを洗い流すあいだに、もう少し探りを入れることにした。

「ウィルマ、ダーリーンを恨んでた人間を誰か知らない?」

「あなたのほかにって意味?」

無実を主張したいという衝動をふたたび抑えこんだ。「ええ、わたしのほかに」

「あなたがそんなこと訊くなんて変ねえ。署長さんにも同じことを訊かれたのよ」

「なんて答えたの？」シャンプーの泡が飛んできたのを目から払いのけながら、わたしは尋ねた。

ウィルマは考えこむ様子を見せ、それから答えた。

「ダーリーンとトラブルになった人は誰もいないわ。ほんとよ。マックスと一回だけ小さな過ちを起こしたのをべつにすれば、ちゃんとした子だった」ウィルマはわたしの身体を起こし、濡れた髪をタオルで包んでから、こちらの顔をしばらくじっと見た。「そうねえ、あなたにいちばん似合うカットは、わたしがデザインした特製のスタイルだわ。名づけて〝カスケード〟。ラッキーだと思わない？　すてきに変身できるわ。子供っぽい雰囲気が消えて、ようやく年齢にふさわしい感じになれるのよ」

もう我慢できない。ウィルマの〝カスケード〟がエイプリル・スプリングズを歩きまわるのを何度も見てきたから、わたしまでそのスタイルにされるなんて、ぜったいごめんだ。時計をちらっと見あげた。

「わ、大変。もうこんな時間？　ウィルマ、申しわけないけど、もう行かなきゃ。歯医者さんの予約があるのをすっかり忘れてた。またあらためてくるわ。約束する」そう言いながら、タオルで頭をゴシゴシこすり、タオルとケープをウィルマの腕に押しつけた。「シャンプー代、十ドルだった？」

「二十ドルよ」ウィルマが冷たく言った。

「えっ、ほんと？」わたしは薄い財布から十ドル札をもう一枚ひっぱりだした。「じゃ、はい。急がなきゃ」

ドアのところでグレースが待っていた。二人で美容院の外に出てから、わたしは寒さに震え、まだ濡れている髪を指でほぐした。凍えそうに寒くて、タオルを置いてきたことをたちまち後悔した。

グレースがわたしを見てニッと笑った。「肺炎になるわよ。わかってる？」

「ウィルマ特製の髪型にされるより、そのほうがまだましよ。あんなものを〝滝《カスケード》〟と名づけるなんて、図々しい女。わたしに言わせれば、むしろ〝雪崩〟だわね」

美容院のドアがひらき、美容師のシンシア・トレントがタオルを持って出てきた。わたしはシンシアの兄のトムと学校が一緒だった。トムは優等生で、デューク大へ進学し、いまはシャーロットで医者をしている。学校時代、ほとんどの女の子は不良っぽい男の子に憧れたもので、当時の選択をほとんどの者が後悔している。いまのわたしが知っていることを、あのころから知っていたなら、デートの相手には数学専攻の男の子を選び、俳優志望やロックかぶれの子には近づかないようにしただろう。

「よかった、まだここにいたのね」シンシアはそう言ってタオルを渡してくれた。

「ありがとう、シンシア。命の恩人だわ」乾いたタオルで髪を拭いた。ある程度水分をとっておけば、家に帰ってドライヤーを使うまでどうにか耐えられるだろう。

彼女にタオルを返しながら、わたしは言った。「すごく助かった」

「ウィルマったら、さっき、嘘をついたのよ」そばにはグレースしかいないのに、シンシアは思いきり声をひそめて言った。

「シャンプー代、ほんとは十ドルなの？　やっぱりね」

シンシアは首をふった。「それは二十ドルで間違いないの。嘘というのはそのことじゃないわ。ダーリーンを恨んでた人間がエイプリル・スプリングズに一人いるの。少なくとも、わたしは一人だけ知ってる。あなたに話しておかなきゃと思って」

# 7

「誰のこと？」グレースが訊いた。

シンシアは背後の美容院のドアにちらっと目をやり、それから正直に答えた。「ウィルマその人よ。ウィルマはダーリーンが美容院のお金をくすねてると思ってて、彼女が殺される少し前に大喧嘩をしたの。わたしの意見を言うなら、それからしばらくしてダーリーンが殺されたなんて、偶然にしてはできすぎじゃないかしら。そう思わない？」

「ほんとね」わたしは言った。「でも、どうして教えてくれたの？　警察にはもう話した？」

シンシアは〝頭がおかしいんじゃない？〟と言いたげにわたしを見た。

「ご冗談でしょ。署長はわたしの大ファンってわけじゃないから、たぶん信じてくれないと思う。卒業式の夜に時計台をピンクに塗ったのはわたしだって、いまだに思いこんでて、あれ以来、ぜったい許してくれないのよ」

わたしは肩をすくめた。「同じ身の上ね。わたしも署長にあまり気に入られてないの。それでも、重大な情報を握ってたら、それを署長に伏せておくようなことはしないわ。ねえ、その情報は重要よ」

美容院のドアがあいて、ウィルマが出てきた。「スザンヌ、たしか急ぎの用があったんじゃない？」

「そうなんだけど、髪がまだ乾いてなくて、シンシアが親切にタオルを持ってきてくれたの。ほんとに優しい子」

ウィルマはシンシアに視線を向けた。「ええ、ちょっと見は天使ね。さらにつけくわえるなら、お客さまを椅子にすわらせたまま待たせてる天使」

「すみません、すぐやります」シンシアはあわてて店内に戻っていった。

「わたしたちも行かなきゃ」わたしは言った。

「グレースも同じ時間に予約をとってるなんて、まったく都合のいいことねえ」ウィルマが言った。スプーンからハチミツが垂れるように、その言葉から皮肉が滴り落ちていた。

「道路の除雪が完全に終わるまで自宅待機するようにって、社の上司から指示が出てるから、今日はスザンヌにぴったりくっついてすごすことにしたの。けさなんか、ドーナツ作りまで手伝ったのよ」

真っ赤な嘘だが、わたしは何も言わないことにした。笑顔でうなずくだけにしておいた。

「行きましょ、グレース。歯医者の予約のあとはマニキュアよ」

「喜んでつきあうわ」

二人でフライ先生の歯科医院へ向かった。医院のドアに近づいたところで、うしろを見ると、ウィルマがまだ店先に立ってこちらを監視していた。選択の余地なし。歯科医院に入るしかなかった。

わたしたちを見て、受付のヴィッキーが驚いた顔になった。

「あら、今日は二人とも予約リストに入ってないけど」

「歯のクリーニングを予約したいの。どこかに空きがないかと思って」

ヴィッキーは目の前の予約ノートにざっと目を通した。

「七月以降ならいくつか空きがあるわ」

「七カ月も先？　ほんとなの？」

「ほんとよ。週に四日しかやってないから、患者さんたちの希望に応じるのに時間がかかるの」

「週に四日とは知らなかったわ。おたく、スタッフ募集はやってないの？」わたしは訊いた。

「わたしなんて、週に七日も働いてるのよ」

ヴィッキーは笑った。「ううん、人手は足りてる。でも、訊いてくれてありがとう。お二人の予約、八月に入れておく？」

グレースが言った。「わたし、手帳でスケジュールをチェックしないと。八月にこの町にいるかどうかもわからないし」

「あとで連絡をくれればいいわ」ヴィッキーは言った。「でも、なるべく早くしてね。うちの予約はどんどん埋まっていくから」

わたしは歯科医院のドアから顔を出して、ウィルマがまだ目を光らせているかどうか見てみたが、とりあえず危険は去ったようだった。グレースを外へひっぱりだし、ドーナツショップのほうへ向かった。

「調査はまだ終わってないでしょ？」グレースが言った。

「うん。でも、髪を乾かさなきゃいけないから。洗面所にエマがドライヤーを置いてるのを、たったいま思いだしたの」

「エマはなんでドライヤーなんか置いてるの？」

「夏になると、あの子、ときどき濡れた髪のままで店に出てくるの。店にきてからドライヤーを使うのよ」

「あなた、それを許してるわけ？」

わたしは肩をすくめた。「腕のいいアシスタントはなかなか見つからないのよ。そういうのって、ほんとは大目に見ちゃいけないんだろうけど、全体的に見れば、よく働いてくれるし、殺人的な労働時間にも、充分とは言えないバイト料にも、文句ひとつ言わない子よ」

「あなたがそれでいいのなら。部下に甘いのね」

わたしは笑った。「そっちこそ、安定した大企業で長年甘やかされてきた人でしょ。現実

なんて一度休暇なんかとっていられないという。ダンスのアイドル

の世界はもう少しきびしいのよ」

「反論はしません。わたしが前々から言ってるじゃない——自分で商売をやろうとするなんて、あなたもどうかしてるって。重大な決断はほかの人にまかせたほうが気楽よ。たとえば、給料をいくらにするかとか、年間の有給休暇を何日にするかとか」

「休暇？　なんなの、それ？　ドーナツショップをやるようになってから、休暇なんて一度もとってないわ」

「だったら、ここらでとってもいいんじゃない？　何もかも投げだして、お店を閉めて、カリブ海のアルバ島へ出かけましょうよ。わたし、一時間で支度できるわ」

「悪いけど、あなたみたいに融通の利く身じゃないのよ。たとえ、旅費が工面できるとしても。ま、無理だってことは二人とも知ってるけど。こっちでやらなきゃいけないことがたくさんあるしね。とくに、マックスの件。中途半端なまま見捨てるわけにはいかないわ」

「あら、ほっときなさいよ。あなたのために何をしてくれた？　あなたのハートを砕いて、二度ともとに戻せないんじゃないかと思うほど粉々にしただけでしょ？」

「そういう問題じゃないわ、グレース。わかってるくせに。わたしたち、一度は結婚してたんだし、悪いときばかりじゃなかったわ。わたしで力になれるなら、なってあげたいの。でも、あなたが気候温暖なビーチへ出かけて、冷えたカクテルを飲みながらホットな夜をすごしたいなら、わたしのことは気にせず、どうぞ」

「一人で出かけても、ぜんぜん楽しくない」グレースは正直に言った。

「元気出して。いつか二人で行けるから。でも、いましばらくは無理ね」

「はいはい。だけど、約束は守ってもらうわよ」店が近くなってくると、グレースはためらい、そして尋ねた。「髪を乾かしたら、そのあとどうする？　すでに考えてる？」

「しばらくカウンターの番をしなきゃ。でも、そのあとの計画は立ててあるのよ」

「どうするの？」

「まだ教えてあげない」

「なんで？」

「びっくりさせたいから」わたしはそう言いながら〈ドーナツ・ハート〉に入っていった。なかには誰もいなかった。アシスタントのエマも含めて。

数秒後、エマが売場に出てきた。

少なくとも、わたしたちに気づいてきまりの悪い顔になるだけの嗜みは備えていた。

「すみません。トイレに行きたかったの。でも、誰もこなかったみたい」

「どうしてわかるの？」店内を見まわしながら、わたしは言った。「ここにいなかったんでしょ」

「音でわかるもの」エマは店内をすばやく見まわし、ホッとした顔になった。「ほらね？　何ひとつ変わってないわ」

つた。
のぞきこむまでもなく、エマが奥にいたあいだに何者かが店に入って盗みを働いたことがわかった。
エマは傍目《はため》にもわかるほどうろたえて、〝ノー・セール〟のボタンを押した。引出しをのぞきこむまでもなく、エマが奥にいたあいだに何者かが店に入って盗みを働いたことがわかった。

「レジを調べてみた？」

「スザンヌ、ほんとにごめんなさい。どう言えばいいのかわからない」エマはいまにも泣きだしそうな顔だし、わたしも似たようなものだった。だが、エマに悟られるわけにはいかない。

「心配しなくていいのよ。あなたのせいじゃないんだから」

「じゃ、誰のせい？」グレースが訊いた。わたしはこの瞬間、三人全員の思いを口に出してしまった彼女を絞め殺してやろうかと思った。

グレースはミスをしたことをすぐさま悟った。「そんなつもりで言ったんじゃないのよ、エマ。ごめんね」

わがアシスタントは、これ以上悲痛な思いはできないという表情だった。

「ううん、あなたの言うとおりだわ。レジを無人にしてなきゃ、お金を盗まれずにすんだのに。ドアに〝休憩中〟って札を出して、ロックしておくべきだった。こんな小さな町にも犯罪があるってことを、あたし、ときどき忘れてしまうの」

わたしはエマの肩を軽く叩いた。「あまり自分を責めないで。そもそも、わたしが〈カットニップ〉へお節介な調査に出かけたりしなければ、ここでレジの番をしていたはずだもの。どっちにも責任ありだわ」

グレースが訊いた。「スザンヌ、警察に電話して、この件を知らせたほうがいいんじゃない？」

「そうするしかないわね。マーティン署長を大喜びさせることになりそう」わたしは電話に手を伸ばした。「さっさとすませてしまうわ」

グラント巡査が出てくれることを願ったが、間《ま》の悪いことに、署長自身が電話をとった。

「ドーナツショップに泥棒が入ったことを通報しようと思って」

どういうわけか、わたしの災難を知った署長が笑いだすことを予期していたが、真剣な口調で尋ねられた。「怪我人は出てないかね？」

「いいえ。じつを言うと、誰もレジの番をしていなかったの。エマは奥にひっこんでたし、わたしは用事でしばらく外に出てたの。わたしたちが席をはずしてるあいだに、何者かがレジの現金を残らず持ち去ったの」

「ずいぶん不注意だな、スザンヌ。いくらあんたでも」

売上げ金を奪われたことでがっくりと落ちこんでいるのに、頼みもしない意見を署長からつけたしてもらいたくはなかった。「誰かをよこしてもらえないかしら」

署長じきじきのお出ましなどということにならないよう願ったが、願うだけ無駄だったことがすぐにわかった。「すぐそっちへ向かう。わたしが着くまで、いっさい手を触れないように。いいな？」

「そんなこと夢にも思ってないわ」

電話を切ったあとで、わたしは言った。「署長みずからがお出ましよ」

エマのほうを向いてつけくわえた。「レジを無人にしたことで、早くもお叱りを受けたわ。だから、あなたも署長のお説教を覚悟しておいてね」

「あたしが自分に向けてる叱責よりもきびしいことは、さすがの署長にも言えないと思う。スザンヌ、盗まれたお金は一セント残らず弁償します」

わたしはエマの肩を軽く叩いた。「その気持ちはうれしい。ほんとよ。でも、あなたのお金をとりあげるなんてできないわ」

そう言っても、エマを元気づける役には立たなかった。

「じゃ、クビにする気ね？　文句は言えないけど」

わたしは両手をエマの肩に置いた。「誰もクビにはならないわ。さて、皿洗いが待ってるんじゃやない？」

エマが訊いた。「署長さんが指紋採取の粉をふりかけるつもりでは？」

「しないと思うわ。それに、誰がくるにしても、奥まで調べることはないだろうから、厨房で皿洗いをするのはかまわないわよ。さ、早くとりかかって」

エマはうなずいた。「いますぐやるわ。ほんとにごめんなさい。ほかにどう言えばいいのかわからない」

エマが去ったあと、グレースが真剣な顔でわたしを見て言った。「クビにするつもりなんでしょ？」

「まさか」わたしは驚きを隠しきれなかった。「いまわたしがエマに言ったことを聞いたでしょ。本気で言ったのよ。エマはミスをして、それを後悔している。同じ過ちは二度と繰り返さないはずよ。誰だってやりなおすチャンスを与えられるべきだわ、グレース」

グレースは肩をすくめた。「あなたのほうがいい人ね。わたしなんか、癇癪を抑えられるかどうかわからない」

わたしは二、三秒だけしかめっ面になり、それから説明した。

「誤解しないでね。こんなことになってうれしいわけではないけど、エマと同じくわたしにも責任があると言ったのは、本心からの言葉だったのよ。ウィルマと話をするのは正午まで待つべきだったのに、好奇心に負けてしまった。この件から教訓を学ぶ必要があるのは、エマだけじゃないわ」

「殺人事件の調査をやめるつもりじゃないでしょうね？　手に負えなくなったから投げだすなんて、あなたらしくないわよ」

わたしは窓の外を見ながら言った。「やめないわ。でも、優先順位をもう少し整理するつもり。わたしには店の経営がある——それが何より大切なこと——店をおろそかにしたら、生計の道を断たれてしまう。誰かに助けを求めるぐらいなら、死んだほうがましだわ」

グレースはうなずいた。「それぐらい、みんな、心得てますって。でも、それはそれとして、余分なお金が入り用になったときは、いつだってわたしが喜んで協力するわよ。ひとこと頼んでくれれば、それでオーケイ」

わたしはグレースを抱きしめた。「ありがとう。でも、大丈夫よ。今日はけっこう暇だったけど、その分、また忙しくなるから。エマには、今度一人でお店の番をするときは、トイレへ行く前に、さっきの約束どおり表のドアをロックするように言っておく」

「ぜひそうすべきね」グレースは言った。

マーティン署長が車でやってきて、店の前で止め、クリップボードを手にして入ってきた。

「よし、もう一度、話を聞かせてもらおう」

「電話ですべて話したわ」わたしは言った。「それ以外は何も知りません。閉店させる気じゃないでしょうね？」

「なんでわたしがそんなことをするんだ？」

「知らない。テレビドラマだとそうなるでしょ。ドーナツに指紋採取の粉をふりかけられると困るんだけど」

署長は首をふった。「スザンヌ、この店には百万もの指紋がついてるだろうし、たったひとつの大事な指紋は、あんたがレジをあけて泥棒にやられたことを知ったときに、たぶん、ぼやけてしまったはずだ」

「じゃ、指紋を見つける気もないって言うの？」グレースが尋ねた。声に苛立ちがにじむのを隠そうともしない。

「いやいや、調べるとも。レジと表のドアの指紋を調べさせるために、警官を一人呼んである。あとはたいした収獲もないと思うが、とにかくやってみよう。いくら盗まれたんだね？」

「正確な金額はまだわからない。でも、そんなに多くないわ。今日の午前中は暇だったから。レジの記録を調べてみるけど、そのためにはボタンをいくつか押さなきゃいけないでしょ。これ以上犯人の指紋を不明瞭にするのは避けたいんだけど」

マーティン署長はうなずき、片手にグレイのケースをさげて店に入ってくるグラント巡査を、わたしたち全員が見守った。

「どこを調べればいいですか」グラント巡査が訊いた。

「レジと表のドアのノブだ」署長が答えた。

グラント巡査は無言のまま、署長の指示に従った。

署長がわたしを見て尋ねた。「金が盗まれたとき、あんた、どこにいた？」

「グレースと一緒にしばらく出かけてたの」

るのかね？」

「どこにいたのか言ってもらえませんかね」

わたしはくしゃくしゃの髪を手でなでつけて、正直に答えた。

「そんなに知りたいのなら教えてあげる。美容院へ行ってたのよ」

「なるほど、〈カットニップ〉にいたのか。スザンヌ、ダーリーン・ヒギンズ殺しを探って

「髪をセットしにいったの」わたしは言った。

署長はわたしのくしゃくしゃの髪に視線を据え、それからしかめっ面になった。

「だったら、なんで最後までやってもらわなかったんだ？」

話がややこしくなってきた。嘘をつくと、たいていこうなる。だから、いつもは、なるべく本当のことを言うようにしている。「店番をエマ一人に押しつけたのが不安だったから。これで納得してくれた？」

「少なくとも、その不安が的中したわけだ。エマはどこにいる？」

わたしは奥を指さした。「皿洗いを頼んだの。神経が休まるかもしれないと思って」

署長が厨房のほうへ行く前に、わたしは言った。

「エマはすでに、このことをすごく後悔してるわ。叱りつけたりしないで、いい？」

署長は奥へ姿を消すときに肩をすくめただけだった。わたしがあとに続こうとすると、首をふった。「すまんが、いまのところ、あんたは必要ない。ただし、外へは出ないでくれ。

すぐ戻る」

わたしは文句を言おうとしたが、署長がひきさがるつもりのないのは明らかだった。

署長が厨房に姿を消すと、すぐさま、グラント巡査が気の毒そうにわたしを見た。

「こんなことになって大変だったね。最近、この町でもケチな犯罪が増加している」この言葉がどう響くのか気づいたらしく、あわてててつけくわえた。「いや、この窃盗がケチな犯罪だとは言ってないよ。ぼくの言う意味、わかるだろ？」

「いいのよ。わかってる。ちゃんとした指紋がとれそう？」

グラント巡査は首をふった。「いや、レジの指紋は全部ぼやけてる。ドーナツを扱う関係から、レジが油で汚れてるから、いくらがんばっても、鮮明な指紋をとるのはむずかしいと思う」

「ドアのほうはどう？」グレースが訊いた。

「そっちも調べてみるが、おそらく成果はないだろう。残念ながら、ここで行き止まりだな」

グラント巡査がドアのほうへ行こうとしたとき、署長が奥から戻ってきた。

「あんたからエマに話をしてくれ。エマが泣きだしてしまって、わたしはもうお手上げだ」

「署長さん、エマに何を言ったの？」署長の横を通り抜けてエマのほうへ急ぎながら、わたしは訊いた。

「質問する必要のないことは何ひとつ言ってない」

グレースがわたしのあとに続こうとしたとき、署長が言った。

「ちょっと待て。あんたに話がある」

グレースは文句を言おうとしたが、わたしが首をふって止めた。エマにはわたしが一人で会わなくては。署長がグレースを呼び止めてくれて助かった。意識的にやったことかどうかはべつとして。

厨房に入ると、なるほど、エマが泣いていた。「どうしたの？　署長になんて言われたの？」

「あたしの財布を調べるって言うのよ。何も悪いことをしてないのなら、かまわないだろうって」

「悪いことって？」わたしは尋ねた。だが、署長の胸の内がわかってきた。

「スザンヌ、あたしがお金を盗んだんだって、署長さんは思ってるの。あたしじゃないわ、誓ってもいい。あたしじゃない。お願いだから信じて」

エマを抱きしめると、すすり泣きがひどくなった。

しばらくして、エマの涙がようやく止まったので、わたしは身体を離しながら言った。

「わたしの命を懸けて、あなたを信じるわ。あなたがわたしのものを盗むことはありえない」

「信じてくれてありがとう」エマは鼻をグスンと言わせた。

「お礼なんか言わなくていいのよ」

「署長さんに財布を調べてもらったほうがいい？　隠したいものは何もないわ」

「わたしに証明してみせる必要はないのよ」

「でも、署長さんに証明しなきゃ」わたしが止める暇もないうちに、エマは厨房のドアまで行って声をかけた。「署長さん、決心がついたわ。なんでも調べてちょうだい。見られて困るようなものは何も持ってないから」

「よし」

署長はエマの財布を受けとり、ざっとなかを見てから言った。「中身は十一ドルと小銭か」

「今日の売上げはそれより多かったわよ」

わたしは雰囲気を少しでも和らげようとして言った。マーティン署長がエマの犯行ではないかと疑っていることが、わたしにはショックだった。エマが盗んだのでないことは、わたしにはよくわかっている。しかし、ウィルマはダーリーンに対してそういう信頼を抱いていただろうか。シンシアの話が本当なら、ダーリーンがやったのはただの窃盗ではない。信頼を裏切る行為だ。ウィルマがどれほど感情を害したかが、突然、わたしにも理解できた。

「あたしの身体検査もします？」

エマはそう言いながらエプロンをはずし、その下のタイトなブルージーンズとTシャツを見せた。札束はおろか、二十五セント硬貨一枚だって隠せそうにない。

「いや、あんたの疑いは晴れた。だが、二人とも売場のほうで待っててくれ」

言われたとおり待っていると、十分後に署長が厨房から戻ってきた。「金はあそこにはなかったし、裏の路地にもなかった」

「あるわけないって、あたしも言ったでしょ」エマが言った。

「調べなきゃならんのだ、エマ。これがわたしの仕事だからな」署長は言った。それが事実であることを悲しんでいると言ってもいい口調だった。

「大変ね」エマはそう言いながら厨房に戻っていった。

署長はグラント巡査のほうを向いて尋ねた。「何か見つかったか」

「不完全な指紋がたくさん。証拠として使えそうなものはひとつもありません。ここ二日のあいだに、町の住民の半数がこの店にきてますからね。成果がなくてすみません」

「ご苦労。署に戻って、わたしを待っててくれ」

グラント巡査が帰ったあとで、グレースが署長に訊いた。「さて、つぎはどうするの?」

「わたしがこの報告書に記入をし、スザンヌは保険会社に電話をする。いまのところ、われわれにできるのはそれぐらいだ」

わたしは言った。「保険を使うつもりはないわ。保険料が高くなって、盗まれた金額をうわまわってしまうもの。この損害は自分でかぶるしかなさそう」

署長が報告書の記入を終え、いちばん下の控えをはぎとって渡してくれた。

「あらためて言わせてもらうが、まったく災難だったな」

「いいのよ。すぐに駆けつけてもらえて助かったわ」

署長が出ていったあとで、グレースに訊いた。

「あなたと二人だけになったとき、署長はどんな質問をしたの？」

「わたしの髪が濡れてないのはなぜかって」

「どう答えたの？」

グレースはにっこり笑った。「本当のことを。わたしは利口だから、わたしの髪から一キロ以内のところにウィルマを立ち入らせるようなことはしないって」

「で、署長はなんて？」

「ニッと笑った顔が見えたように思うけど、ほんの一瞬のことだったから、断言はできない。これからどうする？」

わたしは時計に目をやった。「もうじき十一時だから、閉店まで店にいなくては」

陳列ケースを見たところ、ドーナツがずいぶん売れ残っていた。レジの記録を調べれば、盗まれた金額が正確にわかるだろうが、残っているドーナツを見ただけで、だいたいの見当はつく。

「わたし、いくつか電話をかけなきゃ。いいかしら」グレースが訊いた。

「オフィスの電話を使ってくれていいわよ」わたしは言った。

「ありがとう。でも、どこかよそでかけることにするわ。正午ごろ戻ってくる」

「了解」

グレースが出ていったあと、エマとわたしは暗い雰囲気を払いのけるために、思いついたことを片っ端からやってみたが、どれも効果がなかった。客が何人かきたものの、それほどの売上げにはならず、正午の十分前にグレースが戻ってきたときも、レジの引出しはほとんど空っぽだった。エマは奥へひっこみ、わたしはエマを元気づけようとするのに疲れてしまった。なにしろ、直接の被害を受けたのはこのわたしだもの。

グレースが言った。「疲労困憊って顔ね」

「ありがとう。あなたのほうは一段とすてきよ。何か見つけてきたの？」

グレースは奥のほうへ目をやった。「エマはまだあそこに？」

「そうよ。どうして？」

「話はエマがいなくなってからにしたいの」グレースは正直に答えた。

わたしはべつにどちらでもかまわなかったが、グレースは昔から自分で決めて行動してきた人間だ。「ドーナツの箱詰めを手伝って。そしたら、みんなで店を出ていけるから」

エマのほうに声をかけた。「早めに閉店するわ。こっちにきてくれる？」

「はーい。何をすればいいの？」エマは清潔なタオルで手を拭きながら出てきた。

「これを教会に届けてくれる？」箱に詰めたドーナツを指さして、わたしは頼んだ。

エマはエプロンに手を軽く叩きつけて乾かした。「喜んで。やってほしいことがあれば、ひとこと頼むだけでオーケイよ」

ジャケットをつかんでから、エマは言った。「残りのお皿はそのままにしておいてね。帰ってから洗います」

「わたしがやっておく。ドーナツを届けたら、そのまま帰っていいわよ」

「スザンヌ、あたしにやらせて。あたしの仕事だもん。お願い」

エマの目に浮かんだ悲しげな表情は、見るに忍びなかった。「わかった。いっさい手を触れないことにする」

みんなで車にドーナツを積みこみ、わがアシスタントが走り去ったあとで、わたしは店のなかに戻るようグレースに頼んだ。

「何かわかった？」床掃除を始めながら質問した。皿洗いはエマにまかせるつもりだが、掃除の重荷をすべて押しつける必要はない。エマはミスをした。そのミスが高くついたのは事実だが、彼女を許すことにしたのだし、わたしはしつこく罰を与えるような性格ではない。

グレースがニッと笑った。「きっと信じてくれないわ」

「言ってみて」

グレースはうなずいた。「これまでにわかったことは、つぎのとおりよ。まずミュリエルのことを調べたんだけど、正直なところ、その結果にもうびっくり。あの人、傍目には裕福に暮らしてるように見えるでしょ？　ぜーんぶ嘘。家は抵当に入ってるし、三種類のクレジットカードでキャッシングしてるし、普通預金と当座預金の口座を合わせても残高は四十ドルに満たないのよ」

信じられなかった。「たしかなの？」

「わたしの情報源はかなり信頼できるわ。この目で数字を見たわけじゃないけど、ぜったい本当だと思う」

「すると、金銭面でかなりの苦境にあったわけね」

「それだけはたしかだわ。ただ、いまだにわからないのは、ミュリエルの財産がどこへ消えたかってこと。昔は大金持ちだったはずでしょ。二、三人に頼んで調べてもらってるから、しばらくすれば、もっといろいろわかると思う」

「これまでにわかったことだけでも、たいしたものだわ」わたしは言った。「ダーリーンについてはどう？」

「あのね、たったの一時間しかなかったのよ。いくつか電話はかけたけど、まだなんの連絡もなし」

「大活躍だわ」わたしはグレースの肩を軽く叩いた。

グレースが訊いた。「さて、これからどうする？」

「つぎの行動に移る前に、レジの記録に目を通して、今日いくら盗まれたのか調べないと。エマが戻ってくる前にやってしまいたいの。ここで待っててくれてもいいし、あとであなたと待ちあわせてもいいわよ」

グレースはわたしの手から箒《ほうき》をとりあげ、床を掃きはじめた。

「あなたさえかまわなきゃ、居残ることにする」

いずれグレースが自分の家に帰らなくてはならないことは、わたしも承知しているが、彼女がまだその気になっていないのは明らかだった。

「ありがと。手伝ってもらえると助かる」

グレースが床掃除をするあいだに、わたしはレジの記録に目を通した。結局、盗まれたのは二百ドルちょっとだった。誰から見ても莫大な金額ではないだろうが、こちらの予想をうわまわる額だった。でも、もっとひどいことになっていたかもしれないし、一人で店番をするときは用心する必要のあることをエマが学んでくれたなら、わたしが損害をこうむっても、それだけの価値はある。

レジの記録のチェックを終え、泥棒が残していった小銭と小切手を袋に入れてから、掃除をすませたグレースのほうを向いた。

「さて、どうする?」グレースが訊いた。

「窃盗のことは忘れて、殺人事件の調査を続けましょう。話をしたい人物がほかにもいるのよ。ウィルマのときよりたくさん話が聞きだせるといいんだけど」

「誰のことを言ってるの？」

「ダーリーンのルームメイトのキミー・エリクソン」

「彼女、どんなことを話してくれると思う？」

「それを知る方法はひとつしかないわ。そうでしょ？　さ、出発よ」

「エマを待たなくてもいいの？」グレースが訊いた。

「ええ。こっちの件を急いだほうがいいと思うの」エマにはメモを置いていくことにして、〝わたしたち、今日はもう帰ります。あなたも早く家に帰ってね〟と書いた。失ったお金のことを嘆いても始まらない。二人でショックを乗り越えて、今後は心を入れ替え、お金をしっかり保管するべくさらに努力するしかない。

グレースとわたしは店のドアをロックし、ギャビーのリサイクル衣料の店のほうを見てみた。妙なことに、店のなかが暗かった。何か理由があって早めに閉めたのだろうか。お金を盗まれたことに気づくまでは、ギャビーと話をするつもりでいたのだが、泥棒騒ぎですっかり忘れていた。

「わたしの車はこっちよ」わたしが〈リニュード〉のほうへ行こうとすると、グレースが言った。

「知ってる。でも、その前にちょっと様子を見てきたいの」

グレースはわたしの腕に軽く触れた。「スザンヌ、あそこに入ったら、二度と出てこられなくなるわよ。わかってるでしょ」

そう言いつつも、グレースはついてきた。〈リニュード〉の前で足を止め、ドアに貼られたお知らせを読んだ。

**お客様各位**

**しばらく休業させていただきます。当店に販売を委託なさりたい場合は、来月あらためてお越しください。お取引を歓迎します。商品の購入をお考えの場合は、申しわけございませんが、しばらくお待ちくださいますように。**

**ご理解のほど、よろしくお願い申しあげます。**

**敬白**

**店主**

「どういうこと？」グレースが訊いた。「ギャビーがお店を閉めるなんて思いもしなかった」

「しかも、わたしに何も言わずに」わたしは言った。「きっと何かあったんだわ。さあ、ドーナツショップに戻りましょ」

「戻ってどうする気？」

「ギャビーの自宅の電話番号がどこかにメモしてあるはずなの。それから、〈リニュード〉で何かが起きて、ギャビーが店を留守にしている場合の緊急連絡先も。わたしが店をオープンした日に電話番号を交換したんだけど、これまで一度も使ったことがなかったの」

二人で歩いて店に戻り、グレースがわたしについてオフィスまできた。電話番号が控えてあるノートのページを二回めくって、ようやくギャビーの番号を見つけた。自宅にかけたが、応答がなく、妙なことに留守電もセットされていなかった。

緊急連絡先の番号は書いてあったが、相手の名前がわからない。そこにかけてみると、誰も電話に出ないまま、呼出音が十回続いた。ところが、そこで、なんとも不思議なことが起きた。突然、ミュリエル・スティーヴンズの声が流れてきたのだ。〝ただいま電話に出ることができません。お名前と電話番号を言っていただければ、なるべく早くこちらから折り返しお電話をさしあげます〟

「やだ、不気味」メッセージを残さずに電話を切って、わたしは言った。

「どうしたの？」

「ギャビーの緊急連絡先へ電話したら、ミュリエルのところにかかったの」

「そんなバカな」

わたしはうなずき、リダイヤルボタンを押してから、グレースに受話器を渡した。そうすれば、じかにメッセージを聞いてもらえる。

　グレースはしばらく耳を傾けていたが、メッセージが終わったあとで言った。

「ミュリエル、これを聞いたら、あなたでもギャビーでもいいから、大至急わたしに電話して。大事なことなの。そうそう、こちらはグレース・ゲイジよ。番号は電話帳に出てるわ」

「どうしてそんなことするの？」受話器を返すグレースに、わたしは訊いた。

「何がどうなってるのか知りたいでしょ？　メッセージを残すのが普通のやり方だと思ったから。ギャビーとミュリエルがそんなに親しい間柄とは知らなかった」

「わたしも。理解できないのは、最初にダーリーンの遺体を見たとき、ミュリエルと親しくしてることをなぜギャビーが言わなかったのかってこと」

「さあねえ」グレースは言った。「でも、ミュリエルとあらためて話をするまで、推測はすべて中止よ。さて、ダーリーンのルームメイトのキミー・エリクソンに会いにいきましょ。ダーリーンのことを調べてまわったけど、わかったのは、ルームメイトがいるってことだけだった」

「ひとつ推測させてね」わたしは言った。「キミーって、きっと、名前の綴りの最後に〝i〟がつくと思うけど」

「まったく知りません」グレースが答えるあいだに、エイプリル・スプリングズの薄い電話帳で名前を探した。

　掲載箇所が見つかったので、わたしは言った。「K・エリクソンとしか書かれてないけど、綴りのことは会ったときに訊けばいいわね。行きましょう。運転はあなたがする？　それとも、わたし？」

「いつもなら、わたしがボランティアを申してるところだけど、住所はどこなの？　会社名義の車に何かあったら困るし、僻地に住んでるのなら、道路の除雪がまだ終わってないかもしれない」

「つまり、わたしたちの車のどちらかが災難にあうとしたら、あなたのメルセデスじゃなくて、わたしのジープにしてほしいってことね？」わたしはかすかな笑みを浮かべて訊いた。

「スザンヌ、意地悪を言うつもりはないけど、ジープにもうひとつへこみができても、どうってことないでしょ？」

「反論したいところではありますが、できないわね」わたしは笑った。「出かけましょ」

「あなたのジープで。そうね？」

「そうよ」

ダーリーンのルームメイトのキミーはエイプリル・スプリングズの郊外に住んでいるようで、わたしは住所から判断して、辺鄙な場所のトレーラーハウスではないかと推測していた。電話帳で調べた住所に着いたところ、趣のある古い小さな家が建っていたので、心地よい驚きに包まれた。荒廃した感じはまったくない。屋根に雪が積もった光景は、まるでカレンダーに使われる写真のようだ。こんなすてきな住まいの家賃を、女性二人で払っていけるのだろうか。

ステップをのぼり、ドアのチャイムを鳴らしたが、応答はなかった。

「留守みたいね」グレースが言った。

「しばらく待ってみましょう」わたしは言った。今度は真鍮のノッカーをつかんでガンガン叩いてみた。

ほぼ同時にドアがひらき、二十代半ばの若い女性があらわれた。身体にぴったりした白いTシャツと、脚にじかに描いたのかと思いたくなるような赤い短パン姿だった。わたしだって、ボディの線がこんなだったら、たぶん、同じものを着て歩きまわるだろう。女性は軽く息を切らしながら言った。「キミーよ。ごめんなさい、ヨガをやってたの。さ、入って。あと少しで終わるから」

こちらが何者なのか、なんの用で訪ねてきたのかも、キミーは知らないはずなのに、長らく音信不通だった友人を迎えるような調子で、わたしたちを招き入れた。

キミーはワイドスクリーン・テレビの前に置かれたあざやかなブルーのマットのところに戻ると、リモコンのボタンを押した。わたしがやればカイロプラクターの治療に直行しなくてはならないようなポーズを彼女がとるあいだに、わたしは室内を見まわした。石の暖炉で火が燃えていて、居心地のよさそうな家庭的な部屋だった。黒っぽい色調のハードウッドの床がワックスでつややかに光り、どっしりした木の家具が家そのものの雰囲気とマッチしていた。

キミーは身体をねじりながら言った。「話があるのならどうぞ。このあとのパートはもう頭に入ってるから」

「たまたま車で通りかかって。正直に言うと、この家がすごく気に入ったの」グレースが言った。「あなたの持ち家？　それとも、賃貸？」

「両方ともはずれ。うちの父が、売却するまで住んでいいって言ってくれてるの。まあ、いまはあたし一人になってしまって、父は一人暮らしにあんまりいい顔をしないんだけど」キミーはわたしたちのほうを見て、それから尋ねた。「お二人のどちらかが住むところを探してるの？　あたし、ルームメイト募集中なのよ。ここから出ていかなくてもいいように」

「考えてみてもいいわね」グレースが言った。

わたしは彼女を見て、口を閉じておこうと思った。グレースがわたしにウィンクをよこし、キミーに言った。「ルームメイト用の寝室を見せてもらえる？」

「いいわよ。でも、まだ荷物が入ったままで、すごく散らかってるけど。これまでのルームメイトが……よそへ移ったの」

亡くなることも〝よそへ移る〟と表現できるのかもしれないが、キミーは比喩的表現を使うタイプには見えない。

グレースがうなずいた。「その部屋はどこ？」

キミーは自由になるほうの足で指し示した。「廊下の先にある左側の部屋。ドアが閉まってるのはそこだけよ。三分したら、あたしも行くわ」

グレースと二人で廊下を急ぎながら、わたしは言った。

「自分の立派な家があるでしょ。なんでこんなところに住みたがるの？」

「正直に言うと、誰かに忍びこまれて、わたしの持ちものをかきまわされて以来、あの家の魅力がちょっと失せてしまったの。ルームメイトがいるっていうのも、悪くないかも」

「バンビちゃんとの共同生活を本気で考えてるって意味？」

「彼女の名前はキミー」部屋のドアをあけながら、グレースは言った。「わたしたち、嗅ぎまわるためにやってきたのよ。わたしのおかげで、このドアを通れることになった。これ以上何が望みなの？　さあ、キミーが〝吠える犬〟のポーズを終える前に、さっさと部屋を調べちゃいましょう」

「そういう呼び方じゃないと思うけど」わたしは言った。

「〝犬と消火栓〟って呼び方でも、わたしはいっこうにかまわないわ。ほら、急いで。時間がないんだから」

わたしは部屋を見まわし、クリスマスの飾りつけをしようと、ダーリーンがいじらしくもささやかな努力をしていたことを知った。作りものの小さなツリーがドレッサーにのっている。点滅する白い光ファイバーのライトまで完備。そして、プレゼント用の包装をした小さな箱がツリーの下にいくつも置いてある。降った雪に似せて作られたコットンの布がその下に敷かれている。ナイトテーブルには、グミキャンディに覆われた、高さ十五センチぐらいの、どこかで見たような気のする木製ツリー。一瞬、幻覚かと思った。うちにもこれとそっくりのツリーがある。このツリーを持っているのは町でわたしだけだと思っていたが、どうやらそうではなかったようだ。もうひとつのナイトテーブルには、民芸品のサンタがのっていた。細長い木彫りで、高さが六十センチ近くある。縁のところがすり減っていて、楽しそうな様子はまったくない。これを彫った人間は、悲しげな顔を丁寧に作りあげようとしたのだろう。サンタの目には、ひと晩で世界じゅうにプレゼントを配ってまわるのは本当に疲れることだ、という思いが浮かんでいた。

突然、グレースがすぐそばに立っていることに気づいた。「スザンヌ、ここで一日のんびりしてるわけにはいかないのよ。わたしはクロゼットを調べるから、あなたは彼女のバッグをお願い」

もっともな意見だったので、グレースがダーリーンのクロゼットのなかを調べるあいだに、わたしはバッグの中身をベッドにあけた。名刺が何枚もあったので妙な気がしたが、裏を見ると、いくつかの電話番号が走り書きされていた。あとでゆっくり見てみようと思い、まとめてポケットに押しこんだ。役に立ちそうなものは、ほかには何もなかった。車のキーや、化粧品や、リップクリームや、年月とともにバッグのなかにたまるがらくたが、雑然と放りこまれているだけだったので、全部バッグに戻し、そのバッグをベッドに置いた。ダーリーンの所持品を調べるうちに、彼女のプライバシーを踏みにじっているような気がしてきた。でも、ある意味では、力になろうとしているとも言える。ダーリーンが口を利けるなら、彼女を殺した真犯人を見つけようとしているわたしに、きっとお礼を言ってくれることだろう。ペーパーバックのぎっしり詰まった本棚があったので、そちらへ行き、題名をいくつか見てみた。すべてロマンス小説で、背表紙の状態からすると、何度も読みかえしていたようだ。恋愛の相手を探していたのかと思うと、ダーリーンへの哀れみで胸が痛んだが、彼女が狙いを定めた相手が当時はまだわたしの夫だったことを思いだしたとき、哀れみが少々薄れた。とは言え、一人で生きていくのが楽ではないことを、わたしは誰よりもよく知っている。自由に愛情を返せる立場の男を狙ってくれればよかったのに、と思うばかりだ。

「これ見て」グレースが言った。わたしはクロゼットにいる彼女のところへ行き、なかをのぞいた。ダーリーンが高さ十五センチのとがったヒールを妙に好んでいたことが、はっきりわかった。一日じゅう立ちっぱなしで仕事をしなきゃいけない女性にしては、変わった好みだ。

「すてきだわ」グレースが言った。「できれば、一足借りたいぐらい。そっちは何か見つかった？」

「ううん、たいして」そう答えたとき、あるものが目に入った。ダトリーンのクロゼットの奥に並んだ靴箱のひとつから、百ドル札の端がのぞいていた。

「どうしてあんなところにお金が？」わたしは箱をとりだした。

蓋をあけたときは、さらにお金が出てくるものと思っていた。もしかしたら、札束とか。ところが、そこに入っていたものを見て愕然とし、奥をのぞきこんだ瞬間、箱を落としそうになった。

箱の中身をグレースに見せようとしたが、その前にドアが勢いよくひらき、覗き見がばれてしまったことを知った。

どう弁解すればいいの？

# 8

キミーがムッとした声で訊いた。「二人とも、クロゼットで何してるのよ？　覗き見していいとは言わなかったわよ」

「私物がまだ残ってるなんて知らなかったの」わたしはそう言いながら、靴箱の蓋をもとどおりにかぶせ、中身をキミーに見られないようにした。「どうして何もかも置いていったの？」

しかし、キミーはごまかされなかった。「この部屋を嗅ぎまわってた理由を、まだ聞かせてもらってないわ」

「嗅ぎまわってなんかいないわよ」グレースが憤慨した声で答えた。「クロゼットの広さを見てみたかったの。そうでしょ？　新しい部屋に引っ越そうと思ったら、まずそれを調べるのがふつうじゃない？」

「それもそうだけど……」キミーは耳を掻きながら言った。「ルームメイトがいなくなったことが、いまもまだ信じられない」深く息を吸った。「話しておいたほうがいいかもね。ルームメイトはよそへ移ったんじゃなくて、誰かに殺されたの」

わたしたちがまだ何も知らないのだとキミーが思っているのなら、そう思いこませておくほうがいい。「まあ、恐ろしいこと。ここで？」あたりを見まわして血痕を探すふりをすると、キミーはわたしの言わんとすることを理解した。

「ううん。町のほうで」一瞬、顔をしかめ、それからわたしを見て言った。「あなたのこと、知ってるわ。あの店をやってる人でしょ。〈ドーナッ・ダート〉」

「〈ドーナッツ・ハート〉よ」わたしはキミーの誤りを正した。「誰かが死んだという噂は聞いてたけど、誰なのかは知らなかった」

「あなた、マックスの奥さんね」キミーが警戒するような口調で言った。もしかしたら、わたしは彼女の知性を、もしくは、少なくとも地元のゴシップを集める才能を見くびっていたかもしれない。

「もう別れたけどね。それが何か？」

わたしはドレッサーのほうを見た。ダーリーンとキミーが一緒に写っている写真がそこに置いてあるのを、さっき目にしたばかりだった。「殺されたルームメイトって、ひょっとして、ダーリーンのこと？」

「あたしの親友だったわ」キミーはうなずきながら言った。

わたしはグレースのほうをちらっと見て、ベッドに一歩近づき、そこに倒れこめることを計算したうえで、崩れるようにして倒れた。

「気を失った」グレースがわたしの上にかがみこんだ。「水を持ってきて。早く」

キミーがわたしのために水をとりにいったとたん、グレースはささやいた。

「ねえ、あの箱に何が入ってたの？　数秒しかないのよ」

「見て」倒れこんだ姿勢のまま、わたしは言った。

グレースは靴箱をつかむと、急いで蓋をあけた。わたしが目にしたものを、彼女も見たに違いない。

「あなたの写真」グレースは言った。「どうしてこんなところに？」

「わたしに訊くわけ？　それを見たとき、マジで気絶しそうだったわ。よれよれになった古い百ドル札も五枚入ってた。それから、マックスの髪に不気味なほどよく似たものも。ダーリーンったら、何を考えてたのかしら」

「知らない」グレースは言った。「でも、これ、持って帰りましょ」靴箱を傾けて中身を彼女のバッグにすべりこませるのとほぼ同時に、キミーが戻ってきた。

キミーはグレースに水を渡してから尋ねた。「まさか、この人にかけるつもりじゃないでしょうね？　ベッドがずぶ濡れになると困るんだけど」

グレースの性格からすれば、きっとそれを企んでいたはずだ。茶番劇のわが出番をそろそろ終えなくては。

まぶたを震わせ、意識が戻ったふりをした。「何があったの？」

「気を失ったのよ、スザンヌ」わたしの顔に身を寄せて、グレースが言った。

「ショックを受けたせいね」わたしは言った。「ここにいるのが急に息苦しくなってきた。そろそろ失礼しない？」

「それがいちばんだと思うわ」グレースはわたしを助け起こしながら言った。

「ほんとにもう大丈夫？」キミーがわたしに訊いた。ひどく心配そうな声だったので、やむをえない事情があったとは言え、彼女をだましたことにやましさを覚えた。

「大丈夫よ。ちょっとショックを受けただけ。わかるでしょ？」

「そうよね」キミーはグレースのほうを向いた。「ねえ、どう？　ここに越してくる気はある？　ダーリーンの私物なら、明日には運びだせるわよ」

「ちょっと考えさせてね」グレースは言った。「ここって、何か悪い業《カルマ》がありそう」

「クルマならガレージに入ってるわ」キミーが言った。明らかに誤解している。「誰に電話すればいいのかわからないけど。ダーリーンの車だから」

「売ってもらえないかしら」グレースが言った。「わたし、車を探してるところなの。そうすれば、他人の好意にすがらなくてもよくなるから」

「あたしなんか、それで困ったことは一度もないわ。車が必要なときは、職場の男性の一人に電話すればオーケイ。すぐさま飛んできて拾ってくれるの」

「仕事は何を?」わたしは訊かずにいられなかった。

「父の会社で働いてるのよ。建設会社で、社員にはすてきな男がいっぱい。あたしは父の秘書をしてるの。みんな、あたしのことが好きみたい」

「それは一秒たりとも疑わないわ」キミーがひとこと頼めば、みんな、飛んでくるだろう。いまみたいな格好を拝めるとなれば、なおさらだ。

「あなたって、想像してたより優しい人ね」キミーがわたしに言った。この言葉をわたしがどう受けとるか、気づいたに違いない。あわててつけくわえたからだ。「あ、あのね、いい人だと思ってなかったって意味じゃないのよ。ダーリーンにときどき聞かされた話からすると、彼女、あなたにすごく嫉妬してたみたい」

「ええっ、どうしてダーリーンがわたしなんかに嫉妬するの?」キミーの言葉に呆然として、わたしは尋ねた。

「マックスがあなたを愛してたから。これからもずっとそうだろうって、ダーリーンは思ってた。一人の男にずっと愛してもらえるなら、女はどんなことでもするわ」

「でしょうね」わたしは言った。「そんなふうに考えたこともなかったけど」

「じゃあ、考えたほうがいいかも」キミーは言った。「ええと、ダーリーンの鍵束がどこかこのへんにあるはずなの。あ、バッグがあった。きっとあそこに入ってるわ」

キミーがダーリーンのバッグに手を伸ばした瞬間、わたしは背筋がこわばるのを感じた。

名刺の束が消えていることに、あるいは、わたしがあわてて中身を調べたせいで、いつもより乱雑になっていることに、気づかれてしまうのでは？　幸い、バッグに手を突っこんだキミーはまばたきひとつせず、わたしがさきほど調べてバッグに戻しておいた、ずっしりした鍵束をひっぱりだした。外に出ると、ダーリーンが乗っていたのは黒のトランザムだとわかった。都会で暮らす若い女性に大人気の車だ。

グレースがキミーの手から鍵束をとりあげて言った。「二人でおしゃべりしててね。わたし、車のなかをざっと見てくるから」

グレースが助手席のドアからもぐりこむあいだに、わたしはキミーに尋ねた。

「ダーリーンとはいつごろからのお友達？」

「昔、あたしのベビーシッターをやってくれてたの。信じられる？　友達になるなんて思いもしなかったけど、でも、現実にそうなったの。父がこの家の改装を終えたとき、家賃なしで半年住んでもいいってあたしに言ってくれて、ダーリーンも大喜びで一緒に越してきたのよ。彼女、実家でお母さんと暮らしてたから。信じられる？　考えただけで気が滅入るわ。だって、もういい大人なんだから、独立して実家から離れなきゃ。でしょ？」

わたしは頬が赤くなるのを感じ、こちらへのあてつけのつもりだろうかと思ったが、キミーの表情には陰険さのかけらもなかった。

「きっと、ダーリーンにはダーリーンの理由があったのよ」わたしは言った。

「どんな理由があるんだか、想像もできない」

そこで話がとぎれてしまい、両方が気まずい思いをしていたら、グレースがキミーのところに鍵束を返しにきた。「車を見せてくれてありがとう」

「エンジンをかけてみないの？　走りはバッチリよ」

「でしょうね。でも、もう少しスペースの広い車にしたいの」グレースは言った。

「わかるわ。父に頼んで、あたしのために買ってもらおうかな」顔をしかめて車を見ながら、キミーは言った。わたしが頭のなかで渦巻く皮肉なコメントを殊勝にも口に出さずに我慢するあいだに、キミーはつけくわえた。「運転はいつでも習えるものね。どれぐらいむずかしいの？」

わたしはグレースと一緒にふたたびジープに乗りこみ、スタートさせた。

「あれは名案だったわね。成果がなくて残念だったけど、とにかく、調べるだけでも価値はあったわ」

「なんの話？」

「トランザム。すべての手がかりから解決の糸口がつかめるわけではない――そう言いたかっただけ」

「糸口はあったわ」わたしに笑顔を向けて、グレースは言った。「ダーリーンが持ってた写真は、あなたが写ってるものだけじゃなかったのよ。これ、どう思う？」

ジャケットのポケットからスナップを出して、わたしによこした。見ると、ミュリエル・スティーヴンズの写真だった。トレードマークの多色使いのコートを着ている。

わたしは写真を見て顔をしかめた。「でも、どういう意味なの?」

グレースは肩をすくめた。「わたしは手がかりを見つけるだけ。それを解釈するのはあなたの仕事よ」

「はいはい、了解。簡単なのをまわしてくれるのなら」

町へ向かって車を走らせるあいだに、わたしは尋ねた。「あなたの家でおろしてあげましょうか」

「迷惑でなかったら、お宅まで一緒に行きたい」

「グレース、いつかは家に帰らなきゃだめなのよ」

グレースは唇を噛み、それから言った。「さあ、知らない。あんまり帰りたい気がしないのよね」笑おうとしたが、そのあとに続けた言葉には虚ろな響きがあった。「どうしようもなくなったら、キミーのルームメイトになるって手もあるしね」

「だったら、うちにきて、母やわたしと一緒に暮らせばいいじゃない。親との同居なんてみっともないと言う人もいるだろうけど」

「あら、わたし、一度も言ってないわよ」グレースが抗議した。

「あなたのことじゃないわ、バカね。母親と同居してるのがどんなにダサいことかって、キミーにさんざん言われたの」

「あの子、どうしてそんなことまで知ってるの？」

「ううん、何も知らない。ダーリーンが実家で暮らしてたころに、それをからかってたそうなの。でも、わたしの心にもグサッときたわ。不思議ねえ。わたしの面の皮はもっと厚いはずなのに。あのとき、あなたが車から出てきてくれなかったら、キミーと無理に話を続けて、たぶん、気まずいことになってたでしょうね」

「スザンヌ、わたしだったら、あの子の言うことは割り引いて聞いておくわ。あの子は何もわかってないし、人の気持ちなんて理解できないかもしれない。でも、わたしは違う。あなたが実家に戻ったのは正しいことだと思う」

「ずっと実家にいるつもりはないのよ。でも、いましばらくは、あそこで暮らしたいの」

「お母さんのせいで、ときどき頭にくるとしても？」

家に向かってジープを走らせながら、わたしは微笑した。

「たまにこっちからもお返しできればね」

さらに二、三分走ってから尋ねた。「とりあえず着替えをとりに、あなたの家に寄ったほうがいいんじゃない？」

「いいのよ、大丈夫。きのう、一週間分の着替えを詰めてきたから」グレースは急いでつけくわえた。「あ、でも、一週間もお宅に泊まるつもりはないのよ」

「グレース、わたしが実家に居すわってるかぎり、好きなだけ泊まってくれていいのよ。わかった？　追いだそうなんて思ってもいないからね」

「感謝する」グレースは言った。「そろそろ出ていかなきゃと思ったら、追いだしてくれるよう、あなたに頼むことにする」

「はいはい、そうしましょ。さて、家に帰るわよ。夕食の前に、しばらく昼寝したいの」

「ほんと？　わたしなんか、元気いっぱいなのに」

「だって、午前中にさんざん寝たじゃない。覚えてる？」

「しばらく居眠りしただけ」グレースは反論した。

わたしとしては、反撃もせずに聞き流すことはできない。

「エマの家に寄って、あなたが何時間ぐらい寝てたか訊いてみる？」

グレースは笑った。「いいえ。わたしに恥をかかせるのはやめて。オーケイ、好きなだけ昼寝してちょうだい。あなたが寝てるあいだ、わたしはお母さんの話し相手を務めることにするわ」

「そんなうれしい申し出は却下できないわね」

わたしはカチカチの雪がこびりついているわが家の車寄せに入った。雪はようやく峠を越し、もう降ることもなさそうだが、だからと言って、吹雪の置き土産まで消えてしまうわけではない。わが家の車寄せには、冬のあいだまったく日の射さない場所があるので、雪と氷がしつこく居すわり、春になるまで解けないこともしばしばだ。角を曲がった瞬間、ジープがわずかに横すべりするのを感じ、グレースの両手がシートベルトを握りしめるのが見えた。

「楽にしてて。ここ数日間、どこにもぶつけてないから。いえ、数週間になるかしら」

「その期間が終わりを告げるときには、わたし、助手席に乗っていたくないんだけど」

母の車のうしろにジープを止め、エンジンを切った。

グレースが訊いた。「あなたが先に家に入って、もうしばらくわたしが泊まってもかまわないかどうか、お母さんに訊いたほうがいいんじゃない？」

「ママにことわられるなんて、本気で思ってるの？」

グレースは首をふった。「そんなことないだろうけど、やっぱり、まずはお母さんの了解を得るべきだと思う。それが礼儀ってものでしょ」

「じゃ、ここで待ってて」わたしはふたたびエンジンをかけた。「二、三分で戻ってくるけど、そのあいだにあなたが凍死しちゃうと困るから」

家に入ると、母がすぐさま玄関のほうへ目をやった。

「グレースはどこ？　どうして一緒じゃないの？　スザンヌ、あなたには礼儀作法というものがないの？　吹雪の最中に、グレースをあの家に一人きりで置いてくるなんて、あんまりだわ」

わたしは片手をあげ、指を折りながらこちらの意見をひとつずつ述べていった。

「その一、グレースを一人きりで置いてきたりしてません。表に止めたジープのなかにいるわ。その二、礼儀作法はちゃんと心得てます。ただ、ママが望むときに、それを発揮するとはかぎらないだけ。その三、今日はエイプリル・スプリングズのどこを見ても、雪なんか降ってません。だから、吹雪という表現は使えません」

「言いたいことはそれだけ？」

わたしはうなずいた。「ええ、まあ」

「じゃ、グレースを呼んでらっしゃい。外にいたら凍え死んでしまうわ」

「ヒーターをつけてきたから、凍死するのは無理だと思う」

母が訊いた。「どうして最初からあなたと一緒に入ってこなかったのかしら」

「あと二、三日泊まっていってもいいかどうか、ママに訊いてほしいんだって」わたしは説明した。

母は眉をひそめ、それからジャケットに手を伸ばした。「ここにいて。すぐ戻ってくる」

「どこに行くの？」

「グレースに話があるの」

「一緒に行っていい？」

「ママにまかせて。そのジャケットを脱いで、暖炉の前で温まってたら？」

反論しようかと思ったが、いまの提案がとても魅力的だったので、抵抗はやめることにした。少なくとも、おとなしく降伏すれば、母にショックを与える楽しみも味わえる。

母はわたしが突然すなおになったことに驚いたとしても、顔には出さなかった。

わたしはブーツとジャケットを脱ぎ、カウチに脚を伸ばして、カウチの背にかかっていたアフガン編みの軽い毛布をひっぱりよせると、横になり、暖炉の炎を見つめた。


つぎに気がついたときには、誰かの手がわたしを揺すっていた。

「スザンヌ、起きなさい。夕食ができたわよ」

身体を起こして目をこすると、目の前にグレースがいた。

「わたし、眠りこんでたみたい」

「よかった。起きたままであんないびきをかいてたのなら、救急車を呼ばなきゃいけないもの」

「ママと楽しくおしゃべりできた?」両腕を頭の上のほうへ思いきり伸ばしながら、わたしは訊いた。

「ええ」グレースの返事はひとことだけだった。

「ほったらかしにしてごめん」わたしはそっと言った。「でも、ママがあなたと二人きりで話したいって言うから」

「気にしなくていいのよ。すべて解決ずみ」グレースは言った。

ダイニングルームから母の呼ぶ声がした。「お嬢さんたち、夕食が冷めていくあいだ、そこでずっとしゃべってるつもり?」

「いいえ」二人の返事がぴったりそろったので、両方が思わず笑いだした。

グレースが手を差しだした。その手をとると、カウチからひっぱりあげてくれた。

「昼寝したら、すごく身体が楽になった」ダイニングルームに入りながら、わたしは言った。

「それはよかったこと」母が言った。「じゃ、食事にしましょうか」

「おいしそうな匂い」グレースが言った。「どんなメニューかしら」

「たいしたものじゃないのよ。ピーマンの肉詰めを作って、去年の春に農家の直売マーケットで買って冷凍しておいたグリンピースを炒めて、サラダを作っただけ」

「全部おいしそう」グレースが言い、わたしも同意のうなずきを示した。

食事をするあいだ、盗難事件のことを母に話すのは避けた。食事が終わりかけたときに電話が鳴りだした。

電話に出ようとして母が席を立ったので、わたしは言った。

「食事中は電話に出ないというわが家のルールはどうなったの?」

「大事な用なのよ、スザンヌ。あなたの叔母さんのパティから電話がくることになってるの」

母が電話を取り、眉をひそめ、それから言った。「きっとあなたの勘違いだわ」

長い沈黙。やがて、不意に「ありがとう」と言って、母は電話を切った。

「けっこう早く話がすんだのね。パティ叔母さんに何かあったの？」

「シェリー・ライスだったわ。今日、あなたの店に強盗が入ったとか言ってたけど。きっと何かの間違いよね」

「強盗というより、空き巣にやられたの。うっかりして、ほんのしばらくレジを無人にしたら、その隙にお金を盗まれてしまったの」

母が何か言おうとしたが、その前にわたしがさえぎった。「用心が足りなかったことは認めるわ。でも、つい気がゆるんで。いま、その代償を払わされてるところなの。今夜は、お説教は聞きたくない。いいでしょ、ママ」

「誰にも怪我がなくてホッとしたわ――そう言おうとしただけなのに」

「それだけ？」

「それだけよ」

「よかった」空っぽになった皿を押しやりながら、わたしは言った。「ママさえかまわなきゃ、早く忘れてしまいたいの」

玄関ドアにノックが響き、わたしは応対に出ようとすぐさま立ちあがった。

「わたしに必要なものかもしれない。悩みを忘れてさせてくれる何か」

違っていた。ドアをあけると、エマが立っていたが、一人ではなかった。うしろに父親がついていて、その渋面から察するに、誰にとっても楽しいひとときにはなりそうもなかった。

父親のレイ・ブレイクが言った。「スザンヌ、話がある」

「今日は大変な一日だったんですよ、レイ。エマもわたしも疲れてクタクタ。今度にしてもらえません？」

「そうはいかん」レイは娘をわたしのほうに押してよこした。わたしは脇へどくしかなかった。でないと、エマとぶつかってしまう。

みんなでリビングに入ると、レイは母とグレースに会釈をし、それからエマに言った。

「さあ。言うべきことをちゃんと言いなさい」

「スザンヌ、今日のことはほんとにごめんなさい。でね、弁償させてもらいにきたの」エマは札束を差しだした。おそらく、けさの被害に相当する金額なのだろう。

わたしは断固として受けとりを拒否した。「それはしまってちょうだい、エマ。この件については、すでにおたがい了解ずみよ」

「父にそう言ったんだけど、耳を貸してくれないの」エマは背後の父親のほうへこっそり視線を向けた。

わたしは言った。「レイ、お嬢さんに一人前の大人になってもらいたいと思ってるんでしょ？」

「だからここにきたんだ」レイは頑固に言った。

「嘘よ。エマやわたしの気持ちなんか無視して、あなた流の解決法を押しつけようとしてるだけだわ。エマのお金は受けとれません。エマと同様、わたしにも責任がありますから。エマは思慮分別があり、責任感が強く、骨身を惜しまず働いてくれる子です。それ以上何をお望みなの、レイ?」

父親は顔をしかめた。「この子には正しいことをしてもらいたい」

「すでにしてます」わたしの声が必要以上に高くなった。抑えようがなかった。

「スザンヌ、声の調子に気をつけなさい」母が言った。

「わたしは心からママを愛してるし、ママもそれはわかってくれてると思うけど、この件はママには関係ないことよ。よけいな口出しはやめて」

母は面食らった様子だったが、やがて言った。「グレース、テーブルのお皿を片づけなきゃ。ちょっと失礼して、グレースと二人で片づけてくるわ」

グレースが母に続いてダイニングルームへ向かい、二人が姿を消したとたん、レイが言った。「ひとこと言わせてもらうと、きみが実の母親にあんな口の利き方をしても、わたしは少しも意外だとは思わん」

レイの注意を惹くために、わたしのほうで思いきった手段に出る必要があった。でないと、何を言っても向こうは耳を貸してくれないだろう。「こちらの意図を汲んでもらいたかったんです。うちの母が長年にわたって、わたしを思いどおりに動かそうとしてきたように、あなたもエマに同じことをしようとしている。もしわたしがエマだったら、母に言ったのと同じことをあなたに言うでしょうね。いまだったら、そう言われても仕方がないんじゃないですか」

レイが愕然とした表情になったので、わたしはとがった口調を和らげてつけくわえた。

「レイ、何も二人で訪ねてこなくてもよかったんですよ。エマがけさの件をまだ謝罪してないなんて、本気で思ってるんですか。エマは心から反省してます。だから、お父さんもこれ以上ガミガミ言わないでください。もう九歳の子供じゃないんだから」

レイは何か言いかけたが、言葉を呑みこんで、娘の腕をひっぱった。

「さあ、エマ。帰ろう」

「すぐ行く」エマが駆け寄ってきて、わたしに抱きついた。「ありがとう」耳もとでささやいた。「あたしのために父に立ち向かってくれた人は、これまで誰もいなかったわ」

「だったら、このへんで誰かがやるべきだったのよ」わたしは優しく言った。「また明日」

「お店に出るのを父が許してくれたらね」エマはそう言ってから、車で待っている父親のほうへ行った。

玄関ドアを閉めると、うしろにグレースが立っていた。

「いったい何があったの？　いえ、わざわざ尋ねるまでもないわね」

「レイがエマのことをいまだに小さな女の子だと思ってるから、そうじゃないことをわかってもらうために、レイのお尻をひっぱたかなきゃいけなかったの」

「あなたがひっぱたいた相手はレイだけじゃないわよ」グレースはおだやかに言った。

「わかってる。でも、ママも口出ししないでくれればよかったのよ。わたしが真剣に話をしてたんだから」

「百パーセント賛成」

「でも、やっぱり、謝れって言うんでしょ？」

「そんなこと、ひとことも言ってないわよ」わたしに視線を据えたまま、グレースは言った。

「そうね。でも、心のなかで思ってるでしょ」

グレースは微笑した。「スザンヌ、わたしの考えてることがどうしてわかるの？」

「長年の友達だもの。覚えてる？　オーケイ、このへんで涙を呑んで謝ることにしようかな」

「ときには、詫びを入れるしかない場合もあるのよ。二人だけにしてあげる。そしたら、少なくとも、人が見ている前で謝らなくてもすむでしょ」

「ありがとう。長くはかからないと思う。謝ることにかけては、かなりベテランだから」

キッチンへ行くと、こちらが何を言う暇もないうちに、母のほうが言った。

「スザンヌ、あなたに謝らなくては。ついカッとなって、ちゃんとした考えもなしに、どなってしまったの。あなたももう一人前の大人よね。人の注意を惹くために辛辣な言葉を使うことにしたのなら、ママもその判断を信頼しなくちゃ。許してくれる？」

わたしは自分を抑えきれなくなって、母に抱きついた。

「ママもわたしを許すって約束してくれるなら。どなったりしてごめんね」

「まあ、あれがママの注意を惹いたのはたしかだわ」身をひきながら、母は言った。「レイの反応はどうだった？」

「ちょっとムッとしてた。でも、とりあえず、エマへのプレッシャーは少し減ったかもしれない。お父さんの気持ちもわかるけど、娘には娘の人生があることを認めなきゃ。エマはわたしが褒めたとおりの子よ。ただ、お父さんはそういう目で娘を見ることができないのね」

「子離れするのって、簡単なことじゃないのよ」

「わかってる。あのお父さんにも謝ったほうがいいと思う？」

「いまさら謝っても、遅いかも。ただ、あなたに言われて、レイもちょっと考えるかもしれない。眠れぬ一夜をすごすことになるかもね」

「わたしが何を言ったか、どうしてママにわかるの？」

母は微笑した。「立ち聞きしてたのよ、もちろん。スザンヌ、ここはいまもママの家よ。ほかに誰が住んでいようと。さてと、暖炉のそばでデザートにしましょうか。雪がやんだことは知ってるけど、クリスマスツリーの照明と揺らめく暖炉の炎を受けてデザートを楽しむのは、きっとすてきよ。ママはこの季節が大好き」

「きっと遺伝だわ。わたしもそうだもの。何を食べさせてくれるの？」

「トライフルを作ったのよ」

「おいしそう。三つに分ける？　それとも、スプーンを三本用意して、いっせいにアタックする？」

「小皿とスプーンが常識だと思うけど」

「つまんない」

わたしは笑って言いながら、母を手伝うために、小皿三枚と、スプーン三本と、ペーパーナプキンをとりだした。母がトライフルをとりだし、三つに分けて小皿にのせてから、リビングに持っていった。グレースは椅子にすわって火を見つめていた。

彼女が顔をあげてこちらを向いたとき、どうも泣いていたように見えたので、涙の原因はなんだろうと、わたしは首をひねった。でも、尋ねるのはやめておいた。ずっと昔に学んだことだが、グレースがわたしに何か打ち明けたければ、わたしに急かされるのではなく、自分から進んで話すはずだ。友達が明らかに慰めを必要としていても、慰めの言葉をかけてはならないことを学ぶのは、むずかしいことだったが、ようやくそれができるようになった。

「トライフルのほしい人は？」わたしは自分の声にはしゃいだ響きを持たせようとした。

「わあ、おいしそう」グレースが言った。わたしから皿を受けとったときには、涙はすでに消えていた。

「ママはね、昔からおいしいトライフルが大好きだったのよ」母が言った。

「わたしなんか、ママが作ろうと決めたデザートなら、なんだって大歓迎」わたしは言った。

「ただし、ドーナツだけは勘弁して。お店でかなり試食するから、家に帰ってまで食べたくないの」

「商品をそんなにたくさん試食するのは、やめたほうがいいんじゃないかしら、スザンヌ」母が笑みを浮かべて言った。

「やめたほうがいいことはいろいろあるけど、自分じゃ止めようがないの」わたしは反論した。

母は笑いだし、その声の明るさが暖炉以上に部屋を温もりで満たしてくれた。

「先祖代々の呪いのようなものね」

暖炉の火を見つめながら、みんなでデザートを食べおえ、やがて、母が皿を集めて言った。

「あなたたちのお許しがもらえたら、今日買ったばかりの本が読みたくてうずうずしてるから、早めにおやすみを言いたいんだけど」

母が出ていったあとで、グレースがわたしのほうを見て言った。

「お母さん、気を遣ってくれたんだわ。二人だけで話ができるようにって」

「ママもあなたが泣いてるのに気づいたのね」わたしは優しく言った。わたしがやっているのは危険な綱渡りで、それは自分でも承知していたが、母もわたしもグレースのことを気にかけていて、できれば力になりたいと思っていることを、彼女に伝えたかった。

「なんでもないのよ」グレースは言った。

わたしは首を横にふった。「見た感じでは、なんでもなくはないようだけど」グレースが笑みを洩らしたので、不意に、言い方が変だったと気づいた。

「わたしの言う意味、わかるでしょ」

「どっちでもかまわなければ、わたしが話題にしたいのは、ダーリーンの部屋で見つかったものと、シンシアが話してくれた事柄のほうなの。それから、ミュリエルがお金に困ってたという事実についても」

「一日で分析するには、量が多すぎない？」わたしは言った。「どこから始める？」

「もちろん、シンシアの話から。ウィルマとダーリーンが大喧嘩したとシンシアは言ってたけど、本当なのかしら」

「どうしてシンシアが嘘をつくの？　事実じゃなかったかもしれないなんて、わたし、考えもしなかったわ」

「思いこみは禁物よ。シンシア自身がダーリーンと喧嘩してたのを隠しているのかもしれない。あるいは、ウィルマに何かひどいことをされたから、仕返ししたくてそう言ったのかも」

しばらく考えてみたが、どうもピンとこなかった。「よくわからないけど、シンシアは本当のことを言ってたような気がする」

「同感」グレースは言った。「でも、耳に入った話をすべて額面どおりに受けとるわけにはいかないのよ」

「じゃ、本当か嘘か、どうやって突き止めるの？」

グレースはしかめっ面になった。「わたしに思いつける方法はひとつだけ。誰かほかの美容師に訊くしかない」

「わたしをあの美容院の椅子にもう一度すわらせる気でいるのなら、考えが甘いわ。今度はそっちの番ですからね、グレース」

グレースは首をふった。

「わたしが考えたのは、もう少し巧妙なやり方よ。明日の朝、ドーナツ一ダースを美容院に届けたらどうかしら。そうすれば、美容師の一人に質問できるでしょ」

「あんなことがあったばかりなのに、エマをまた一人で残していけって言うの？」

エマがどう反応するか、わたしには予測がつかなかったし、それを知りたいのかどうかもわからなかった。

「エマに対するあなたの信頼を示すのに、それ以上いい方法があって？　今夜、小さな子供みたいにここに連れてこられたんだから、少しばかり自尊心をくすぐってあげる必要があるわ」

「なるほどねえ。おっしゃるとおりだわ。なかなかの名案かも」

「さてと、じゃ、ダーリーンの部屋で見つけたものを調べることにしない？」

持ち帰った品々を暖炉の前のコーヒーテーブルに並べながら、わたしは言った。

「こんなに持ってきてよかったかしらって気がしてきた。警察の捜査をずいぶん妨害してるのかも」

グレースが言った。「そんなことないわよ。殺人が起きた日に、マーティン署長がダーリーンの部屋を調べてもよかったはずよ。いまだに部屋の捜索に出かけてないとなると、まじめな話、調べる気があると思う？　これは誰かがやらなきゃいけないことなのよ、スザンヌ。わたしたちがやって、どこが悪いの？」

「そうよね」署長がわたしたちの理屈に同意するかどうかはわからない。ジェイクが反対するのは目に見えている。でも、考えてみれば、ジェイクはわたしにはもう関係のない人。そうでしょ？　死のキャンディケインの狙いがダーリーンだったのか、それとも、ミュリエルだったのか、そして、さらに重要なことだが、何者かがこのどちらかを殺そうとした動機はなんだったのか――それを突き止めるのが、わたしとわが友の役目だ。

わたしは自分の写真を手にとった。じっと見ているうちに、指が震えだした。

「ドーナツショップの前で撮ったものだわ。イースターのころに」

グレースが写真に目を向けた。「どうして断言できるの？」

「ウィンドーのなかを見て。カウンターの奥に、ポスターぐらいの大きさのイースターエッグが飾ってあるでしょ」

グレースは写真に顔を近づけ、うなずいた。「ほんとだ、見える。それってどういう意味？」

「つまり、ダーリーンが九カ月前にこの写真を撮ったのは明白だってこと」

「それぐらいわかるわよ。わたしだって、あなたと同じように計算できるんだから。ただ、理由がわからない」

「わたしも」写真を脇へ押しやった。毛髪には手を触れる気になれなかった。どう見てもマックスの髪のようだけど。つぎは、よれよれになった五枚の紙幣。わたしに鋭い推理力があれば、この紙幣の陰に潜む秘密を探りあてることができるのに。一枚一枚調べていき、手がかりは見つかりそうにないとあきらめかけたそのとき、一枚の裏の隅に三桁の数字が丁寧に書かれているのに気づいた。どこかで見たような数字。つぎの瞬間、思いだした。ダーリーンのバッグからとってきた名刺を調べたところ、裏側に紙幣とまったく同じ数字が書かれているのがわかった。

表に返して誰の名刺か見てみようとしたら、「スザンヌ、わたしの見落としたものが何かあったの？」と、グレースに訊かれた。

「新たな手がかりが出てきたようよ」わたしはエンボス加工された名前をじっと見ながら言った。

# 9

「じらさないでよ」グレースが言った。「誰の名刺なの？　殺人とどう結びつくの？」

わたしはしばらく名刺をじっと見てから答えた。

「ダーリーンの死に関係があるとは言いきれないけど、なんか怪しい感じ。そう思わない？」

「誰の名前が書いてあるのか、教える気がないのなら、こっちにちょうだい。自分で見るから」

わたしは名刺をかざして、グレースにも名前が見えるようにした。

グレースは口笛を吹いた。「どうしてダーリーンのところにレスター・ムアフィールドの名刺が？　わたし、レスターが名刺を持ってることも知らなかった」

レスターは地元のラジオ局ＷＡＰＳで朝のニュースを担当しているキャスター。リスナーの数は千人に満たないだろうが、新聞社より先に大スクープをものにすることに、レスターは誇りを持っている。レイと熾烈な競争をくりひろげていて、どちらも特ダネ合戦で相手を打ち負かすのが生き甲斐だ。

しかし、ダーリーンが持っていた百ドル札に、レスターの名刺の裏にあるのと同じ謎の三桁の数字が書かれている理由は、それでは説明できない。

「何か理由があるはずね」グレースは言った。「でも、いったい何なのか、想像がつかない」

「それを知る方法はたったひとつ」名刺をテーブルに置きながら、わたしは言った。「レスターに直接尋ねるしかないわ」

「楽しいことではなさそうね」

「パスしたければ、ぜんぜんかまわないのよ」

「何言ってるの？　調査に全面的に協力するって約束したじゃない。二人で知恵を出しあえば、明日の朝、レスターの放送時間が終わってからどんなふうに質問すればいいか、何か方法が見つかると思うわ」

「それって、つまり、明日も早起きして一緒に店に行くって意味？」

時計にちらっと目をやって、わたしは訊いた。夜の九時をまわったところ。厳密に言うなら、わたしの就寝時刻をすぎているが、出社の指示がくるまでグレースがうちに泊まっているため、このところベッドに入る時間が遅くなるいっぽうだ。つまり、わたしの睡眠時間がどんどん削られている。

「ううん、やめとく。スザンヌ、あなたとエマが毎朝どうやってあれだけの仕事をこなしているのか、わたしには理解できない。あなたの生活に合わせていたら、こっちはもう死にそうよ」

「しばらくすれば慣れるわ」わたしはふたたびあくびをこらえながら言った。

グレースも同じくあくびをこらえた。「はいはい、あなたがあくびばかりしてたら、こっちまで眠くなる。遅くまで起きてわたしのお守りをする必要はないのよ、スザンヌ。一人でいても退屈しないから」

「それはわかってる。ただ、あなたを一人にしたくないだけ」

「あなたとお母さんが二階にいれば、ここで一人になっても安心よ」

わたしはグレースにニッと笑いかけた。「ほんと？　何かあったとき、わたしたちじゃ、たいした助けにならないと思うけど」

「二人の人間が身近にいると思うだけで、すごく心強いわ」わたしが立ちあがると、グレースも席を立ち、ドアの横に置いてあったわたしのソフトボールのバットを持ってきた。「誰かが何かしようとしたら、これで撃退してやる」

「そこまで言うのなら、うん、わかった」

「ベッドに入って、スザンヌ」

グレースに言われたとおりにした。ベッドにもぐりこんだとたん、眠りに落ちていた。

翌朝、足音を忍ばせて一階におりると、グレースがカウチで寝ていた。毛布が肩からずり落ち、ソフトボールのバットを両腕でしっかり抱えこんでいた。毛布をかけなおし、暖炉に火を入れて薪を足し、大急ぎでシリアルを食べてからドーナツショップへ向かった。

驚いたことに、店に着くと、照明が煌々とともっていて、エマが手と膝を突いて塗料仕上げのコンクリートの床を掃除しているのが見えた。

「おはよう」わたしは店に入りながら声をかけ、背後のドアをロックした。「今日は早く出てくる約束だったっけ？」

「ううん」客席の床をせっせと拭きながら、エマは答えた。「このところひどい雪だから、お店をちょっときれいにしておくのも悪くないかなと思って。心配しないで。この分のバイト代は請求しないから」

「店に出て働いてくれる分は、ちゃんとバイト代につけておくわ」わたしは答え、そこでハッと気づいた。「エマ、お父さんがどう言おうと、わたしには関係ないわ。よけいな気は遣わなくていいのよ。弁償の必要もないし、ただ働きする必要もない」

「パパはあたしがここにきてることも知らないわ。でもね、スザンヌ、お願いだからやらせて。ほんとに申しわけなく思ってるの。何かせずにいられない。でないと、もうここでバイトできなくなる」

「わたしに言われて掃除を中止するぐらいなら、お店をやめたほうがいいって言うの？」

「やめたくないわよ。ここで働くのが大好きだから。でも、こんなことするなって言われたら、そうね、仕事をやめるしかないと思う」

「じゃ、続けて」わたしはそう言って、エマの脇をまわった。「あそこがまだきれいになってないわ」隅のほうを指さして、つけくわえた。

エマが立ちあがろうとしたので、「冗談よ」と言った。

「ううん、ほんとだわ。ここから見るとわかる」

わたしは奥にコートをかけてから、ゴム手袋をとり、エマのところに戻った。

わたしが横にきたのを見て、エマは驚いた顔になった。

「そんなことしなくていいのよ。あたしの仕事だから」

わたしはバケツからスポンジをとって、エマがまだ拭いていなかった場所の掃除にとりかかった。「ひとつだけ言わせてね――過ちの償いをしなきゃいけないのはあなただけじゃないのよ」泥や油汚れを拭きとりながら、わたしは言った。「それに、こういう作業はすばらしい汚れ落としになる。そうでしょ？」

心と床の両方の汚れ落としを意味していることを、エマも理解してくれたようで、数分前のこわばった暗い表情が消えて微笑が広がるのが見えた。「そうね、悩みを拭きとってしまえるのって、ほんとにすてきね」

「徹底的な汚れ落とし。いま必要なのはそれよ。さて、無駄なおしゃべりはもうおしまい。さっさとすませて、ドーナツ作りにとりかからなきゃ」

「こんなに朝が早いと、頭がうまく働かないわね」

「あら、そう？」やり残していた最後の場所を拭きながら、わたしは言った。「わたしなんか、目がさめたときはすごく冴えてるのに、時間がたつにつれて、一分おきに鈍くなっていくように感じることがあるわ」

「あたしはちょうどその逆。夜型人間だし」

「じゃ、体質的にはこの仕事にあまり向いてないわね」

両方が立ちあがったところで、エマがわたしに笑いかけた。

「どういう見方をするかで変わってくるわ。あたしは、翌日の朝じゃなくて、前日の夜だと思うことにしてるの」

「なるほど。時間どおりに出てきてくれるなら、その考え方には大賛成よ」ゴム手袋をはずしてエマに渡しながら、わたしは言った。「掃除の後片づけをお願い。わたしはケーキドーナツの生地作りにとりかかるから」

「すぐすませるわ」

その言葉どおり、エマは手早く片づけをすませ、今日の分のケーキドーナツのタネを混ぜあわせているわたしに言った。「スザンヌ、まじめな話だけど、あたし、ここが大好き。ほんとよ」

「わたしも。こんな楽しいところはほかにないわよ」

「ねえ」生地作りに使う作業台に視線を落として、エマは言った。ドーナツの種類別に材料がそれぞれ用意されている。「今日、新しいケーキドーナツのレシピを試してみてもいいかしら。やってみたくてうずうずしてたの。ちょうどいいチャンスだし」

「いいわよ。わたしのほうの作業が終わったら、あとは厨房を自由に使ってちょうだい」

わたしがオールドファッションドーナツ、プレーンなケーキドーナツ、ブルーベリードーナツ、パンプキンドーナツ、全粒粉ドーナツの材料をそれぞれ混ぜあわせるあいだに、エマは自分の生地に使う材料をあれこれ集めはじめた。わたし自身も実験が好きなので、自分で新しいレシピを考案することにエマが興味を持っているのを見て、うれしく思った。客をつなぎとめておくために新しい種類のドーナツを生みだしていくのは、なかなか大変なことだ。メニューに新しい品をつぎつぎと加えていけば、それを試食するために客が足を運んでくれる。

「キャンディケイン？　本気なの？」エマがすり鉢にキャンディを入れ、すりこぎで砕いているのを見て、わたしは訊いた。

「そっちはそっちのドーナツ作りに集中して。こっちはあたしがやるから」笑顔でエマは言った。

「オーケイ。でも、散らかしたら、ちゃんと片づけてね」

「いつもやってるでしょ」

わたしが何種類かの生地を順番にドロッパーに入れて揚げていくと、エマは自分の生地作りをしばらく中断し、両面がこんがり揚がってフライヤーから出されたドーナッツにグレーズをかける作業をやってくれた。

「はい、そろそろ完成だわ」エマは混ぜていた材料のところに戻り、その生地に最後の仕上げをしながら言った。生地のなかからキャンディの粒々がのぞいていたので、揚がったらどんな感じになるのだろうと、わたしは心配になった。

幸い、エマが作った量はわずかだった。

「自分で揚げてみる？」わたしはステンレス製のドロッパーをエマに渡した。流しでゆすいでおいたので、エマの生地を入れても大丈夫だった。

「ううん、いやでなかったら、スザンヌにやってもらいたい」

「喜んで」生地をスプーンですくってドロッパーに入れたが、その瞬間、ペパーミントの強烈な香りが鼻を突いた。

「この香り、キャンディだけじゃないわね？」

エマは正直に認めた。「そうなの。香りを強くしたくて、ペパーミント・エッセンスも少し入れたの。どうして？　入れすぎ？」

「揚げてみるまではなんとも言えない」内心、かなり心配だったが、それは胸にしまっておくことにした。

六個分をフライヤーに投入し、片面が色づくのを待って、もう片面を揚げるために木製トングでひっくりかえした。

「カラフルなのはたしかね」フライヤーから出し、グレージング用の台にのせながら、わたしは言った。エマがキャンディケインをどれだけ使ったのかわからないが、わたしだったら、その半分にしておくだろう。ペパーミントのフレーバーに関しては、どれぐらい強烈になるのか、もしくは弱くなるのか、予測がつかなかったが、香りから判断すると、ひどく甘ったるくなりそうな気がした。

エマがグレーズをかけて、それから言った。「自分では味見できないわ。緊張しちゃって。やって、お願い」

でも、わたしはしりごみするエマをたしなめた。「だめだめ、自分でレシピを考えたんでしょ。第一号を試食するのはあなたの特権よ」

「特権？　それとも、義務？」エマは訊いたが、それでも一個とり、半分に割って、かじってみた。

「うわ、ペパーミントのフレーバーが強すぎる」口の前で片手をふりながら、エマは言った。

「どれどれ」わたしも一個とって割りながら言った。かじった量はエマより少なかったが、それでも、強烈なフレーバーで鼻詰まりが解消するのを感じた。

「すさまじいわ。ねえ？」エマが言った。

「初めてにしちゃ、悪くないわよ。わたしだったら、つぎはキャンディケインとペパーミントの量を半分に減らすわね」

「もっと減らそうかな」

わたしは作業台を指さした。「もう一回、生地を作ってみて。イーストドーナツを作る前に、少し時間があるから」

「スザンヌさえかまわなきゃ、再挑戦するのはべつの日にしたい。これ以上の試食に耐えられるかどうか、いまは自信がないの」

「あら、弱虫ね」わたしはドロッパーを流しで洗いはじめた。ドーナツのタネは楽に洗い流せたが、キャンディの粒々でストレーナーの部分が目詰まりしていた。

エマはしばらくそれを見ていたが、やがて、わたしを押しのけた。「あたしがやります。あたしの仕事だし、目詰まりしたのはこっちの責任だから」

「これ、どうする?」わたしはグレージング用の台に残っているドーナツ五個を指さした。

「捨てましょう」エマは言った。

エマの言うとおりにしようとしたが、ふと衝動に駆られていくつか残しておいた。マックスが姿を見せたら、純粋な意地悪根性から、食べさせてやりたくなるかもしれない。彼のことを考えたとたん、いまごろどこで何をしているのかと心配になった。まだエイプリル・スプリングズにいるの? それとも、マーティン署長に追われているとわかったとたん、どこかへ逃げてしまったの？　それから、ミュリエルはどうしてるの？　誰かの家に身を隠してる？　それとも、もっと困ったことになってるの？　狙われたのが彼女だったのなら、町から逃げたことを非難しようとは思わない。ドーナッツショップの経営がなければ、わたしだって同じことをしたかもしれない。ミュリエルとマックスが一緒に逃亡したという説は、却下することにした。だって、どうしても想像できないもの。

でも、二人がどこにいるのか、無事でいるのかどうかは、やはり知りたかった。

もしかしたら、今日、何か答えが得られるかもしれない。

そうすれば、気分も軽くなるんだけど。

これまでのところ、つぎからつぎへと疑問が湧いてくるだけだ。こんなに疑問だらけでは対処しきれない。


五時半になり、店をあけようとして外に出ると、ジョージが表で待っていた。雪はついにやんだようだが、気温が急激に下がっていた。店に入るだけのために、どうして寒さをものともせずに外で待っていられるのか、わたしには理解できなかった。

ひらいたドアをジョージのために手で支え、店に通すために一歩脇へどいて、わたしは言った。「さ、どうぞ。外は凍えそう。ドアをノックしてくれればよかったのに。外にいるなんて知らなかった」

「待つぐらい平気だよ」コートを脱ぎながら、ジョージは言った。

「バカ言わないで。入って温まって」

ジョージはわたしを見て肩をすくめた。「行儀よく待ったあげくが、この扱いかね？　わたしがいつも言ってるとおりだな。善行にはかならず報いがある」

「コーヒーでもどうぞ」わたしはマグにコーヒーを注いで、彼の手に押しつけた。

ジョージはたっぷり飲んでから言った。「ようやく人心地がついた」

わたしはうなずいた。「そうでしょうね。ドーナツを持ってくるわ。話はそのあとで」

ジョージは鼻をクンクンさせた。「ペパーミントの匂いかな？　大好きなんだ。この匂いのドーナツを三個もらおう」

「まだ商品化されてないの。試作してみたらフレーバーが強すぎて。でも、改良すれば、数日中にはお店に出せるかもしれない」

「そりゃあんまりだ。わたしがモルモットになることになんの抵抗もないのは、あんただって知ってるだろ。試食用に一個だけでもいいから持ってきてくれ」

ジョージはそう言って譲らず、その表情から、本気で言っていることがこちらにも伝わってきた。「ちょっと待ってて」彼のために一個持ってこようと思い、厨房に戻った。

「もうお客さん？」皿洗い中だったエマが流しから顔をあげて訊いた。

「ジョージがきてるの」

しまっておいた場所からペパーミントドーナツをこっそり出そうとしたが、エマに見つかってしまった。「どうりでペパーミントの匂いがすると思った。捨てて頼んだのに」

「そのつもりだったけど、ジョージが食べたいって言うから」

エマはわたしの前に立ちはだかり、行く手をふさいだ。「出しちゃだめ。ねっ？　スザンヌ、めちゃめちゃまずいのよ」

「ジョージは立派な大人なんだから、自分のことは自分で決められるわ。それに、ひと口かじるまで、ぜったいあきらめないだろうし」

エマはしぶしぶ脇へどき、わたしにくっついて厨房を出た。わたしがジョージにドーナツを渡す前に、エマは言った。「ひとこと言っておくと、あたしが反対したのに、スザンヌが出すって言うのよ。このドーナツ、強烈なんだけど」

「かまわないよ。強烈なのは好みだ」ジョージは言った。

彼がドーナツを口へ運ぶのを、わたしたち二人は見守った。

じっと見られて、ジョージはたじろいだ。「わたしはサーカスの出演者じゃない。そんなにじろじろ見ないでくれ」

「これは見逃すわけにいかないの」わたしは言った。「だから、さっさと食べてちょうだい。あ、ちょっと待って」小型冷蔵庫からペットボトルの水を出して、ジョージの前に置いた。

「なんのためだ？」

「必要になりそうな気がして」わたしは言った。

ジョージは首をふった。「くだらん」ひとくち食べ、嚙み、わたしの予想に反して、呑みこんだ。そして顔色ひとつ変えずに言った。「キャンディがちょっと歯にひっかかった。二人とも、さっきから何を言ってるんだね？　うまいドーナツだと思うが」

エマが言った。「あのね、このレシピはまだ、ゴールデンタイムに提供できるようなものじゃないのよ」

ジョージは首を横にふった。「大いに気に入った。なあ、まだ残ってるのなら持ってきてくれ」

エマは信じられないという口調で言った。「ちょっと待っててね」残っていた二個のドーナツを持って、すぐに戻ってきた。「はい、どうぞ」

ジョージがドーナツにかぶりつくのを見て、エマは首をふった。

「ほかに用がないなら、あたし、皿洗いに戻ります」

エマが去ってから、わたしは言った。「さてと、もっとドーナツを食べる？　それとも、何か重大な話があって、こんな早朝から出かけてきたの？」

「店が忙しくなる前に、あんたをつかまえたかったんだ。調査をしたら、けっこう収穫があったぞ」

「わたしのほうも、かなり興味深いことがわかったわ。そちらから先に話す？」

「あんたのほうからどうぞ。こっちも収穫があったが、もうひとつ電話が入るはずだから、そのあとであんたに話すとしよう」

「わかった。ちょっと待ってね」マグにコーヒーを注いで、ジョージのところに戻った。ひとくち飲んでから言った。「まず、〈カットニップ〉へ行ってみたけど、期待したほどの成果はなかったわ。美容院にいたあいだ、ウィルマにはぐらかされてばかりだった。ダーリーンのことを話すウィルマの口調ときたら、ダーリーンは聖女のような従業員だった、周囲のみんなに慕われてたって言わんばかりなの」

「ごく自然な反応じゃないかね？ 死んだ人のことは、誰も悪く言いたくないからな」

「待って。まだ続きがあるの。美容師の一人が外までわたしたちを追いかけてきて、ウィルマに店へひきずりもどされる前に、グレースとわたしに話してくれたのよ。ダーリーンは殺される少し前に、ウィルマと大喧嘩をしたんですって」

「喧嘩の原因はなんだったんだね？」

「ダーリーンが美容院で盗みを働いてるって、ウィルマが言いだして、ものすごく険悪な雰囲気になったみたい。そこで、グレースとわたしはダーリーンの住まいへ出かけて、何か見つからないか調べてみることにしたの」

ジョージは眉をひそめた。「まさか、入りこんだんじゃなかろうな」

叱責するような彼の口調は前にも耳にしたことがあった。

「ジョージ、署長がダーリーンの住まいを捜索しようと思えば、時間はいくらでもあったはずよ。署長がどういう方針で捜査を進めてるのか、わたしにはわからないけど、殺された被害者を無視したままで、どこまでいい捜査ができるかしらね」

ジョージは無言だったが、その表情からすると、困ったものだと思っている様子だった。ちょうどそのとき、彼の携帯が鳴りだした。相手の名前を見て、「出なくては」と言った。コートをつかむと、身を切るような寒さのなかへ出ていった。

一分後、表のドアのチャイムが聞こえたので、てっきりジョージが戻ってきたものと思ったが、入ってきたのは、ダーリーンのいとこのテイラー・ヒギンズだった。

「コーヒー。テイクアウトで」テイラーは言った。

「サービスでドーナツを一個つけたら、食べてくれる？」わたしは彼にドーナツを食べさせようとして、冗談っぽく訊いてみた。

「コーヒーだけでいい」彼は答えた。「何か新しい情報は入ってないかな」

「誰も何も教えてくれないのよ」わたしはテイラーのためにコーヒーを注ぎながら答え、揚げたてのグレーズドドーナツを袋に入れて差しだした。

「店のサービスよ」

餌に食いついてこなかった。「ごめん。ことわる」

「きみが食べてくれ」袋のほうを見ないようにして、テイラーは言った。

た。

「ほんとにドーナツが嫌いなのね」わたしは驚きを隠そうともせず、彼を見つめながら言った。

テイラーは顔をしかめ、下唇を噛んだ。「そうなんだ、ごめん。どうしても好きになれない」

「そのくせ、しょっちゅう、ここにくるのね」拒まれたドーナツをとりもどしながら、わたしは言った。

「コーヒーが好きなんだ。それと、話し相手がほしくて」テイラーはそう言うと、店を出て、早朝の暗がりにふたたび姿を消した。

ジョージが戻ってきて、ドアのところで足の雪を払い落とした。

「あと二、三分かかりそうだ」

「何が?」

ジョージは首を横にふった。「まだ言えない。そっちから話してくれ。ダーリーンのところで何を見つけたんだ?」

「どうしてわたしが何か見つけたと思うの?」

「おいおい、こっちは長年警官をやってたんだぞ。様子を見ればわかるさ。さあ、話してくれ」

「怒らないでね」

「約束はできん」

わたしは肩をすくめた。ジョージの協力がほしかったら、知っていることを洗いざらい打ち明けるしかない。それでまたまたお説教をくらうことになっても、仕方がない。

ジーンズのポケットに手を突っこんで、レスター・ムアフィールドの名刺（裏に奇妙な数字が書かれたもの）と、同じ数字が書かれた百ドル札をひっぱりだした。

ジョージは両方に目をやってから、清潔なナプキンをとり、それらの品を受けとった。ゆうに一分はたってから、わたしに訊いた。「スザンヌ、どこで見つけたんだ？」

「百ドル札はダーリーンの部屋のクロゼットに置いてあった箱のなか。名刺のほうは彼女のバッグに入ってた」

わたしのやったことをジョージが不快に思っているのがわかったが、少なくとも、非難の言葉はよこさなかった。「これがどういう意味なのか、何か心当たりはない？」

ジョージが首を横にふったので、わたしは言った。「今日、店を閉めてから、グレースと二人でレスターに話を聞くため、ラジオ局へ行こうと思ってるの」

「あんたがこれまでにやってきたなかで、最高に賢明な行動とは言えんだろうな。ここはひとつ、わたしにまかせてくれ」

「あなたが行ったら、警察が捜査しているような印象を与えてしまうわ。わたしね、レスターを警戒させたくないの」

「わたしはもう警官じゃないぞ。覚えてるだろ？」

「ジョージ、バッジはもう返却したかもしれないけど、動作のひとつひとつがいかにも警官って感じよ」

ジョージは肩をすくめた。「いや、やっぱり、あんたのやろうとしてることは危険だと思う」

「グレースと二人で行くのよ。それに、まじめな話、真っ昼間にレスターが何をするっていうの？　わたしたちに危害を加えようとするなんて、想像できる？」

「やつが殺人を隠蔽する気なら、やりかねんぞ」ジョージは言った。

「心配しないで。用心するから」

ジョージは百ドル紙幣を宙でふった。「ダーリーンのクロゼットで見つけたと言ったな。かなりの金があったのかね？」

「わたしが見つけたのは、百ドル札が五枚だけ」

「で、数字の書いてある札はほかにもあったかい？」

「ううん。それ一枚だけ。ただ、名刺のほうは、裏に数字の入ってるのが何枚かあったわ。どうして？」

ジョージはコーヒーをひとくち飲み、それから顔をしかめた。「べつに理由はないが」

「隠さないでよ」

ジョージは考えこんだ。「その五枚の百ドル札は、ダーリーンがウィルマから盗んだものかもしれん」

「ありうるわね。でも、百ドル札なんて盗むかしら。なくなれば、すぐ気づかれてしまう。それより、十ドル札か二十ドル札のほうが簡単に盗めるし、ウィルマは被害に気づきもしないと思うわ」

「頭を悩ませるのはやめておこう。そのうちわかるさ。さてと、あんたがレスターと話をしたがってる理由はわかったが、気をつけてくれよ。いいね?」

「わかった」わたしは空っぽになった彼のマグに目を向けた。「コーヒーのおかわりはどう?」

ジョージはうなずいたが、ちょうどそのとき、ふたたび彼の携帯が鳴りだした。おかわりを注ぐ前にジョージが外へ出ていったので、わたしは彼が戻ってくるのを辛抱強く待った。こちらから見たかぎりでは、ジョージが一方的にしゃべっているようだった。いい兆候とは言えない。どうなっているのか知るために、わたしも外へ出ようとしたが、そこで表のドアがひらいてジョージが飛びこんできた。

「よし、いまから出かけるぞ。あんたもコートをとってきてくれ。出発だ」

「どこへ?」

「たったいま、ミュリエルの隠れている場所がわかったんだ。だが、急がないと逃げられてしまう」

「エマ、ちょっと出かけてくる。わたしが戻るまで、売場のほうをお願い」と大声で言って、コートをつかみ、ジョージと一緒に表のドアから飛びだした。

エマに苦手な接客を押しつけてばかりいるのは、たぶんフェアではないだろうが、そんなことで思いとどまるわけにはいかなかった。

これでようやく、探しつづけていた答えが見つかるかもしれない。

# 10

「わたしの車で行こう」ジョージが言った。

こちらも異存はなかったので、彼のキャデラックに乗りこんだ。

「気をつけてね。道路がまだすべりやすいから」

どこへ行こうとしているのか、不意にピンときた。「ギャビー・ウィリアムズの家へ向かうのね？」

ジョージは一瞬、前方から目を離し、わたしを凝視した。

「どっちなんだ、スザンヌ？　唇が読めるのか、それとも、心が読めるのか」

「どちらでもないわ。どうしてそんなこと訊くの？」

「わたしが名前を口にするのを観察したか、もしくは、心を読んだのでないかぎり、なんでミュリエルの潜伏場所がわかるというんだ？　まさか、わたしに隠してたんじゃあるまいな、スザンヌ」

「まさか。これで納得できたわ」

「わたしは納得できん。説明してくれ。拝聴しよう」

「あなたが気づかなかったのは、たぶん、わたしと違って、ギャビーのことをよく知らないからだわ。ギャビーは二日ほど前に突然店を閉めて、姿を消してしまった。それだけでも妙なのに、その前にうちの店にきて事情を話すことさえしなかった。何をするつもりかを誰彼かまわず話してまわるのが自分の義務だと思ってる人だし、自分の人生で何が起きているかをわたしにくわしく話すことが生き甲斐のような人なのよ。店を一時休業しなきゃいけないほどの大事件が起きたのなら、新聞に広告を出すに決まってるわ」

ジョージが信じてくれたかどうかをたしかめようと、彼のほうを向いた。

「誓うわ。あなたに隠しごとなんてしてません」

「信じるよ」ジョージは言った。ギャビーの家が近くなってきた。着く前にどうしても尋ねておきたいことがひとつあった。「わたしの推理の根拠は、いまあなたに話したけど、あなたがどうやって知ったかは、まだ聞かせてもらってないわ」

ジョージが前方を指さした。一台の車がライトをつけたまま通りに止まっていた。排気ガスが出ているところを見ると、いつでも走りだせるよう、アイドリングさせているのだろう。ギャビーの家まであと百メートル足らずだったが、ジョージは家の前まで行くかわりに、アイドリング中の車のうしろで止まった。

たとえ車からイースター・バニーが飛びだしてきたとしても、グラント巡査がおりてくるのを見たときほどの衝撃は受けなかっただろう。

グラント巡査はジョージと握手をすると、わたしに会釈をよこしてから、ジョージに話しかけた。「五分待とう。そのあとで、ぼくから署長に電話を入れる」

「わかった」とジョージは答え、「行こう」と、わたしに言った。

わたしは戸惑いの目でグラント巡査を見たが、向こうは視線を合わせるのを避けていた。

急いでジョージに追いついて尋ねた。「何がどうなってるの？　どうしてグラント巡査が協力してくれてるの？」

「あいつはわたしに借りがある。それも、大きな借りだ」ジョージは言った。「協力を頼もうと思って、借りを返してもらうことにしたんだが、わたしが署長より早くここにくることには、あいつ、いい顔をしなかった。それで電話の交渉が長びいてしまったんだ。まじめな警官だからな、こういうのは性に合わんのだろう」

「よっぽどすごい借りがあるのね」

ジョージは肩をすくめただけだった。「ほら、行こう。時間がない」

玄関前のステップをのぼり、ドアをガンガン叩いた。

「ギャビー、あけてくれ。玄関に明かりが見えるし、いましがた、あんたの影も見えた。だから、まだ起きてないふりをするのはやめてくれ」

返事はなかった。そこで、ジョージは言った。

「ミュリエルがここにいることは、みんなが知っている。警察がくるまであと四分しかないから、まず、わたしと話をしたほうがいい」

返事はなかった。

「わたしにやらせて」

ジョージが肩をすくめたので、わたしは言った。

「ギャビー、スザンヌ・ハートよ。入れて。ミュリエルを助けにきたの。でも、その前に警察に連れていかれたら、わたしたちにはもう手出しができないわ」

ジョージが気はたしかかと言いたげにこちらを見たが、二人ともびっくりしたことに、玄関ドアがひらき、ミュリエルが飛びだしてきて、わたしに抱きついた。

「これ以上耐えられない」ミュリエルは言った。「寿命が縮みそう」わたしから離れながらつけくわえた。

すぐうしろにギャビーがいて、見るからに不機嫌そうな顔で言った。

「とにかく、みんな、入ってちょうだい。少なくとも、なかのほうが暖かいわ」

「警察がくるのは本当なのよ」わたしは言った。「わたしたちにはどうにもできなかったの」

「こさせればいいでしょ」ギャビーは言った。まだ午前六時にもなっていないのに、いつものように、水色のテーラードスーツに同じ色の靴という、一分の隙もない装いだった。「警察から身を隠さなきゃいけない理由は、わたしには何もないもの」

「事件の参考人を匿っていた」ジョージは言った。

ギャビーは彼を見ると同時に笑いだした。「お尋ねしますけど、古くからの友達を家に泊めるのが違法なことなの？　わたしが知るかぎりでは、犯罪に関わったことなど一度もない人なのよ」

ジョージは首を横にふった。「言われてみればそうだな」

ギャビーは勝ち誇ったように微笑した。「じゃ、警察がきたってかまわないわ」

みんなで家に入ってから、ジョージがミュリエルに訊いた。

「ここだけの話にしておくが、なんで身を隠したんだ？」

「誰かがわたしを殺そうとしたの」ミュリエルは言った。「あなた、前は警察にいたんでしょ。それぐらいわかると思うけど」

「キャンディケインはあんたを狙ったものだったと考える理由が、何かあるのかね？」ジョージは訊いた。質問を始めてから、彼の声がじつに冷静になったのには、驚くばかりだった。警官時代の感覚がよみがえったことが、わたしにも見てとれた。警察に勤務していたころの彼はすばらしく有能だったに違いない。

ミュリエルが言った。「あの人、わたしとそっくりの格好だったのよ。わたしのコートを着て、わたしの髪とほぼ同じ色のウィッグを着けていた。ただし、白髪をそのままにしておくなんて、わたしはぜったいしないけど。これ以上、どんな根拠が必要なの？」

「どうしてあなたが命を狙われるわけ？」わたしは訊いた。「みんな、そのことで首をひねってるのよ」

ミュリエルの下唇が震えはじめて、止めようのないまま泣きくずれてしまい、六分後にマーティン署長がやってくるまで泣きつづけた。グラント巡査が約束を守って、ジョージのために便宜を図ってくれたものの、あまり役には立たなかったようだ。

「あんたがきてることを予測しておくべきだった」わたしを見たとたん、署長は言った。どう言いかえせばいいのかわからなかったので、わたしにしては珍しく返事を控えた。

数秒後、署長は首をふり、つぎにミュリエルを見た。「いままでどこにいた？」

ギャビーが二人のあいだに割って入った。こんな形相の彼女を見るのは初めてだった。

「答える必要はないわ」ギャビーは署長をにらみつけて、ミュリエルに言った。

「ううん、ちゃんと答えておきたい」ミュリエルはようやく泣きやんだ。「わたしのせいで収拾のつかないことになってしまったんだもの。パソコンなんて買わなきゃよかった。あれが原因で、すべてが崩れはじめたのよ」

署長はわたしたち全員を順番に見まわした。署長がジョージに目を向けたとき、ジョージの視線が揺らぎもしなかったことを、わたしは誇らしく思った。

しばらくしてから、署長は言った。「あんたら二人を追い払っても仕方がないから、まあ、ここにいてくれ。みんなで話を聞くとしよう」ミュリエルに視線を戻した。「なんでパソコンのせいにする?」

「おもしろそうだと思ってパソコンを買ったの」ミュリエルは説明した。「誰もがインターネットの話をしてるのを聞いて、そっちにも興味を持ったの。メールをやるようになって、そしたら、世界じゅうからとっても魅力的なメールが届きはじめたわ。会ったこともない人からのメール」ミュリエルはまたしても泣き崩れそうになるのをこらえ、それから、低い声でつけくわえた。「そして、わたしはすべてを失ってしまった」

「ま、まさか、そのメールって、ナイジェリアからでは?」わたしは訊いた。

ミュリエルはうなずいた。「お金持ちにしてくれるって約束だったのよ。でも、結局、一文無しにされてしまった」

わたしの受信箱にも、しばしば、外国から迷惑メールが届くが、すぐさま削除する。インターネットの世界に詐欺師がはびこっているという話は、けっして都市伝説ではない。現実のことだ。疑うことを知らない被害者たちが泥棒にお金を送りつづける。欲に目がくらんで。もしくは、人道的な理由から(被害者側はそう信じたがる)。

ミュリエルは不意に冷静になった。「わたしはすべてを失い、交際相手のグレイソンは、わたしがどんなに愚かな女だったかを知って、去ってしまった。そのあとで、誰かがわたしを、いいえ、わたしに似た女性の命を狙ったことがわかり、あいつが本当に追いかけてきたん署長は首をふった。「ミュリエル、その男に金を送ってたのなら、なんでそいつがあんたを殺そうとするんだ？」

「わたしのほうに、現金化できるものがなくなってしまったから。支払いを続けろって、ものすごくしつこかったの。わたしの負債が膨れあがっていると言って、すごく脅かすのよ。そのうち追いかけてくると思ってた」

わたしはふたたび口をはさんだ。「ミュリエル、そのお金、どこへ送ってたの？　アメリカ国内のどこか？」

「ううん、直接ナイジェリアのほうへ。当然でしょ」バカじゃないのと言わんばかりの目でこちらを見て、ミュリエルは言った。

「じゃ、もう心配いらないわ。あなたを殺す気なんて、向こうにはないんだから。一文無しになったことを知ったとたん、あなたを捨てて、つぎの獲物を狙うに決まってる」

ミュリエルの目に希望の光が浮かんだ。「ほんとにそう思う？」

「間違いないわ」わたしは言った。横から口をはさんでも、署長が文句を言わなかったので、びっくりした。

「まあ、そんなうれしいことを聞いたのは初めてよ」ミュリエルは言った。つぎに顔をしかめた。「でも、わたしを狙ったのがピーターじゃなかったとすると、いったい誰なの？」

わたしは思わず、「こっちもそれを突き止めようとしてるのよ」と言いそうになったが、かろうじて口を閉じておくことができた。奇跡中の奇跡。

署長が言った。「誰なのか、まだはっきりしていない。よく考えてくれ、ミュリエル。あんたの死を願うような人物は誰もいないかね？　あんたの死で利益を得そうな人物は？」

そう言われて、ミュリエルは笑いだした。「どうして？　わたしが死んでも遺産なんかないのよ。生命保険は何週間も前に現金化してしまったし」

「あんたの相続人全員にそれをはっきり知らせておくべきだ」署長は言った。「だが、この事件が解決するまで、町を出て、どこかよそに居場所を見つけたほうがいいかもしれん。用心のために」

ミュリエルはしばらく考えこみ、やがて言った。「ウェスト・ヴァージニア州にいとこがいるわ。ずっと前から会いたいと思ってたの。それぐらい遠ければ安全かしら」

「大丈夫だろう。だが、それ以上何も言わんでくれ」署長は部屋を見まわした。「あんたの行き先については誰も知らんほうがいい」

「バスの予約がとれたら、すぐ出発するわ」ミュリエルは言った。「それぐらいなら払えるから」

「そんなことで頭を悩ませる必要はないわ。わたしが送っていく」びっくり仰天したことに、ギャビーが言った。

ミュリエルは言った。「ギャビー、もう充分によくしてもらったわ。わたしにどれだけ恩を感じてるとしても、恩返しはもうすんだのよ。わかる？」

ギャビーは首をふった。「いいえ、まだよ。まだ終わってない」

「そんなことしてくれなくてもいいの」

ギャビーは優しい笑みを浮かべた。わたしなんかには見せたこともない表情。

「わたしが決めたの。いいわね？　さあ、カバンに荷物を詰めて。支度ができたら、すぐ出発よ」

ミュリエルは廊下の奥へ姿を消した。署長が「ほんとに送っていく気かね？」と訊いた。

「そうよ」ギャビーが答えた。

「ありがたい。ミュリエルが安全な場所に移ってくれれば、こっちも安心できる。用心のために」

「用心のために」ギャビーはうなずいた。

署長が言った。「せめて、町のはずれまで送らせてくれ。外で待っている。だが、あまりぐずぐずせんように」

外へ出ていくとき、マーティン署長はわたしたちのほうを見もしなかった。

署長がいなくなったとたん、わたしは言った。「ギャビー・ウィリアムズ、どういう風の吹きまわし？　どうしてそこまでするの？」

　ギャビーは言った。「わたしにはあなたの知らない面もあるのよ、スザンヌ・ハート。こうするのがわたしの義務なの。止めようとしても無駄よ。留守のあいだ、うちの店に目を光らせておいてくれる？」

「まかせといて」わたしは言った。ふだんから噂好きで、いささか口うるさいこの女性が、これまでわたしが一度も見たことのなかった一面を見せている。ジョージがオペラを歌いだしたとしても、ここまで驚きはしないだろう。でも、自分の目でじかに見られてよかったと思う。誰かから聞いたとしても、この目で見ていなかったら、ぜったい信じる気になれないもの。

「さてと、ぐずぐずしてる場合じゃないわ。わたしも支度をしてこなきゃ」てきぱきした、愛想のないギャビーに戻っていた。

　みんなで外に出たとき、署長が彼のパトカーを家の前に止めるのが見えた。グラント巡査はどこにいるのかとあたりを見まわしたい気持ちを、わたしは必死に抑えつけた。

　ふたたびジョージの車に乗りこんでから言った。「グラント巡査の協力をとりつけてくれて、どうもありがとう」

「それだけの価値はあったな。ミュリエルをだましたナイジェリアの詐欺師が、彼女を殺すためにわざわざノースカロライナまで出かけてこなかったことは、自信を持って断言できるし、ミュリエルに危害を加える動機を持つ者は、ほかには誰もいないようだ。これでダーリーンに焦点を合わせることができる。わたしの耳に入っていないことがまだ何かあるかね？わたしの知らない手がかりは？」

「知ってることはすべて話したわ」

ジョージはうなずいた。「スザンヌ、あんたがレスターと話をするときは、やはりわたしも同席すべきだと思う」

「そこまでしなくてもいいと思うけど」

「なぜだね？」

「さっき説明したでしょ。こう言っちゃなんだけど、あなたって、ちょっと怖い感じなの。レスターを油断させておかなきゃいけないのよ。何か感づかれたんじゃないかって、向こうが疑ったら、たぶん協力してくれなくなるわ」

「容疑者を尋問するのは得意なんだが」ジョージは少々ムッとした様子で言った。

「そこなのよ」わたしは説明しようとした。「いまでも尋問が得意なのはよくわかるけど、こっちの魂胆をレスターに見抜かれると困るの。あなたがもと警官で、しかも凄腕の警官だったことを、レスターは知っている。そんなあなたに、すなおに話をすると思う？　グレースとわたしの二人だけでタックルしたほうが、うまくいきそうな気がする」

ジョージから文句が出るのを待ち受けたが、それはなかった。

「わかったよ。だが、困ったことになったらわたしに電話すると約束してくれ」

「約束する」わたしは言った。

ドーナツショップに戻ると、ジョージは表のドアの前でわたしをおろした。

店に入っていったわたしは、エマがレジから離れていないのを見てホッとした。

「留守中、何も変わったことはなかった?」と、おだやかに尋ねた。

「ええ。お客さんが二人きただけ。あたしは一度もレジを離れなかったわ」エマがレジの引出しをあけると、お金が無事に入っているのが見えた。

「エマ、わたしはあなたを信用してるのよ。わかってね」

「見てもらいたかっただけ」エマはそう言ってから、奥のほうを向いた。「もうレジの番をしなくていいのなら、皿洗いをしてこなきゃ」

「助かったわ、エマ」

エマは優しい笑顔を見せてから、厨房に姿を消した。どうもそちらのほうが居心地がいいようだ。

つぎの客がくるまでのあいだ、しばらく暇だったので、ダーリーンのことを考えつづけた。犯人の狙いはミュリエルではなくダーリーンだったことが、これではっきりした。あの名刺と、名刺と同じ数字が書かれた百ドル札のことで、レスターと話をするのが待ち切れない。

やがて、客が入りはじめた。信じられないことだが、まだ七時にもなっていなかった。忙しい朝になってきた。この勢いからすると、なかなか暇になりそうにない。このまま店に釘づけだ。すでにエマに店番を頼みすぎているし、きのうの窃盗事件でエマがいまだに傷ついていることも、わたしにはよくわかっている。ま、仕方がない。レスターはどこへも行かない。だって、午前中のニュースが終わっても午後からべつの番組を担当しているし。それに、グレースと二人で彼に近づいたとき、手近な避難場所へ逃げられてしまわないようにするには、どうアプローチすればいいかを考えるために、正午までの五時間が必要だった。

午前八時を少しまわったころ、テリ・ミルナーとサンディ・ホワイトが子供たちを連れて店に入ってきた。テリには八歳の双子の娘が、そして、サンディには九歳の息子がいる。

二人が子供たちをブースの席にすわらせると、みんな、椅子にすわったとたん、騒ぎはじめた。

「スプリンクルにする」双子の一人が言った。

「スプリンクルはこのあいだ食べたよ」もう一人が言った。「あたし、今日はチョコのかかったドーナツがいい。四個」

二人の名前はメアリーとジェリー。もしかして、テリのお母さんの名前はケアリー？ 理由はもちろんわかると思うけど、みんな、映画の〈僕らのセックス、隣の愛人〉の登場人物。

「四個ともぼくが食べる」トマスが言った。このなかでたった一人の男の子なので、双子の前でつっぱっているのがみえみえだ。わたしは思わず微笑した。

サンディが子供たちに言って聞かせた。「ママたちが注文するあいだ、いい子にしてたら、おいしいドーナツが食べられるわよ」

テリが身を乗りだしてつけくわえた。「でも、いい子じゃなかったら、ミズ・ハートに頼んで、きのうの売れ残りの古くてまずいドーナツを出してもらうことにしますからね」

子供たちはギクッとし、たちまちおとなしくなった。

サンディとテリがカウンターに近づいてきたとき、こっそり笑いあっているのが見えた。

「二人とも、まったく、性格が悪いわねえ」わたしは笑顔で言った。「自分でも気がついてるでしょ？」

サンディが言った。「やだ、あんなの、なんでもないわよ。冗談だってことぐらい、子供たちもわかってるし」

子供たちのほうを見ると、驚くほど行儀がよくなっていた。「ほんとにそう言える？」

テリが言った。「二分ほど待ってみて。また騒ぎだすから。ひとときの平和のあいだに、コーヒーのLサイズを二杯お願いしていい？」

二杯のコーヒーを注ぐと、二人はたっぷり飲んだ。

テリが言った。「子供のことは可愛くてたまらないのよ。でも、明日もまた雪だったら、わたし、おかしくなって絶叫するかも」

「同感」サンディが言った。「初めのうちは楽しかったけど、雪が解けて、表面がバリバリの氷になっちゃったから、雪だるまも作れないし、そり遊びはレールの上を走ってるような感じだし、結局、家のなかにこもって工作をやるしかないの」

テリが言った。「もう二度と、ぜったいに、粘土なんか見なくてすむように願いたい」

「うちはフィンガーペイントよ」サンディがうめいた。「キッチンを見てほしいわ。ジャクソン・ポロックがそこで発作を起こしたような有様なの」

母親の予言どおり、子供たちが席で騒ぎはじめるのが見えた。わたしは注文も聞かずに、紙パック入りのチョコレートミルク三人分と注文のあったドーナツ三個を用意した。

「はい、これ。野蛮人たちが落ち着きをなくしてるわ」

二人はうなずき、「ありがとう」と異口同音に言った。

子供たちは最初のうち、注文どおりの品を見てうれしそうだったが、ほどなく、誰がどれをとるかで口喧嘩になり（ドーナツも、チョコレートミルクの紙パックも、まったく同じ大きさなのに）、母親たちが仲裁に乗りだした。子供たちとすごすのがこの二人にとってどんなに大切なことかを、わたしは知っているし、この二人以上にわが子を愛している母親がほかにいるとしても、そんな人にはまだ出会ったことがない。それでも、子育てがいかに意義のあることでも、二人がそれをいかに幸せに感じているとしても、たまにストレスを発散するのはいいことだ。その機会を提供することができて、わたしはうれしく思っている。

グレースがもう起きたかどうかをたしかめるために、家に電話しようかと迷っていたら、幸いにも、電話番号の最後の数字をプッシュする前に、グレースが店に入ってきた。

「グッド・アフタヌーン」わたしは笑顔で言った。

グレースは腕時計を見た。「あら、正午までまだ三十分もあるじゃない。ゆうべはぐっすり寝たけど、朝からずっとベッドでぐずぐずしてたわけじゃないのよ。おたくのゲストルームには何か不思議な力があるのね」

「いつ二階へ行ったの？　わたしがけさ家を出たときは、あなた、まだカウチに倒れこんでたわよ」

グレースは微笑した。「あなたが出ていったすぐあとで、ベッドに移ったの。カウチで寝てしまったなんて信じられない。きっと、お母さんに迷惑がられてるわね。厚かましくお宅に押しかけてばかりだから」

わたしはグレースのためにコーヒーを注ぎ、全粒粉ドーナツの最新の試作品（これなら満足してくれるかも）を出しながら言った。

「バカなこと言わないで。あなたがきてくれると、母が大喜びなんだから」声をひそめてつけくわえた。「レスターと話をする準備はできた？」

「もちろん。でも、その前に、ぜひ知らせておきたいことがあるの」グレースは言った。

「銀行に勤めてる友達が教えてくれたんだけど、ダーリーン・ヒギンズは最近、十万ドルも定期にしたそうよ」

わたしはコーヒーカップを落としそうになった。ダーリーンの服を見たし、暮らしぶりも見た。どこからそんな大金を手に入れたのか、想像できない。「たしかなの？」

グレースは眉をひそめた。「信用してよ。たしかなんだから」

「ごめん。疑うような言い方をするつもりはなかったのよ。でも、ダーリーンの部屋を見たでしょ。部屋のなかの品々は、買ったばかりのときでも、それほどすてきじゃなかったと思うわ。そんな大金を持ってたなんて考えられない」

「ひとつだけ断言できるのは、ウィルマから盗んだお金ではないってこと。お金がどこから入ってきたのか、いまも調べてる最中なんだけど、わかったのはとにかくこれだけ。それ以上深く調べてる時間はなかったわ」

「かなり深く調べることになりそうね」わたしは言った。「ところで、レスターにどうタックルするかって問題が、まだ残ってるわよ」

「正直に言うと、起きてからずっと考えてたんだけど、レスターをさりげなく尋問するための方法がまだ見つかってないのよね」グレースはコーヒーをひとくち飲んでから言った。「マックスとミュリエルをどうやって捜せばいいかも、まだわからないし」

わたしは突然、けさの出来事をグレースに報告していなかったことに気づいた。

「あ、それそれ。まだ話してなかったわね。けさ、ミュリエルが見つかったの。無事よ。ギャビーの家に隠れてたんだけど、いまはもう、二人で町を出たころだわ」

「どこへ行ったの？　最初からずっとギャビーの家にいたのかしら」

「正確な行き先は知らない」わたしは言った。百パーセントの真実。「ギャビーはミュリエルに何か大きな借りがあるらしくて、だから、ミュリエルの行きたいところならどこへでも車で送っていくつもりなの」

グレースは低く口笛を吹いた。「どれだけ大きな借りなの？」

「ギャビーのお店はしばらく休業よ」

グレースは信じられないと言いたげに首をふった。

「どうにも信じがたい話。ミュリエルが怪我ひとつせずに姿をあらわしたというだけで、みんな、ミュリエルの身は安全だと思ってるわけ？」

「晴れて自由の身とはいかないけどね」ミュリエルがこうむった損失のことをくわしく話すと、グレースは首をふった。「ミュリエルったら、自分で自分の首を絞めたようなものね」

「まったくだわ」わたしも同意した。

「スザンヌ、ミュリエルがまだまだ借金をこしらえてて、それを内緒にしてるとしたら？この近辺の誰かに借金してるってことはないかしら。返済できないものだから、貸した側は、借金を踏み倒そうとするほかの連中への見せしめとして、ミュリエルを始末することにしたのかも」

そこまでは考えなかった。でも、自己弁護のために言っておくと、ほかのみんなだって考えなかった。「ありうるわね」

携帯をとりだし、ジョージの番号を押して、電話に出た彼に言った。

「グレースから、検討する価値のありそうな意見が出たわ」この新たな情報を彼に伝えると、ジョージは「リストに加えておく」と言ってから電話を切った。

ジョージの言葉をグレースに伝えようとしたそのとき、双子の一人がわたしの人生を少しばかり活気づけてやろうと決心したようだった。その子がトレイを押しやった瞬間、半分残っていたチョコレートミルクの紙パックがテーブルにぶつかって跳ねかえり、宙で回転して、あたり一面にミルクをまきちらした。

一瞬、呆然たる沈黙が広がり、やがて双子のもう一人が金切り声をあげた。

「バカバカ、あたし、びしょ濡れだよ！」と叫んだ。

「ちょっと待ってね。すぐきれいにしてあげるから」わたしは子供たちに言い聞かせながら、清潔な布巾を何枚かつかんだ。

一枚をグレースに渡して言った。「三番通路を拭いて」

グレースはわたしに笑顔を見せ、二人でこぼれたミルクの後始末にとりかかった。まずはテーブルの上。つぎに床を点検。あんな紙パックに、どうしてこんなに大量のミルクが入ってるの？　テリとサンディがわたしたちから布巾を奪いとろうとしたが、こっちが頑として譲らなかったので、二人はディスペンサーから紙ナプキンをとってミルクへの攻撃を開始した。一分後、エマがモップを持って登場し、ほどなく後始末は終了した。

詫びの言葉を星の数ほど並べたててサンディとテリが子供と一緒に店を出ていったとき、子供は三人そろってしょげかえっていた。

「おもしろかったわね」グレースが言った。

「〈ドーナッ・ハート〉ではいつも何かが起きるのよ」

騒ぎのせいで、何人かの客は帰ってしまったが、ひと握りの勇敢な人々が残っていた。わたしは陳列ケースのトレイをひとつ手にして言った。

「みなさんの忍耐とご理解に感謝して、ここに並んだドーナツをサービスさせてもらいます」

最初はみんな、遠慮して手を出さなかったが、グレースが一個とると、あとはダムが決壊したようなもので、二分後にはトレイが空っぽになっていた。

「待って。残りもサービスよ」わたしは陳列ケースに戻った。どうせもうじき閉店なのだし、みんなに感謝のしるしを受けとってもらいたかった。今日は教会への寄付はなし。宣伝用に企業に配るのもやめ。でも、それでいい。常連客にドーナツをサービスするのは気分のいいものだ。

頭に浮かんだアイディアを実行に移すため、グレーズドドーナツを一ダースだけ脇へどけておいたが、それをべつにすれば、閉店の七分前にはすべてなくなっていた。

「はい、ここまで。閉店しますね」

数人がドアへ向かったが、そこまで行く前に、わたしはさらにつけくわえた。

「いまの無料ドーナツはなかったことにしておいてね。誰かしゃべる人がいたら、うちではもう、その人にはドーナツを売りません。それでいい？」

みんなあわててうなずいたが、それでも、わたしがドーナツを無料で配ったことはいずれ知れ渡るだろう。その理由が人に知られないよう願うしかない。

表のドアをロックしたあとで、グレースが訊いた。「そろそろレスターにタックルしにいく？」

「ううん、掃除が先よ」

エマが言った。「出かけてください。掃除はあたしがやるから。閉店まで出かけるのを延ばしてもらって感謝してるの」

「あなたのためにやったんじゃないわ、エマ。掃除を一人で全部ひきうけるなんて、だめだめ。ここはわたしの店なのよ」

「かまいません」

「うーん、あなたはかまわないかもしれないけど、わたしがかまうの」グレースのほうを向いた。「モップを握って、ここの床から始めてくれない？　エマとわたしは厨房の掃除をするから。そうすれば、二十分で全員がここを出られるわ」

「どっちへ進めばいいのか、指さしてちょうだい」グレースは言った。「モップや箒があれば、わたし、ビューンって飛んでいけるのよ」

わたしはグレースにモップを渡し、それから、汚れた皿と、ドーナツやその他のお菓子が並んでいたトレイの最後の分を、エマと一緒に洗った。この店で一日に使われる洗剤の量ときたら、驚くばかりだ。皿洗いをするだけでもフルタイムの仕事に近い。エマがいなくなったら、わたし一人でいったいどうすればいいだろう？　食洗機を買うだけの予算はないし、そもそも、あれじゃ完全に汚れが落ちるとは思えない。

最後の数枚のトレイを洗いながら、わたしは言った。「せっせと働いてくれることに、わたしがどんなに感謝してるか、あなたに知ってもらいたいの」

エマは顔にかかった赤毛を手の甲で払いのけた。「きのう、あんなことがあったあとだから、そのお世辞は受けとれません」

「すんだことはすんだことよ、エマ。その言葉は二度と聞きたくない。過去のことは忘れて、先へ進んでいきましょう」

エマが抱きついてきた。泡だらけの手が背中にまわされたが、わたしは気にしなかった。

「とってもクールなボスね」

「そして、あなたはすばらしい従業員で、いい友達でもあるわ」

グレースが厨房に入ってきたが、あわてて出ていこうとした。

「ごめん。邪魔する気はなかったの」

「いま終わるところよ」エマが最後のトレイをゆすぐあいだに、わたしは言った。

奥のライトを消して、「じゃ、出ましょうか」と言った。

「もうクタクタ」エマが言った。「真夜中からお店に出てたから」

「明日はもう少し遅めにしたら？」

「六時とか？」エマは訊いた。やけにうれしそうな笑みを浮かべていた。

「わたしは二時四十五分がいいかなと思ってたの。でも、妥協してあげる。二時四十六分にしましょう」

エマは笑いながら、わたしがあけたドアから外に出て、三人で歩道に立ったとたん、急いで自分の車のほうへ駆けていった。

わたしはグレースを見て言った。「エマがここで働いてくれて助かるわ」

「あの子の言うとおりね。あなたはすばらしいボス」

「立ち聞きしてたの？」

「もちろん。狭い店だもの。何が起きてるか、耳に入れずにいるほうがむずかしいわ。あなたって、とってもすてきな友達でもあるわね」グレースはつけくわえた。

「同じ言葉をお返しするわ。さて、わたしたちの抱える小さな謎のことで、レスターと話をしに出かけたいんだけど、どう？　二人のうち一人だけでも納得できそうな説明を、レスターがしてくれる可能性はあるかしら」

「とりあえず、こちらから質問する権利はあると思うわ」グレースは言った。

「じゃ、出かけましょ」

# 11

「わたしが運転するわ」グレースが言った。「あのジープだと、スザンヌの車だってことが町のみんなに知られてしまう。何を企んでるか、世間に知られたら困るでしょ？」

「あなた、ここにくるのに、大切な会社の車を危険にさらしたっていうの？」わたしは訊いた。「上司の許可がおりるまで、車を出しちゃいけないことになっているんでしょ？」

「ばれさえしなきゃ大丈夫よ。それに、道路状態がよくなっても、わたしがあわてて仕事に戻る必要はないんだし。必要とあらば、ダーリーンの身に何があったかを突き止めるまで、しばらく休暇をとってもいいわ」

「わたしのせいであなたが出世の機会を逃すようなことは、できれば避けたいのよ」

「スザンヌ、いまは、これがわたしのいちばんやりたいことなの。あなたを店からひっぱりだして本物の休暇を楽しむのは無理だから、せめてこんなことでもしようかなと思って」

「だって、わたし、勝手にお店を閉めるわけにいかないもの。エマとお母さんに何もかも押しつけるのはフェアじゃないし。あの二人ならちゃんとやってくれると思うけど、そしたら、いまにわたしがドーナツ作りから締めだされてしまう。あ、忘れて。くだらない意見でした」

「あなたのやってることもくだらないけどね」グレースは微笑して、言葉の辛辣さを和らげた。

ラジオ局までやってきた。なんの変哲もないレンガ造りの建物で、駐車場から見るかぎり、どこにも窓がない。建物の横に鋼鉄製の巨大な塔が立っている。ここがコインランドリーでもコピーセンターでもなく、ラジオ局であることを示す唯一のしるしだ。

ドアには、カミソリの箱に書いてあるよりも多くの注意書きが出ていた。はたしてなかに入れるのかと心配になった。ベルを押し、つぎにノックをしたが、まったく応答がなかった。

「ここの人たちだって食事はしなきゃ。でしょ？」わたしは言った。「誰かが出てくるまで、待つとしましょう」

グレースは首をふった。「あのね、わたし、待たされるのって好きじゃないの。電話で交渉してみるわ」

「それでラジオ局にもぐりこめるって、本気で思ってるの？」

「やってみなきゃわからないでしょ。それに、寒いなかで誰かが出てくるのを待つより、そっちのほうがいいわよ」

「わかった、好きなだけ電話して」わたしは言った。

「携帯をとってこなきゃ。車に忘れてきた」

グレースが車のなかに姿を消したちょうどそのとき、ラジオ局のドアがあいた。三十代と思われる背の高い美人が飛びだしてきた。わたしを見たとたん、見るからにホッとした顔になった。

「もう時間よ」わたしを見てひどく驚いた様子で、女性は言った。「いつからここで待ってらしたの？」

「いま着いたところ」わたしは正直に答えた。

「早く入って。レスターが待ってるから。四分ぐらい前から、床を踏み鳴らしてるの。あの男がいらいらするのを見るのは、わたし、大好きだけど、そんなことしてたら、いい番組は作れないわ」

女性はわたしの腕をつかむなり、こちらが抵抗することも、グレースが戻ってくるのを待つこともできないうちに、ドアのなかへひきずりこんだ。

「友達がまだ駐車場のほうなんだけど」わたしは言った。

「じゃ、そこで聴いててもらえばいいわ。部外者は立入禁止なの。覚えてるでしょ？　ゆうべ、電話であれこれ打ちあわせしたじゃない」

「何か誤解してらっしゃるような……」

大きな窓の前で足を止め、コントロール・ルームをのぞきこむと、ヘッドホンをつけ、口もとにマイクをくっつけたレスターがデスクの前にすわっていた。

女性が説明した。「あのね、うちは小さな局なの。プリマドンナのようなわがままは、シャーロットのラジオ局用にとっておいてね。なかに入って、レスターと話をしてちょうだい。簡単なことでしょ」

〝放送中〟のサインが消えるのが見えた。つぎに気がついたときには、女性の手でドアからレスターのほうへ押しやられていた。彼とは二、三回会ったことがあり、向こうもわたしの顔を知っているはずだが、わたしが入っていっても、顔をあげようともしなかった。

「遅刻だぞ。そこにすわって、ヘッドホンをつけてくれ」

わたしが何か言おうとすると、レスターは片手をあげて制し、マイクに向かって語りかけた。「〈ヘアサロン・カットニップ〉はどこよりもすてきな髪型をお約束します。さて、番組に戻りましょう。本日のゲストの登場です。サーモンのグリルについてどんなお話が聞けるのか、いまからわくわくします」

レスターが激しく手をふって、わたしに話をするよう促したが、あいかわらずこちらを見ようとしなかった。わたしはヘッドホンをつけると、マイクに口を近づけて言った。「レスター、サーモンのグリルのやり方なんて、まったく知らないわ。サーモンにしつこく質問を続ければ、向こうも折れて、最後には本当のことを話してくれるんじゃないかしら」

これでやっと彼の注意を惹くことができた。レスターはハッと顔をあげ、つぎの瞬間、わたしが誰なのかに気づいた。

「いまのは、われらが町の住人、スザンヌ・ハートの冗談でした、みなさん。シェフのリーザが今日は出演できなくなったため、それにかわるすてきなゲストとして、この町のドーナツ屋さんをスタジオにお招きいたしました。さて、スザンヌ、危険な点では煙草やマシンガンに勝るとも劣らない食べものを町の人々に提供していることを、あなたはどう思っておられるのでしょう？　ではここで、スザンヌが答えを考えるあいだ三十秒ほどコマーシャルへ。そののちに番組再開といきましょう」

〝放送中〟のサインが消えたところで、わたしはヘッドホンをはずした。

「どういうつもり？　汚い質問だわ。わかってやってるのね」

「なんでほかの人間のふりをして、生放送に割りこんだ？」

「あなたと話をしにきたのよ。シェフのリーザだなんて、ひとことも言ってないわ。あるいは、缶詰パスタでおなじみのシェフ・ボイアルディだとも言ってない。あなたのアシスタントにここに放りこまれて、つぎに、〝しゃべれ〟ってあなたに言われたの」

「カーラ、ちょっときてくれ」目の前のパネルに並んだ数多くのボタンのひとつを押しながら、レスターは言った。

「いま忙しいんだけど、レスター」

「時間を作れ」

「コマーシャルタイムが終わってしまう」カーラは言った。明らかに時間稼ぎをしようとしている。

「だったら、もうひとつコマーシャルを入れろ」レスターは言った。大柄な男で、つやつやのハゲ頭とビーズみたいな茶色い目をしている。こういう目は、レスターよりもフェレットについているほうがよく似合う。

カーラを気の毒に思ったが、入ってきた彼女を見ると、まったく気にしていない様子だった。レスターがわたしを指さして、彼女をにらみつけた。「シェフのリーザじゃないぞ」

「前にも申しあげましたよね、レスター。番組のゲストは自分で選ぶという方針をあくまでも貫くつもりなら、手違いがあったときに、こっちに文句を言うのはやめてください」

「この女はドーナツを作ってるんだ」レスターはわめいた。

「バカみたい」わたしにしか聞こえない低い声で、カーラは言った。レスターには聞こえない。というか、カーラはそう思いこんでいた。

「いまなんて言った？」

二人が大喧嘩になる前に、わたしが割って入った。「この人はね、〝わたしみたい〟って言ったのよ」カーラのほうを向いた。「じゃ、あなたもドーナツを作るのね」

カーラはうなずいた。「ええ、しょっちゅう」

レスターは顔をしかめたが、ふたたび〝放送中〟のサインがつき、カーラはさっさと逃げてしまった。逃げだすチャンスのあったカーラを、わたしは羨ましく思った。

「それでは、答えをお聞きしましょうか」レスターが言った。

返事はすでに考えてあった。

「ドーナツを食べすぎれば健康に害のあることを、わたしもすなおに認めます。でも、アイスクリームも同じです。スイカもそう。適量ということが、すべてに共通する大切な要素なんです」

「しかし、なんでそんなものを作るんです？」レスターが訊いた。あいかわらず、ネチネチと嫌みなやつだ。

「わたしたちは機械ではありません、レスター。ときたま、うしろめたい喜びに浸るのは、誰にでも必要なことです。あなたにもきっと、秘密の悪習があるはずよ。あなたの悪しき習慣が何なのか、リスナーのみなさんに教えてあげてはいかが？　みなさん、きっと、大喜びでしょうね」

わたしの反撃のジャブを無視して、レスターはしつこく続けた。「つまり、あなたは毒物を製造していることを認めながらも、疑うことを知らない人々に製品を売りつけているわけですね。スザンヌの答えはコマーシャルのあとで」

レスターが生放送のスイッチを切り、それから言った。「わたしと言い争おうとするのはやめることだな。放送中はとくに。たったの二分でズタズタにして泣かせてやる。きみがしつこくわたしを貶《おとし》めようとするのなら。ここにきた目的はそれかね？　わたしを痛めつけるためかね？」

「いいえ。いくつか質問させてもらいたいの」

「何に関して？」そう尋ねるレスターの声には、疑惑が色濃くにじんでいた。「いったい何を話さなきゃならんのか、想像もつかないね」

「手始めに、ダーリーン・ヒギンズのことなんかどうかしら」

これが大当たりだったことは、間違えようがなかった。〝放送中〟のライトがふたたびついたので、わたしはレスターが口をひらく暇もないうちに、わがドーナツの弁護に乗りだすことにした。

「さっき、わたしのドーナツのことを毒物だとおっしゃいましたね。反論はしません。あなたのレベルまで身を落とすのは、わたしの威厳にかかわることだから。弁明が必要なのはあなたのほうよ。ダーリーン・ヒギンズとの関係について、すべて話してちょうだい、レスター。殺されたダーリーンが住んでいた部屋に、なぜあなたの名刺があったのかしら。その名刺と、部屋で見つかった百ドル札に、同じ数字が書かれていたのはなぜかしら」

レスターを見ると、顔に笑みが浮かんでいた。

「何がおかしいの？」

「三十秒前から放送が中断されててね。技術面のトラブルだ。申しわけない。あらためてインタビューのスケジュールを組みたいのなら、帰るとき、カーラに会ってくれ」

「どこでわたしのコメントをカットしたの？」

レスターがダイヤルをいくつか操作すると、わたしの声が再生されて流れてきた。〝さっき、わたしのドーナツのことを毒物だとおっしゃいましたね。反論はしません〟そこから先はノイズが入っているだけだった。

「訴えてやる」わたしはそう言って立ちあがろうとし、ヘッドホンをつけたままだったことに気づいた。帰ったら、この男の声の感触を消すために、耳を熱湯消毒しなくては。

「技術面のトラブルに関して？　きみが立証するところを見たいものだ」

たちまちのうちに、レスターの言うとおりだと悟った。こちらに勝ち目はない。途中で切られてしまったわたしの短いコメントが、当分のあいだ、訂正されないまま世間に広まることになる。断言できることがひとつあった。わたしが自分の汚名をそそぎ、ドーナツの悪評を打ち消したくとも、レスターが番組に招いてくれることはけっしてないだろう。

「わたしの負けだわ、おめでとう。でも、百ドル札とあなたの名刺がダーリーンの部屋にあった理由は、まだ説明してもらってないけど」

「名刺なんか、あちこちでばらまいている。誰かが名刺を受けとってダーリーンに渡したとしても、不思議ではない」

「じゃ、百ドル札のほうはどうなの？」

「きみには関係ないことだ、スザンヌ。わたしを攻撃するつもりなら、もっとましな武器を用意することだな。さて、失礼してかまわなければ、わたしも仕事があるので」

「技術的なトラブルが起きたと思ってたけど」

「帰ってくれ。いますぐ」

言われたとおりにした。恐れをなしたからではなく、こちらの負けを悟ったからだ。証拠は何もない。疑惑と憶測があるのみ。しかも、両方ともマーティン署長を説得するに足るものではない。

出ていこうとすると、カーラに呼び止められた。それと同時に、玄関のほうから、誰かがドアをガンガン叩いているのが聞こえてきた。どうやら、グレースはなかに入れてもらうまであきらめないつもりらしい。

カーラがわたしの腕に手をかけた。「かばってくれてありがとう。レスターと仕事をするのは、うんざりするほどいやなんだけど、食料品を買うお金が必要なの。子供たちを食べさせていかなきゃ。さっきは自制心をなくして、レスターに悪態をついてしまった。あなたがごまかしてくれなかったら、クビになってたかもしれない」

「いいのよ、そんな」

カーラはうなずいた。「ちょっときて」

促されるままに、彼女のブースまで行った。かなり狭い部屋で、廊下を三メートルほど奥へ行った向かい側にあった。だから、カーラはレスターの姿を見ずにすむし、さらに重要なことだが、自分の姿を彼に見られずにすむ。

「あなたがレスターに質問するのを聞いたの。だから、本当の答えを教えてあげようと思って」

「どうやってわたしたちの会話を聞いたの？　マイクはオフになってたでしょ」

「放送用のマイクだけね」カーラは言った。「レスターがしょっちゅう消し忘れるから、わたし、そこからおいしいゴシップを仕入れてるの。レスターって、噂好きなオバサンみたいな男よ。噂を広めるのが大好きで、独自のパイプを持ってて、番組のなかで流す誹謗中傷を秘密の情報源から仕入れてるの。ダーリーンがレスターの名刺と百ドル札を持ってたのも、それが理由。お札に数字が書いてあったでしょ？」

わたしはうなずいた。

カーラはノートをとりだし、わたしのために数字を読みあげてくれた。紙幣や名刺を見るまでもなく、まったく同じ数字であることは明らかだった。

「レスターがダーリーンから噂話を仕入れて、謝礼を払ってたわけ？」わたしは訊いた。

「百ドルもの価値があるなんて、ダーリーンはいったいどんな噂を知ってたのかしら。ここはエイプリル・スプリングズよ。ダラスじゃないのよ」

「どんな噂かは知らない。わたしが知ってるのは、ダーリーンがレスターから謝礼をもらってたということだけ。〈カットニップ〉で美容師をしてれば、町の人たちの噂をあれこれ仕入れるのにもってこいだわ」

「でも、レスターが美容院のコマーシャルをやってるのを、さっき聞いたばかりだけど。大胆ねえ。ダーリーンを情報収集に使ったりしたら、スポンサーを失う危険があるというのに」

カーラは身を乗りだし、小声で言った。「それどころか、ウィルマの広告料のおかげで、レスターの番組はかろうじて持ってるのよ。あと二つスポンサーがついてたんだけど、ここ一カ月のうちに、両方ともおりてしまったの。ウィルマにまで見捨てられたら、ラジオ界におけるレスターのいわゆるキャリアはもうおしまい」

「じゃ、レスターにはダーリーンに死んでもらいたい理由があったわけね。レスターの情報集めの件をウィルマにばらすと言って、ダーリーンが脅したなら、口封じのために彼女を殺したかもしれない」

カーラの顔が蒼白になった。「えっ、まさか」

「ありうるわ」わたしは言った。

「ちょっと調べたいことがあるの。こちらからまた連絡するわ。電話番号を教えてもらえる?」

わたしはドーナツショップの番号を走り書きして、一瞬迷ったのちに、携帯の番号も書き添えた。「いつでもかまわないから電話して。協力に感謝する。ただ、クビになるようなまねだけはしないでね。そんなことになったら、お詫びのしようがないもの」

「でも、無関心を決めこんで殺人者を自由にさせておくなんて、できないわ」

レスターがブースから出てきて、廊下を見渡した。わたしに気づいた瞬間、目が細められ、二つの小さなスリットみたいになった。

「ここで何をしている？」

適当な理由が思いつけなくてわたしが焦っていると、カーラが言った。

「マグを渡そうとしてたの」わたしの手にマグを一個押しつけた。「ゲストへのお土産よ」

レスターがわたしの手からマグを奪いとった。

「この女はゲストではない。乱入者だ。さあ、出ていけ」

「はいはい。どっちみち、あなたのマグなんかほしくないし」わたしはそう言って正面ドアのほうへ急いだ。外に飛びだした瞬間、グレースを突き飛ばしそうになった。

「やっと出てきたのね。わたしのことなんか忘れたのかと思ってた」

「入れてあげられなかったの」グレースの車のほうへ急ぎながら、わたしは言った。「とにかく逃げましょ。外に出てから、何があったのか説明してあげる」

「なんなの？　ついにマイクでレスターを殴りつけたとか？」

わたしはあわてて足を止め、グレースを見た。「なんでそんなこと言うの？」

「番組でのやりとりを聴いたのよ。あなたがレスターに銃弾をぶちこんだとしても、誰も非難しやしないわ。なかに入るのをあきらめたあと、あなたがラジオでレスターを糾弾したりするんじゃないかと思って、車に戻り、ラジオをここの局に合わせたの」

「最後のところをどう思った？」

「かなりひどかったわね。ドーナツが毒物だなんて言われて、どうして反論しないの？　ぜったいすべきだと思うけど」

「それは違うのよ。しゃべってる途中で、レスターにスイッチを切られちゃったの」

「そんなことじゃないかと思ってた。心配しないで。あのコメントを聞いた人はそんなに多くないと思うから」

「レスターがいくらお粗末なキャスターでも、エイプリル・スプリングズの住民の大部分があの番組を聴いてるってことを、知らないふりはしないでね。どうすれば名誉挽回できるかわからないけど、何か方法を思いついたとしても、挽回までには時間がかかるでしょうね」

「お店をちゃんと続けていく以上に大事なことはないわ」ようやく二人で車に乗りこむあいだに、グレースが言った。

「でも、ダーリーンを殺した犯人も見つけなきゃ。ダーリーンは美容院で仕入れたゴシップをレスターに流して、その報酬を受けとってたそうよ」

「ウィルマが知ったら、なんて言うかしら」グレースが訊いた。

「そこが問題だわ。でしょ？　レスターの番組を担当してるアシスタントの話だと、〈カットニップ〉がスポンサーをおりたら、番組は打ち切りになるだろうって。ダーリーンを殺すのに充分な動機だと思わない？」

「レスターはたぶん、そう考えたでしょうね。でも、ダーリーン殺しにレスターが何か関係してるのなら、どうすればそれを証明できる？」

「いま考えてるところ」わたしは言った。やがて、車はドーナツショップの前に着いた。

「どうしてここに？」

「どこへ行きたかったの？　自宅のほう？」グレースが訊いた。「どこでもお望みのところまで送るけど、どこへ行きたいのか、そっちから言ってくれなきゃ。でないと、夕食の時間までここにじっとすわってることになるわよ」

「行き先が決められればいいんだけど」

五分たってもわたしたちは同じ場所でじっとしていたが、そのとき、グレースの携帯が鳴りだした。グレースは電話をとる前にわたしのほうを向いて言った。「コーヒーが飲みたい」

「淹れてくる」わたしは気を利かせて車をおりた。

店に入ったが、背後のドアをロックする暇もないうちに、ドアを叩く音がした。分厚いコートに大きな帽子の男性がわめいた。「やってる？」

わたしはドアにかかったサインを指さした。「申しわけありません。今日はもう閉店です」

「なら、どうして店にいるんだ？」

とっさに頭に浮かんだことを口にした。「在庫調べがあるので」

店をオープンして以来、在庫調べは一度もやったことがない。材料の在庫管理をきちんとやるべきだとわかってはいるのだが。うちは小さな店なので、材料が何か切れても、そのつど注文すればいい。切羽詰まったときは、自分でスーパーへ走って少し買ってくればいい。世界でいちばん効率的なシステムでないことはわかっているし、正直なところ、ときには一時的に窮地に陥ることもあるが、定休日なしで店をオープンしている身としては、在庫管理の作業をよぶんに背負いこもうという気にはなれない。

ちょうどコーヒーが沸いたところに、グレースが入ってきた。

「男がプンプンしながら歩き去るのを見たわよ。何があったの？」わたしからマグを受けとりながら、グレースは尋ねた。

「ドーナツがほしいって言われたんだけど、在庫調べの最中だと言ってことわったの」

「そんなのやってないでしょ？」

「もちろん」わたしは自分のマグにもコーヒーを注いだ。「でも、何か口実をつけるしかなかったから。誰から電話だったのか、教えてくれる？　それとも、よけいなお世話？」

「ダーリーンが預金した十万ドルの出所がわかったわ。残念ながら、ここでたぶん行き止まりね」

わたしはマグを置いた。「どういうこと？　それだけの大金なら、殺人の動機になるはずよ」

グレースが説明してくれた。「ダーリーンの大叔母さんで、ユニオン・スクエアに住んでたマートルって人が、一カ月半ほど前に亡くなったの。そう言えば、わたしも新聞のお悔やみ欄で見たわ。お金持ちだったみたい。遺産は誰がもらうんだろうって思ったのを覚えてる。でも、そのあとでほかに用があったから、すっかり忘れてしまってた。さっきわかったんだけど、大叔母さんは亡くなる数日前に、ダーリーンを遺言執行者に指名したんですって。その前の執行者が誰だったか、知りたくない？」

「たぶん、ダーリーンのいとこのテイラー・ヒギンズね」

グレースは驚いた様子だった。「どうして知ってたの？」

「知らなかったわ。厳密に言うと。あなたから大叔母さんのことを聞いて、もしやと思ったの。うちの店に二、三回やってきて、ダーリーンのことをあれこれ質問して、いったい何があったのかって尋ねたの。だから、あなたから遺言執行者の話が出ても、わたしはそれほど驚かなかったわけ。テイラーのかわりに、ダーリーンが遺産を相続することになってたの？」

「ううん、執行者としてわずかな報酬が出るだけで、あとは百人の受遺者に分割遺贈されるんだって」

「一人あたり千ドルってこと？」

「五百ドルぐらいじゃないかな。大叔母さんの負債を全額支払ったあとだと」

「五百ドルじゃ、殺人の動機としては弱いわね」

「もっとわずかな額のために殺される者もいるわよ。でも、ええ、この件に関しては、お金は関係ないと思う。少なくとも、動機のリストからお金を消してもよさそうね」

「単なる好奇心なんだけど、ダーリーンが亡くなったいま、彼女の分は誰がもらうのかしら」

「たぶん、あとでほかの人たちに分配されるんじゃないかしら。でも、違うかもしれない。追究するほどのことでもないと思ってた」

「そうね。受遺者の一人が連続殺人犯で、残りの九十八人をつぎつぎと殺す気でいるのでなきゃ、ここで行き止まりね」

「そのようよ」グレースは言った。

コーヒーを飲みほしたあと、ポットに残っていた分をテイクアウト用のカップに注ぎ、それからポットとマグを洗った。

グレースが訊いた。「いまからどうする？」

「いったん家に帰るわ。シャワーを浴びて着替えたいし。かまわない？　今日はドーナツの匂いがやたらと気になって」ふだんはさほど匂いを意識することもないのだが。たまに、一人になりたくてたまらないときがある。そんなときは、他人の存在がひどくうっとうしく感じられる。

「それがいいわね」グレースは言った。

外に出て戸締まりをしながら、駐車場のほうへ目をやると、ジープのワイパーに誰かが紙切れをはさんでいるのが見えた。

それを見たとたん、心臓の鼓動が速くなり、どういう意味だろう、誰かがわたしに何を伝えようとしているのだろう、と心配になった。


それはジョージだった。ふり向いた彼の顔を見て、わたしは胸をなでおろした。

グレースとわたしが立っているのを見て、ジョージは驚いた顔になった。

わたしたちがそばまで行くと、彼は言った。「スザンヌ、今日はしばらく戻ってこないだろうと思ったんだ」

「出かけてたけど、こうして戻ってきたわ」わたしは言った。「何かあったの？　それとも、わたしにメモを読ませたい？」

ジョージは笑みを浮かべると、紙切れをワイパーからはずして丸め、ポケットに突っこんだ。「わたしの口から話すとしよう。コーヒーにありつくチャンスはあるかね？」

わたしは手にしていたカップをジョージに差しだした。「はい、どうぞ。注いだばかりよ」

「あんたのコーヒーを横どりするわけにはいかん」

「食中毒のことが心配なら、淹れたてだから大丈夫。グレースも、わたしも、もう飲んだの。すなおにどうぞ。ねっ？」

ジョージはうなずき、蓋をとった。「そこまで言ってくれるなら。ありがたい」

グレースの携帯が鳴りだし、電話に出るために、グレースはわたしたちから離れた。

ジョージはコーヒーを飲みほしてから言った。「うまかった。コーヒーが飲みたくてたまらなかったんだ」

「さっきのメモのことを話して」歯がガチガチ鳴るのを抑えようとしながら、わたしは言った。「なんて書いてあったの？」

「ダーリーンはレスター・ムアフィールドと一緒に何かやっていたようだ。二人がこっそり町を歩いているところを、何人かが目撃している。妙な取り合わせだと思った。わかるだろ？」

「番組で使う材料として、ダーリーンがレスターにゴシップを売りつけてたのよ」

「なんだ。こっちが探りだしたことを、あんたはすでに知ってたわけか」ジョージは言った。声に失望が出ていた。

「裏づけがとれるのは、いつだって心強いものよ」わたしはジョージを元気づけようとした。

「ほかにも何かわかったかね？」ジョージは空っぽになったコーヒーカップを、わたしのために用意したメモ用紙と一緒にドーナツショップのそばのゴミ缶に放りこんだ。

「グレースから聞いたんだけど、あの十万ドルの件は行き止まりですって。百人で分けるらしいから、殺人の動機にはなりそうもないわ」

「分けるのなら、なんでダーリーン名義の口座に全額入ってたんだね?」ジョージが訊いた。

「ダーリーンが遺言執行者だったから、一時的に預かっただけじゃないかしら」

「相続のための口座を作って、そこに入れるべきだが」ジョージは言った。「ダーリーン名義の口座ではなく。グレースはその点も調べたのかね?」

「知らない」

ジョージは顔をしかめ、それから尋ねた。「ダーリーンが亡くなったとなると、彼女の分は誰がもらうんだね? 誰が遺言執行者になるんだ? 殺しの動機になりそうな資産はほかにないのか? 正式な遺言書は? あるとしたら、最新のものかね? それとも、われわれの知らないことがほかにもまだあるんだろうか」

「知らない」正直に答えるしかなかった。

「よし、わたしは時間が自由に使える。裁判所のなかを嗅ぎまわって、何か探りだせないかやってみよう。その点を探るついでに、ダーリーンのいとこのことも調べてみるよ」

「かなりの重労働になりそうね」そう言ったとき、ジープの近くで何かが動いたような気がした。そちらに目を凝らしたが、それきりなんの動きもなかった。たぶん、目の錯覚だったのだろう。

「平気さ。リタイアした身だ。もう一度コーヒーのお礼を言わせてくれ」ジョージはそう言って、通りを歩きはじめた。「また連絡する」

「どこを探せばわたしが見つかるか、わかるわね？」

ジョージはふりむき、ニッと笑って店の看板を指さした。「あんたはいつだってドーナツを作ってる人だ。そうだろ？」

「誰かが作らなきゃ」そう言っているところに、グレースが戻ってきた。

彼女の表情を見て、悪い知らせのようだと察した。

ただそのときのわたしは、それが捜査にどんな影響を及ぼすのか、悪い知らせとはいったい何なのか、ということをまだ知らなかった。

# 12

「どうしたの?」わたしは訊いた。「また誰か死んだの?」

「ううん、そんなんじゃないの」

「グレース、きっと悪い知らせね。違うなんて言わないで。わたしはちゃんと受け止められるから。さあ、話して」

「今日の午後、シャーロットでボスと会うことになったの」グレースは低い声で言った。「シャーロットまで二時間かかるから、一泊用のカバンを持ってくるように言われたわ。泊まるのはスタンズバリー・ホテル」

「世界の終わりがきたようには思えないわね。とってもすてきなホテルでしょ。ま、噂で聞いただけだけど。あんな高級ホテル、わたしにはとても泊まれない」

グレースはいまにも泣きだしそうな顔だった。「道路はまだスリップしやすいのに、ボスは気にかけもしない。急ぎの用だって言うの。スタンズバリーでボスと会うのはこれが初めてだって事実をそこに足してみて。あのホテルはね、ボスが解雇するつもりの、もしくは、昇進させるつもりの相手を連れていく場所なの。わたし、出世の階段をのぼることにはなりそうもない気がする」

わたしはグレースを元気づけようと全力を尽くした。

「でも、いい知らせかもしれないわ。そうでしょ?」

「まあね。可能性がなくはないけどね。途中で宝くじを買っていくことにするわ。当選するかもしれない。その確率のほうが高そう。相手があのボスだもの。きっとクビにする気よ。とにかくわかるの」

「困ったわね」わたしは言った。「でも、グレース、あなたは凄腕のセールスウーマンよ。すぐまた新しい仕事が見つかるわ」

「新しい仕事なんてほしくない。いまの仕事は融通が利くから好きなの」

ひょっとすると過去に融通を利かせすぎたせいで、今夜クビを言い渡されることになるのかもしれない、などとグレースに告げるつもりはなかったが、ついそんなことを考えてしまった。

グレースの肩を軽く叩いた。「何もかもうまくいくわ。きっとそうよ。あなたの家まで一緒に行って、今夜のための荷物を詰めるのを手伝いましょうか。一人で家に帰るのは気が進まないってことぐらい、わたしにもわかるわ」

「ありがとう。でも、いずれは家に帰らなきゃいけないんだから、いま思いきってやってしまうわ。あなたの前で泣き崩れるのもいやだし。それに、わたしの時間の読みがはずれなければ、ボスに会う前に酔っぱらう時間もありそう」

「とにかく、今夜電話をちょうだい。どうなったか知りたいから」

「約束する。でも、たぶん、この世でもっとも短い電話になるでしょうね」

「忘れないで。こっちは真剣なのよ」

「わかった、わかった」

グレースの目尻に涙がにじむのが見えたので、あわてて言った。

「一緒に行くわ。一人で立ち向かおうなんて考えちゃだめよ」

「ドーナツショップはどうするの？」

「それが何なの？　エマとお母さんが明日は店に出られないというのなら、臨時休業にするだけの話よ。ここにいるあいだに、急いで電話をひとつかけさせてね。それがすんだら、わたしも自分の荷物を詰めなきゃ」

グレースがわたしの肩に手を置く。わたしは彼女の涙が消えつつあることに気づいた。

「スザンヌ、あなたの気持ちがどんなにうれしいか、言葉にできないぐらいよ。でも、やっぱり遠慮しとく」

「わたしはいいのよ」もしかしたら、ちょっとしつこかったかもしれない。

「それはわかってるけど、一人でちゃんとやらなきゃね。でも、親切に言ってくれてほんとにありがとう。涙が出るほどうれしかった」

もう一度説得して、わたしがついていくことを承知してもらおうとしたが、その前にグレースは行ってしまった。わたしもついに、そのほうがよかったのだと思うことにした。グレースのことならよく知っている。彼女が誇りにしていることのひとつが、冷静沈着な態度だ。わたしの前で平然たる顔を装いたいのなら、こちらが邪魔してはならない。グレースが思いきり泣きたくなったときは、そっとしておいてあげよう。

一人残されて、つぎはどこへ行けばいいのかと迷いながらジープに乗りこんだとき、冬のあいだうしろのシートに置いてある毛布の下から、人の声がした。

「待ちくたびれたよ。ジョージがフロントガラスの前まできたときは、ズボンにちびりかけた。ヒーターをつけてくれないか。凍えそうだ」

マックスだった——失踪中のもと夫——ジープのうしろに身を潜めてわたしを待っているなんて、想像もしなかった。

「マックス、頭がおかしくなったの？　マーティン署長があなたをつかまえようとして、あちこち捜してるのよ」

「頼むから、車をUターンさせて走ってくれないか。ここに戻ったことを誰にも知られたくないんだ」

わたしは数秒ほど考えこみ、それから言った。「あのね、ほんとはこのまま、あなたを警察に突きだすべきなのよ」

「いや、きみにはそんな気はない。そうだろ？」マックスの声には本物の恐怖がにじんでいた。これまで一度も聞いたことのない響きだ。

わたしのほうは眉ひとつ動かさなかった。「さあ、まだ決めてないわ。行動に移る前に、訊いておきたいことがひとつあるの。ダーリーンが殺された事件に、あなた、何か関わってるの？」

マックスは身体を起こしかけ、そこで、隠れていなくてはならない身であることを思いだしたようだ。「なんでそんな質問ができるんだ？　おれが人を殺すはずのないことぐらい、信じてくれてもいいのにさ。スザンヌ、きみには心底がっかりだ」

「まあ、わたしもあなたにがっかりしてるから、おあいこね。質問に答えてよ、マックス。わたしに話すか、それとも、警察に話すか」

「殺してない」マックスは言った。平板な口調で、感情がほとんどこもっていなかった。妙なことだが、これがほかの人だったら、わたしは当然、嘘をついていると思ったことだろう。でも、マックスの場合は、ずっと以前にわかったことだが、反論すればするほど、おおげさな言葉を並べれば並べるほど、真実を語っていない可能性が高くなる。

「わかった」わたしはジープのエンジンをかけて店を離れた。「どこへ行きたいの？」

「しばらく適当に走ってくれないかな。いくつか聞いてほしいことがあるんだ。そのあとで、厚かましいんだが、頼みごとをしたい」

「なんであなたを助けてあげなきゃいけないのよ？」

マックスの顔が毛布からちらっとのぞき、ふたたび消えた。

「二人で暮らした年月は、きみにとってなんの意味もなかったのかい？」

「こっちも同じことを訊きたいわ。ほらほら、返事を待ってるのよ」

マックスはしばらく黙りこみ、それから答えた。

「なぜなら、きみが心の奥深くで、きみ自身は認めていないかもしれない場所で、いつかおれたちがよりを戻すことを望んでいるからさ」

マックスの理屈を聞かされて、わたしは危うく車をぶつけそうになった。

「あなたと知りあって以来、そんな途方もない意見を聞いたのは初めてだわ」

「途方もない？　それとも、真実そのもの？」

「あのですね、途方もないご意見よ」

わたしは自宅とは逆方向のユニオン・スクエアへ向かって、スプリングズ・ドライブを走りつづけた。無意識のうちにそのルートを選んだのだと思う。町役場の前を通るときに、マックスが身をこわばらせた様子だった。警察に突きだされることを本気で心配しているのかも。

　マックスが毛布から顔をのぞかせたので、警察の建物が近づいてきたときにアクセルから足を離し、たっぷり怖がらせてやった。

「スザンヌ、どうする気だ？」マックスがパニックを起こしかけたので、いささか意地悪がすぎたかと反省した。

「足がすべったの」スピードをあげて警察署の前を通りすぎながら、嘘をついた。マックスはその後二度と外をのぞかなかった。ダーリーン殺しの現場となった時計台が背後にすぎさったあとでさえ。

　町のはずれまできたところで、マックスが訊いた。

「そろそろ助手席のほうへ移ってもいいかな」

「いいわよ。わたしのジープに乗ってるのを誰かに見られてもかまわないと言うのなら。わたし、あなたのために警察とカーチェイスをするつもりはないわよ、マックス。だから、警察に停止を命じられたときは、いさぎよく自首する覚悟でいてちょうだいね」

　まる三十秒のあいだ、マックスは熟考していたに違いない。やがて、少々むっつりした声で答えた。

「オーケイ、このままうしろにいることにする。ただ、ハンドルを切るとき、ゆっくりやってくれないかな。いつ曲がるのか、こっちは予測がつかないから、ちょっと吐きそうなんだ」

「あなたが何を話してくれるかによるわね。正直に打ち明けてくれてるとわかれば、意地悪なことはしない。マックス、話があるって言ったのはそっちよ。だから、話して」

マックスはしばらく黙っていたが、やがて言った。「いまから話すことのなかには、たぶん、きみをムッとさせることがいくつか含まれてると思うが、おれの話が終わるまで激怒しないと約束してほしい。できるかな？」

「どれだけひどい話かによるわね」彼の要求についてじっくり考えたあとで、わたしは言った。

「スザンヌ、とにかく聞いてくれ、いいね？　署長がおれに殺人の罪をなすりつけるだろうと思うと心配で、いてもたってもいられなかった。署長がどんな人間か、きみも知ってるだろ。単細胞で、つねにいちばん簡単な形で事件を解決しようとする」マックスは低い声で笑ったが、楽しそうな響きはまったくなかった。「はっきり言おう。目下、署長のもっとも簡単な解決法がおれなんだ」

「わたしが密告したわけじゃないわ。でしょ？　こっちはいらいらしてるのよ、マックス。今日はさんざんな一日だったんだから。疲労困憊だわ。さあ、話ってなんなのよ？」

「まずいちばん大事なことから。ドーナツショップの金が盗まれたことでエマを責めないでほしい。あの子が悪いんじゃない」

「どうしてその件を知ってるの？」つぎの瞬間、わたしは金切り声をあげた。「あなただったのね。わたしのお金を盗むなんて信じられない！」

「金が必要だったんだ。おれの口座から引きだせば、署長に見つかるに決まってる。ほかに方法がなかった。きみと話をするチャンスがないかと、ドーナツショップをずっと見張ってたんだが、店に近づくたびに、きみのそばに誰かがいた。きみが出かけてしまったあとは、戻ってくるまで通りの向かいでじっと待つしかなかった。エマが奥へ行くのが見えたんで、大急ぎで店に駆けこみ、レジの金をかき集め、おれがきたことにエマが気づきもしないうちに逃げだした」

「わたしのお金を盗むなんて」わたしはふたたび言った。怒りがフツフツと湧いてくるのを感じた。

「借りただけだよ」マックスはわたしの言葉を訂正した。「かならず返すからさ。いくら借りたか、正確にわかってるし」

「あのね、わたしもわかってます」

店をずっと見張っていたマックスが隙を見てお金を盗んだだけだとわかって、少し気分が楽になった。

「許してくれるかな？」石のような沈黙が二、三分続いたあとで、マックスは言った。

「なんでわたしのお金を盗ったりするのよ？」

「スザンヌ、おれの立場もわかってくれよ。金がぜんぜんなかったんだ。遠くへ逃げて、この事件が片づくまで身を潜めてるしかないが、それには金がかかる」

わたしはバックミラーに映った彼を見た。「じゃ、お金を盗んだあと、おたがいのために、遠くへ逃げてくれればよかったのに。どうしてぐずぐずこの町に残ってたの？」

「借りただけだよ」マックスがわたしの言葉を訂正した。

「あなたが勝手に言ってるだけでしょ。こっちは返事を待ってるんですけどね、マックス」

「あれじゃ足りなかった。もっと必要だった」

「どうする気だったの？　店のレジにまたお金がたまるまで待って、それから盗むつもりだったの？」

「するわけないだろ」マックスは言った。「ごめん。けど、必死だったんだ。ほかにどう言えばいいのかわからない」

「わたしも」

数秒してから、わたしは言った。「あなたが話すことのなかには、わたしをムッとさせることがいくつか含まれてるって、あなた、さっき言ったわね。ほかに何を告白するつもり？　ダーリーンとの件について、これまでの主張を変えることにしたの？」

「変えるもんか。ここから先は、ダーリーンにはまったく関係ない。グレースのことなんだ」

話がどういう展開になるのか、筋書きを前もって教えてもらわなくても予測できた。

「わたしのほうで気づくべきだった。グレースの家に忍びこんだのもあなただったのね」

「泊まる場所が必要だったんだ」マックスの声が甲高くなった。「グレースはきみのところに泊まってたから、あの家には誰もいないってわかってた。きみたち二人がやってくるなんて思いもしなかった。警官が玄関から入ってきたんで、おれは裏からあわてて逃げだすしかなかった。あと一秒ためらってたら、つかまってただろうな」

「あなたねえ、わたしの親友から安心感を奪い去ったのよ。家宅侵入の件のせいで、グレースは怯えきってるわ。マックス、一人じゃ家に帰ることもできないのよ」

わずかに後悔のにじむ声で、マックスは言った。「きみが謝れと言うなら、いますぐにでもグレースに謝りにいくよ」

「効果があるとも思えないわ。かなりショックを受けてるもの。それに、グレースは町を留守にしてるし。シャーロットへ向かってる途中なの」

疲れきった、がっかりした声で、マックスは言った。「ごめんって言っただろ。本気で謝ったんだぜ。償いになるなら、なんでもする」

「何をしてもらえばいいんだか……。ところで、あなた、どうしてここにいるわけ？　自分の罪を白状したいという願いのほかに、きっと何かあるはずね」

「助けてほしいんだ、スザンヌ。こっちは万事休すだ。きみが殺人事件を調べてることはわかってる。これまでに探りだしたことを、おれにも教えてもらいたい」

わたしたちの調査でわかったことをマックスに教えても、べつに不都合はないだろうと思ったが、わたしの心のどこかに、彼の気持ちを楽にするのを望んでいない部分があった。

「どうして教えなきゃいけないの？」

「不安で、不安で、いてもたってもいられないんだ」マックスの声はうわずっていた。

こちらで探りだしたことを教えてもいいような気がしてきた。

「ミュリエルは容疑者のリストからはずれたわ。彼女は彼女でいろいろ苦労があるんだけど、とりあえず、今回の事件には無関係。ギャビー・ウィリアムズが自分の車でよその州へ送っていったから、ミュリエルの身は安全よ」

「どこへ行ったんだ？」

妙な質問。「なんで気になるの、マックス？」

「好奇心ってとこかな」

「悪いけど、ミュリエルたちの計画については何も聞いてません」わたしは嘘をついた。マックスに真実を伏せていることを悪いと思う気もなかった。結婚していたころ、マックスはわたしにさんざん嘘をついたに決まっている。

「いいよ。べつに知る必要もないし。とにかく、ミュリエルが無事でよかった。ほかに何がわかったんだい？」

「いくつか関係のある事柄が見つかって、目下、それを調べてるところ」ユニオン・スクエアに入りながら、わたしは言った。「いまからどこへ行きたいの？　ことわっておくけど、テネシーまで車で送っていく気はありませんからね。あなたがいくら丁重に頼んだところで」

「このままエイプリル・スプリングズに戻ってくれないか」

その頼みに、わたしはびっくり仰天した。「エイプリル・スプリングズにだけは、死んでも戻りたくないだろうと思ってたけど。安全な隠れ家を見つけるには、あの町はちょっと狭すぎるんじゃない？」

「その点は、おれにはどうにもできない。金がないとなると、友達連中に助けを求めるしかない。ただし、おれが町を出ていける方法がひとつある」

「言ってみて。聞いてあげるから」

「きみが千ドル貸してくれれば、この騒ぎが収まるまで、どこかよそに潜伏していられる」

わたしはジープをUターンさせ、エイプリル・スプリングズに戻る道を走りはじめた。

マックスが言った。「つまり、おれの言うとおりにしてくれるわけ？」

わたしは不機嫌だったにもかかわらず、笑いだした。「わたしがそんな大金を持ってるだろうって、どこから思いついたの？　わたしはドーナツショップをやってるのよ、マックス。お金を印刷してるわけじゃないわ」

「スザンヌ、誰に向かって言ってるつもりだ？　ナイトテーブルの聖書に百ドル札が十枚はさんであるのを、こっちは知ってるんだぞ。非常事態に備えて置いてある金だよな。いいか、いまのおれは、超の字のつく非常事態なんだ」

「マックス、あれはわたしのお守りなのよ。知ってるくせに」

「ちゃんと返すからさ」シートから身体を起こして、マックスは言った。「おれの言葉を信じても大丈夫だってことは、きみも知ってるだろ」

「結婚の誓いのように？　あなたのほうで破ってしまったけど」

「その言い方はひどすぎる。いくらきみでも。おれは一度だけ過ちを犯し、以来、償いを続けてきた。いつになったら、わだかまりを捨ててくれるんだ？」

「あらあら、利息の支払いもまだやってないくせに。元金の返済なんて無理、無理」

「つまり、こういうことかい？　おれを助ける気はないってこと？」

「そんなこと言ってないでしょ。でも、なんの苦労もせずにお金を手にできるとは思わないで」

「じゃ、貸してくれる？」マックスの声に希望があふれた。

「まあね」

「ありがたい、スザンヌ。うれしくて、うれしくて、言葉にできないぐらいだ」

「きちんと返してよ。それも、いまから一年後って意味じゃないのよ、マックス」

「わかった、わかった、スザンヌ。おれの口座が使えるようになったら、すぐ返す」

町に戻るためにジープを走らせている途中、バックミラーのなかのマックスに目をやると、ジャケットから銃がのぞいているのが見えた。

「お願いだから、劇団から借りてきた小道具だって言ってね」

「本物だよ。殺人犯が野放しになってるかぎりは、おれも自分の身を守らないと」

「撃ち方、知ってるの？」

マックスはうなずいた。「ローリーの地元劇団の芝居に出たことがあって、そのときの演出家が写実的な演技を重視するやつだった。おれは射撃練習場へ連れていかれ、たじろぐことなく楽々と撃てるようになるまで、みっちり練習させられた」

「あなたが銃を持ってるなんて、考えただけでぞっとする」

「ふん、おれのほうは、死ぬことを考えただけでぞっとする。これでおあいこだな」
二、三分してから、マックスが訊いた。「ダーリーンに関して、ほかに何かわかったことは？」
「あるわ」わたしは正直に言った。「ただ、どこまであなたに話していいのか迷ってるところ」

「おれが信用できる人間だってのはわかってるだろ」

狭いジープのなかに、わたしの笑い声がこだました。

「スザンヌ」叱責の響きが彼の声にあらわに出ていた。

「言葉に気をつけなさいね」

「わかったよ。ごめん。だが、まじめな話、ほかに何かわかったのかい？　これまでにわかったことを教えてくれれば、何か協力できるかもしれない」

白状すると、こちらの調査の助けになりそうなことを、マックスが何か知っているかもしれないという気がしてきた。「オーケイ、これまでに探りだしたことを教えてあげる。ウィルマはダーリーンが〈カットニップ〉で盗みを働いていたと考えている。ウィルマがどんなに癇癪持ちかは、誰もが知ってるわよね。レスター・ムアフィールドはダーリーンから町の汚いゴシップを仕入れて謝礼を払っていた。ダーリーンはひょっとすると、その取引のことをウィルマにばらすと言って、レスターを脅したのかもしれない。ウィルマはレスターの番組にとって最後のスポンサーだったから、それが殺人の動機になったとも考えられる」

「きみの容疑者リストには、ほかに誰が入ってるんだ？」マックスが訊いた。しばしためらってからつけくわえた。「おれのほかにって意味だが」

聞き流すことにした。「ダーリーンのいとこのテイラーがいるわ。ただし、容疑者の可能性がどれだけあるかは不明。正直に言うと、彼に関する情報はあまりないのよ。でも、このところ、エイプリル・スプリングズに頻繁にあらわれてるし、わたしたちが聞きこんだ話によると、大叔母さんが最後の最後になって遺言執行者をダーリーンに変更するまでは、彼がそうだったんですって」

「うへっ、きみと友達連中がおれに関してどんな情報を握ってるかを、知ったほうがいいのかどうか、わからなくなってきた」

「じつを言うと、こちらで容疑者を検討するさいに、あなたの名前も何回か出てきたわ」

「ジョージも、グレースも、おれに好感を持ってないからな」

わたしは急ハンドルを切った――道路には何もなかったけど――マックスがシートからころげ落ちそうになった。

「おい、気をつけてくれ」

「ごめん。道路に犬がいたの」

マックスは信じなかった。信じてくれなくても、わたしは平気。

しばらくして、マックスが言った。「容疑者リストにはほかに誰が？」

「まだしっかり検討してないのが二、三人。ダーリーンのルームメイトのキミーも怪しいわ」

「キミーが？　冗談だろ？　牛が突進してきたときに、火のついたダイナマイトを手にしてたって、殺せないような子だぞ」

「キミーを知ってるの？」

「会ったことがある」マックスは言った。いささか曖昧な返事で、わたしとしては気に食わなかった。「ほかには？」

「そんなところかな」わたしは正直に言った。「これ以外の人間の犯行だとしたら、その人、よっぽどの低空飛行でわたしたちのレーダーを回避してるんでしょうね」

「おれのほうにも少しばかり候補者がいるけどな」

「言ってよ。喜んで拝聴するわ」

「話は金を受けとってから」

「どうしたのよ、マックス？　わたしを信用してないの？」

「もちろん、してるさ。してなかったら、きみに泣きつくわけないだろ」

わたしは首をふった。「あなたの話からすると、えり好みしてる場合じゃなかったような感じだけど。どう？　選択肢がどんどん消えていったわけでしょ？」

「助けを求める相手なら、ほかにもたくさんいた。けど、おれはきみを選んだんだ」

「じゃ、ほかに誰を疑ってるのか教えてよ」町に入っていきながら、わたしは言った。

「まず、考えをちょっとまとめさせてくれ」

両方とも沈黙したまま、エイプリル・スプリングズを走りつづけた。わが家の車寄せに近づいたところで、常緑樹の木立を透かしてパトカーが見えたので、スピードを落としてのろのろ運転に変えた。

「マックス、うちにマーティン署長がきてるみたい」

ひとこともなしに、ジープの後部ドアがひらき、マックスがそっとすべりおりた。

「お金はどうするの？」わたしは声をかけた。

でも、手遅れだった。

マックスは姿を消してしまった。

ふたたび。


「どこへ行ってたの？」家に入ると、母に訊かれた。「この二時間、あなたの携帯にずっとかけてたのよ。スザンヌ、電話に出る気がないのなら、どうして携帯なんか持ってるのよ？」

マーティン署長のことはとりあえず無視して、バッグから携帯をとりだした。

「電池切れだわ。このところ、充電する時間がとれなくて。ごめん、明日充電しておく」

「フィリップがあなたと話したいそうよ」母が言った。

「いらっしゃい、署長さん」マーティン署長のほうを向いて、わたしは言った。「なんのご用？」

「まず、ユニオン・スクエアまで出かけたのに、車をUターンさせて、途中でどこにも寄らずに帰ってきた理由を教えてもらいたい」

マックスがあんなに用心していたのに、わたしと一緒にいるところを誰かに見られてしまったの？　いや、もし見られたのなら、署長はわたしにまったく違う質問をよこしただろう。

「尾行してたの？」

「質問してるのはこっちだ」署長は言った。

母が署長をにらみつけた。「娘の質問の答えは、わたし自身も知りたいものだわ。あなたがここにいるのはわたしの好意によるものよ。さっきは、スザンヌに重要な話があるとしか言わなかったじゃない」

「すまん、ドロシー。だが、あんたの許しがなくても、こっちはいつでも好きなときにあんたの娘と話ができるんだぞ」

母はいまや、敵意もあらわに署長をにらみつけていて、わたしは母の視線がこちらに向けられていないことを喜ばしく思った。母が言った。「そうかもしれないけど、今後も仲良くやっていきたいのなら、わたしの好奇心を満たすことにして、スザンヌの質問に答えてくれてもいいんじゃないかしら。警官にこの子を尾行させたの？」

署長はどう答えようかと迷っている様子だった。母に憧れる署長の思いは歳月を経ても少しも薄れていないという事実が、署長の返事に大きな影響を及ぼすことを、わたしは見抜いていた。結局、返事をよこすだろう。三人全員がそれを承知していた。

ようやく、署長は肩をすくめて答えた。「警官の一人がユニオン・スクエアにいて、スザンヌの奇妙な行動を目にしたんだ」

「そもそも、その警官はどうしてユニオン・スクエアにいたの？」わたしは訊いた。

「あんたを尾行してたわけではない。あんたがUターンして町に戻る道を走りはじめたときも、わたしはその警官に、尾行しないようにと指示を出した。そういうやり方はしない主義だ。あんたも知ってるだろうが。向こうは好奇心からこっちに電話をよこしたんだが、もともとは家族を連れてユニオン・スクエアへ出かけてただけで、あんたを監視するためではなかった」

信じるしかなかった。なぜなら、マックスがジープをおりたとたん逮捕されるようなことはなかったから。少なくとも、わたしの耳には聞こえてこなかった。もし逮捕に至っていれば、署長のことだから、自慢たらたらの口調でそれを告げていたはずだ。

「さて、今度はあんたの番だ」署長は言った。「何があった?」

嘘をつくときがきた。今回は嘘をつくのになんの罪悪感もなかった。「〈ナポリ〉で食事しようと思って出かけたんだけど、土壇場で気が変わったの」

「なぜだ?」

「一人で食べる気になれなくて」

署長は顎を掻いた。「オーケイ、一応そういうことにしておこう。友達と一緒に何を企んでるんだ? このあいだ、あんたとグレースがダーリーンの家に押しかけたって噂を聞いたぞ。まさか、警察の捜査に首を突っこもうというんじゃあるまいな?」

「住まい探しをしてたの」ダーリーンの部屋を調べるさいにグレースが使った口実を思いだして、わたしは言った。

「うちを出ていく気じゃないでしょうね？」母が訊いた。母の声には狼狽がはっきり出ていた。

「グレースの住まいよ」わたしは説明した。「一人暮らしにうんざりなんだって」

この返事で、母はホッとした顔になった。「なんだ、そうだったの」顔をしかめ、それから言った。「いつでもうちにきて、好きなだけ泊まっていけばいいのに。グレースがしばらくいてくれて、とっても楽しかったのよ」

「でも、まだどうなるかわからない」わたしは言った。「グレースの人生にもうじき大きな変化があるかもしれないの」

署長が咳払いをした。「ご婦人方、話をもとに戻してもかまいませんかね？」

「もとに戻すような話があったかしら」わたしは言った。

「よくわかってるくせに。ミュリエル・スティーヴンズが身を潜めていた場所を、どうやってうちの部下より先に突き止めたんだ？　それから、突き止めたあと、なんですぐこっちに連絡をよこさなかった？　自分でのこのこ出かけたりせずに」

わたしは窓の外をながめ、マックスがそこからこちらの様子を窺っているのだろうかと思った。署長の質問にうんざりしていたが、返事を拒否できるのかどうか、まったくわからなかった。「わたしにも勘というものが備わってるのよ」と答えた。「それだけの単純なことなの」

「ほう、あんたを信じる気になれんのはなぜだろう？」署長が言った。

母がついに頭に血をのぼらせた。「いい加減にして、フィリップ。悪いけど、帰ってくれるようお願いしなきゃならないわ」

そう言われて、署長は驚いた様子だった。「ドロシー、わたしがこの家にきたときは、スザンヌと話をしてもいいと言ったじゃないか」

「話をするのはかまわないけど、これまでのところ、うちの子が正直に答えても、あなたったら、ひとことも信じようとしない。話しあいはこれで終わりよ」

母が立ちあがると、署長も椅子から立った。しぶしぶではあったが。

わたしは署長のほうを見ないようにして、窓に視線を戻した。母と署長のあいだにどんな視線がかわされたのか、わたしは知らない。率直に言って、見たいという気もなかった。

玄関ドアが閉まるまでふりむかずにいたら、やがて、怒りに満ちた苦々しい顔でステップをおりていくマーティン署長の姿が見えた。

「ありがとう、ママ、助かった。ママが署長に立ち向かう姿、かっこよかったわよ」

「わたしの娘だもの。たった一人の子。もちろん、ママはあなたの味方よ」母はいったん言葉を切り、柔らかな口調であとを続けた。「フィリップにいったい何を隠してたの？」

「わたしがほんとのことを言ってないって、どうして思うの？」

「またまた、くだらないことを。あなたが嘘をつけば、三十キロ離れてたってママにはわかります。あなたからそういうシグナルが出てて、ママにはそれが炎のようにはっきり見えるの」

「じゃ、わたし、今後は気をつけなきゃね」わたしは笑顔で言った。

「お返事を待ってるんだけど」

嘘の返事をしようかと思った――本気で思った――でも、ふと気がついたら、マックスのことと、彼がわたしに言ったことのすべてを、母に話していた。

こちらの話が終わったあと、母はうなずいただけだった。「あなたも知ってるとおり、ママはマックスのことをあまりよく思ってないけど、あなたが彼は本当のことを言ってると信じるのなら、ママも、自分は犯人じゃないというマックスの言葉を一応信じることにするわ」

「どうして?」

「えっ?」質問されて、母はひどく驚いた様子だった。

わたしは母をじっと見た。「マックスのことをあまりよく思ってないって、ママ、自分で言ったじゃない。だったら、どうして信じる気になるの?」

母はわたしの両手をとった。「あなたがそう信じてるからよ。ママはあなたの直観を信じることにする」

わたしはひどく面食らい、返事に詰まってしまった。家の電話が鳴りだしたおかげで、とりあえず、しどろもどろの返事をせずにすんだ。

「出るわ」わたしは言った。「バカ言わないで。ママは午後からずっと、この電話を待ってたんだから」

母に先を越された。

母は電話の相手としゃべり、それから受話器をこちらによこした。「あなたによ」

「グレース？」彼女からの連絡をじりじりしながら待っていたところだった。時間ができしだい、携帯を充電しておかなくては。グレースが固定電話にかけてこなくてもすむように。

「そうじゃないみたい」母が言った。「電話の相手に直接訊いてみたら？」

わたしは受話器を受けとり、「もしもし」と言った。

「スザンヌ、カーラよ。ラジオ局の。携帯に何回かかけたんだけど、留守電になっちゃうの。電源入ってる？」

「電池切れなの」

「それで納得。電話帳でお宅の番号を調べたのよ。だって、一刻も待てなかったから。あることを突き止めて、ぜひあなたに知らせなきゃと思ったの」

「話して。じっと聴いてるから」

カーラは躊躇した。母が興味津々の顔でこちらを見ていた。わたしが肩をすくめると、母は首をふりながらキッチンに入っていった。おかげで、一人でこっそり電話できることになった。

「電話で話していいものかどうか、迷ってるところ」カーラが言った。

「うちの電話は誰も盗聴してないわ。だから、そちらが盗聴されてないかぎり、大丈夫よ。ラジオ局からかけてるんじゃないでしょ？」

「ええ、車のなかから携帯でかけてるの。あのね、わたしの妄想のような気もするんだけど、あなたが帰ったあと、レスターの様子がどうも変なの。なんだか気になって」

「だったら、いますぐ話してくれたほうがいいわ」わたしは言った。カーラの身に何かあったら大変だが(彼女には最初から好感を持っている)、彼女が何か知っているのなら、何も起きないうちに聞きだしておきたかった。

「たしかにそうね。聞いてくれる？　わたし、嘘をついてたの」

「嘘をつく人は、あなたが初めてじゃないわ。今日だってそうよ。具体的に言うと、どういう嘘だったの？」

「警察には、レスターはウィンター・カーニバルの現場から生中継してたって言ったんだけど、厳密に言うと違うのよ。現場から中継を始めたんだけど、中継回線に何かトラブルが起きたみたいで、〈ベスト・オブ・レスト〉に切り替えるしかなかったの。非常時に備えて用意してあるレスターの再放送番組」

「生中継が中断したのはいつだったの？」わたしは訊いた。「それから、ブースはどこにあったの？」

「新聞社の向かいにブースを作ったのよ。ご存じのように、レスターはレイ・ブレイクに嫌がらせをするのが好きだから」

すると、レスターは事件現場から二百メートルも離れていない場所にいたことになる。つまり、こっそりブースを抜けだして殺人を犯すチャンスがあったわけだ。

「生中継ができなくなったのはいつ？」ここが肝心な点だ。タイミングがすべてだ。

「ここにメモしてあるわ」カーラが言った。ページをめくる音が聞こえ、やがて、カーラが電話口に戻ってきた。「警察にいる友達に確認をとったから、レスターの中継が中断された時間と殺人の発生時刻を突きあわせてみることができたの。中継がストップしたのは殺人の九分前、そして、遺体が発見された六分後に再開してるわ」

「すると、レスターが犯行におよぶ時間は充分にあったことになる」わたしはカーラにというより、自分自身に向かって言った。

「それだけじゃないわ」

「まだ何かあるの？」

「技術スタッフの一人に機器のチェックをさせたんだけど、どこも故障してなかったの。あんなふうに中継回線がだめになるなんて、レスターがわざとやった場合以外に考えられないわ」

# 13

「誰だったの？」電話を切ったとたん、母に訊かれた。

「友達よ」くわしい話をする気になれなかったので、そう答えた。

「あなたの友達なら、ママはみんな知ってるけど、聞いたことのない声だったわ。その人、名前はあるの？」

「もちろんよ」わたしは直接尋問を避けるため、全力を挙げた。「おなかがペコペコ。何か食べるものはない？」

母はわたしに向かって顔をしかめた。「午後から何度もあなたに電話したのは、それが理由だったのよ。今夜はベティ・マティスと食事に出かけることにしたから、あなたは一人で食べてねって言いたかったの。でも、いやだったら、キャンセルしてもいいのよ」

「バカ言わないで、ママ。ベティと食事に行ってきて。二人が顔を合わせるとすごく楽しそうなのは、わたしも知ってるから」

「でも、あなた、夕食はどうするの？」

わたしは笑った。「ママ、わたしも前は自分で作ってたのよ。心配しないで、ちゃんと食べるから」

母はわたしの肩を軽く叩いた。「その言葉が信じられるといいんだけど」

「信じていいのよ」わたしは大丈夫だということを、なんとか母にわかってもらおうと努力した。もっとも、じつはその逆であることを、たぶん二人とも承知しているのだろうが。マックスのことが、そして、彼に言われたことが、頭から離れなかった。事件に関することだけでなく、わたしとの関係についても。わたしが思い悩んでいることに母が気づいているのは明らかだったが、触れずにいてくれるよう願った。

母が何か言いたそうな顔になったが、その瞬間、車の警笛がわたしたち二人の耳に届いた。

「きっとベティだわ」

母は玄関のほうへ行きかけたが、途中でふりむいた。「よかったら一緒にきてもいいのよ」

母たちにくっついて出かけるぐらいなら、狂暴な男二人から袋叩きにあうほうがまだましだが、そんなことを言うのは不作法というものだ。「うん、ありがと。でも、今日は一日大変だったの。何か軽く食べてから寝ることにする。最近、睡眠不足だったしね」

母は玄関の前で足を止めて言った。「でも、グレースが泊まってくれてたあいだ、楽しかったと思わない？」

わたしがうなずくのと同時に、ふたたび警笛が響いた。

母は言った。「ベティったら、今夜はずいぶんせっかちねえ。そのうち、警笛のことでベティに説教しなきゃ」

「ママならやるでしょうね。行ってらっしゃい。また明日」

母はわたしの頬にそっとキスをした。「おやすみ、スザンヌ。愛してるわ」

「わたしも」


手早くサンドイッチをつまみ、牛乳を飲んでから、ベッドに入った。まだ七時にもなっていなかったが、疲れがたまっていたし、明日もいろいろと用事が待っていそうなので、睡眠をとっておきたかった。

寝入ってからどれぐらいたったのかわからないが、携帯が鳴った。食べる前に充電器に挿したきり、すっかり忘れていたため、ビクッと目をさました。いつもはたいてい、ベッドに入る前に電源を切っておく。なにしろ、わたしの生活時間帯はエマ以外のすべての知りあいと異なっているのだから。

「もしもし」と応答したものの、声にあくびがまじるのを抑えきれなかった。眠い目で時計を見ると、午前一時に近かった。

「スザンヌ、起こしちゃったのね」

グレースだった。とたんに、はっきり目がさめた。

「大丈夫よ。どうせ、あと少ししたら起きなきゃいけないんだから。電話を待ってたのよ」

「かならずかけるって約束したものね」楽しそうな声だった。ボスからクビを言い渡されたのなら、こんな声が出せるとは思えない。

「じらさないで教えてよ。何があったの？」

「あのね、わたしの取越し苦労だったの。昇進のチャンスがめぐってきそうなのよ」グレースは言った。電話に向かって歓声をあげんばかりだった。「わたし、しばらく前から上の人たちの目にとまってたらしくて、それで、スーパーバイザーのポストが空いたとき、わたしの名前が挙がったわけ。今夜、ディナーをとりながらの面接だったの。最終面接は明日の午前中の予定」

「あなたの会社って、やることがスピーディね。おめでとう」

「まだ決まったわけじゃないわ」グレースが言った。その声にちょっとひっかかるものを感じた。「ただ、条件がつくのよね」

「それが世の常じゃない？」突然、ハッと気づいた。「シャーロットへ越すなんて、そんなことないわよね？」シャーロットはエイプリル・スプリングズから車で二時間の距離。グレースがそちらへ越すのは、国をはるばる横断するようなものだ。

「ううん、シャーロットじゃないの」

「そう聞いてホッとした。あなたが遠くへ行っちゃうなんていやだもの」

「ポストが空いたっていうのは、サンフランシスコの話なの」グレースにそう言われて、わたしは両手が冷たくなるのを感じた。「でね、いま、こっちにきてるの」

「はるばる西海岸まで出かけたって言うの?」

「新しいボスになるかもしれない女性が、あと二日したら休暇でいなくなってしまうので、その前に、空いてるポストを埋めておきたいそうなの」

わたしがひとことも返事をしなかったため、グレースは言った。「スザンヌ、ちゃんと聞いてる?」

「聞いてる。すばらしい話だわ。自分のことのようにうれしい」

グレースは申しわけなさそうに言った。「最終的なオファーがあるかどうか、まだわからないし、あったとしても、もしかしたら受けないかもしれない」

「バカ言わないで」わたしは虚勢を張って元気な声を出そうとした。「オファーがあれば、ことわれないでしょ? なかなか昇進させてもらえないって、何年も前から愚痴ってたじゃない。ようやくチャンスがめぐってきたのよ」

「それはわかってる。心が動かないはずはないわ。ただ、エイプリル・スプリングズを離れられるかどうか、自分でもわからないの」

「とにかくやってみなきゃ。そう思わない? この話をことわったら、あなた、この先ずっと後悔するわよ」こうアドバイスしたことで、わたしの心臓は張り裂けそうだった。でも、グレースは大事な友達だ。わたしのためでなく、彼女のためにいちばんいい方法を選んでもらいたい。

しばらく沈黙が続き、やがて、グレースが弱々しい声で言った。「変な気持ち。やめなさいってあなたが言ってくれるのを、ちょっと期待してたんだけど」

「できればそうしたい、ほんとよ。でも、できない。あなたがずっと待ってたチャンスだもの。あなたと別れるのは、この世の何よりも悲しいけど、そんなことで思いとどまったりしないでね。それに、飛行機がしょっちゅう飛んでるのよ。そうでしょ？　電話で毎日話すこともできるし」

「話を受けたほうがいいって、ほんとに思ってるの？」

「そうよ。あなたが心からそう望んでいるのなら。わたしがひたすら願うのは、あなたが自分にとっていちばんいい道を選ぶことなのよ」

長い沈黙が流れ、やがて、グレースが言った。「でも、何がいちばんいい道か、どうすればわかるの？」

「大丈夫よ、ちゃんとわかるから。さて、寝たほうがいいわよ。明日は大切な日、最高のあなたでいなきゃ」

「ええ、そうね。おやすみ、スザンヌ。それから、わかってくれてありがとう」

「なんのための友達？　明日電話して。何時でもいいから」

グレースは笑った。「わたしたちのおしゃべりスケジュールは、ただでさえ混乱してるというのに、今度は時差まで計算に入れなきゃいけないわね」そこで言葉を切った。「わ、いけない。そっちは午前一時じゃない？」

「もう起きる時間だから」わたしはできるだけ陽気な声を出そうとした。

「時間を考えなかったなんて、自分でも信じられない。許してくれる？」

「まったく迷惑な人だけど、大事な友達だもんね」

「あなたもよ」グレースはそう言って電話を切った。

あと少しすれば目覚ましが鳴りだすのだから、無理に眠りに戻ろうと努める理由は何もなかった。たとえ、もう一度眠れるとしても。だが、グレースの話で、眠気は吹っ飛んでしまった。わたしがグレースに言ったことはすべて本心だった。グレースは能力を発揮するチャンスを与えられて当然だし、わたしはつねに彼女の味方だ。わが友は人生の新たな段階へ進もうとしている。わたしのいない場所で。わたしのなかの利己的な部分は、グレースが面接に失敗することを願っていたが、幸い、その思いはごくわずかだった。

グレースは新しい人生へ進んでいく。そこで気がついた――わたし自身も、とても現実的な形で新たな人生を選ぼうとしている。きのうの午後、わたしたちはもう終わったとマックスに言ったとき、彼はひどくショックを受けていたし、わたしのほうもその瞬間まで、それが真実であることをはっきり悟ってはいなかったが、ベッドに横になっているうちに、マックスにあんなに正直な気持ちを伝えたのは初めてのことだと気がついた。この先、何が待っているかわからないが、どんな人生を歩むにしても、マックスと二人で歩むことはないだろう。

どんな人生を望んでいたのか、ちゃんとわかっているけれど、それはもう選択肢のひとつではなくなった。ジェイク・ビショップに恋をした自分の姿は見えるが、残念ながら、彼の心のなかには、わたしと亡くなった奥さんの両方を受け入れるだけのスペースがなかったようだ。彼が選んだのがわたしではなかったことを悟って、胸がズキンと痛んだ。

でも、そんなことで人生を捨ててしまおうとは思わない。ドーナツショップを経営し、母と実家で同居したまま、年老いて死んでいくとしても、それは自分が選んだこと。ほかの誰に押しつけられたことでもない。

それに、正直なところ、人生にこれ以上何を望むというの？

午前三時、エマが言った。「ラジオをつけましょ。天気予報が聴きたいの」

「手間を省いてあげる」わたしは大型のスタンドミキサーにイーストドーナツの材料を入れながら言った。「日中は寒いでしょう。今夜も寒いでしょう。明日も寒いでしょう」

「また雪になるそうよ」エマが言った。

わたしは首をふった。「それはないわね。クリスマスまであと三日。今シーズンの大吹雪はすでに経験ずみ。もう一度雪になるとしたら、たぶん、二月に入ってからね」ノースカロライナのこのあたりでは、それがお決まりのパターンのように思われる。十二月に一度だけ大雪が降るか、もしくは、バレンタインデイがすぎてから、ときおり雪がちらつくかだ。一度だけ例外があったのは、わたしが子供のころで、一カ月のあいだ火曜日ごとに雪が降り、そのあいだ、学校も休校になった。この大雪のマイナス点は、休校の分の遅れをとりもどすために土曜日も登校させられたことで、あんなみじめな日々はなかった。

「やっぱり確認してみる。ちょっと待ってて」エマは厨房を出て売場のほうへ行った。

ドーナツ作りもこの段階までくるとエマはもう必要ないが、作業をする仲間のいるほうが楽しい。

三十秒後、エマが戻ってきた。「見てほしいものがあるの」

「なんなの？」わたしは小麦粉を量りながら言った。前に一度、ここでミスをして最初からやりなおすしかなかったことがあるので、二度と同じミスをしないよう、つねに細心の注意を払っている。同じ過ちをくりかえすことはめったにないのを誇りにしているが、開店以来、思いもよらない新たな失敗を何度も経験している。

「何も言わないから、とにかくきて。自分の目で見てくれなくちゃ」

小麦粉をミキサーに加え、スイッチを入れ、タイマーをセットし、携帯アラームをエプロンのポケットに入れてから言った。「何がそんなに重大なの？」

「ついてきて」

売場のほうへ出ていくと、外がすごい雪になっていた。店のライトに照らされて雪がひらひら舞いおりながら、光を浴びた瞬間、グレイからまぶしい白へと神秘的な変身を遂げている。

エマがわたしにニコッと笑いかけた。「ねえ、さっき、どんな天気予報をしたっけ？」

わたしは笑った。「大雪になると思う、しかも、もうじき――たしかそう言ったような気がする」

「おやまあ、的中ね」

「あんまり興奮しないで」わたしは言った。「数時間後に店をあけるときには、たぶん、すっかりやんでるわ」

「スザンヌの天気予報はぴったり当たるから、あたしも信じなきゃ。ねっ？」

「当然でしょ」わたしは笑顔で答えた。「とりあえず、わたしの言うことは正しいと思ってるふりをすればいいのよ」

「そんなことして、どこがおもしろいの？　ねえ、休憩はやっぱり外でとるでしょ？　すっごくきれいだもん」

わたしは舞い落ちる白い雪を窓越しにながめた。「お望みなら外へどうぞ。でも、風と雪がすごいから、わたしはカウチでコーヒーを飲みながらながめることにするわ。そのほうが暖かいし」

エマは首をふった。「だったら、スザンヌはなかにいていいわよ。でも、あたしは外に出る」

「楽しんできてね」わたしがそう言った瞬間、ポケットでアラームが鳴りだした。「ただし、休憩をとる前にひと仕事しなきゃ」

「意地悪」エマは笑顔で言った。

「そうよ。わたしは人の喜びに水をさすのが大好きなの」

イーストドーナツの生地が練りあがってから、ミキサーのスイッチを切り、ドウフックをはずして、大きなボウルをタオルで覆った。ここからわたしたちの早朝の休憩タイムが正式に始まる。

「ほんとにあたしと一緒に外に出る気はないの？」分厚いコートとミトンを着けながら、エマが訊いた。

「まったくなし。でも、あなたは楽しんでらっしゃい」

エマはドアのロックをはずして出ていき、わたしのほうはマグにおいしいコーヒーを注いでから、いちばん上等のカウチに腰を落ち着けた。そこからだと、白い波のように降りしきる雪をながめることができる。一カ月前、町の方針で、通りの向かいに街灯が設置された。町長が新たに始めたダウンタウン再活性化計画の一部だが、わたしはこの街灯に相反する思いを抱いている。近くに照明があれば安心できるし、常識はずれの夜間労働をする身にとってはまことにありがたい。でも、毎日真夜中すぎからドーナツショップで仕事をするときに気に入っていた点のひとつが、街灯の設置によって消えてしまった。以前は、世界じゅうの誰よりも早く起きて、みんなの日々を少しだけ楽しくするためにがんばっている、という気分になれたのに、街灯のせいで、その感覚がなくなってしまった。でも、街灯から広がる円錐形の光のなかに雪が舞いおりてきて、不意にキラキラ輝くのを見ていると、すばらしい眺めであることはわたしも認めざるをえなかった。

　三分後、エマが雪だらけになって戻ってきた。

「あまり長続きしなかったのね」わたしはそう言って、コーヒーを注ぎたした。

「雪の勢いがひどくなってきたの」エマはコートの雪を払い落としてからフックにかけた。

わたしはカウチから立ち、雪がさらに積もったときの用心に、ためてある新聞紙を少し出してきた。「ブーツはこの上に置いてね」と、新聞紙の束をエマに渡しながら言った。

「ワオ、こんなに激しい雪を見たのは初めて。今日の午前中にこの店までこられる人がいると思う？」

「今日はまだ大丈夫よ」わたしは言った。「雪道を運転するのは、そんなに大変じゃないもの。危険なのは路面が凍ったあとね」

「じゃ、雪が降りつづけることを願いましょう」

わたしは店の前の駐車スペースが雪に覆われていくのを見つめた。

「そう願っていいものかどうかわからないけど」

エマがコーヒーのマグを手にして、わたしのとなりにすわり、たっぷり飲んでから言った。

「とってもおいしい」

「ほんとね」

エマはわたしをじっと見て、それから尋ねた。「スザンヌ、何か悩みでもあるの？　今日はなんだかうわの空よ」

グレースのことも、マックスのことも、ひとことも言ってないのに。でも、エマに気づかれずにすむだろうと思ったのが間違いだった。これだけ身近なところで仕事をしていると、二人のあいだに秘密を持つのはまず無理だ。

「ごめん。気にかかることがたくさんあって」

「話したければ、喜んで聞くわよ」

わたしは立ちあがり、エマの肩を軽く叩いた。「ええ、わかってる。話す前に、まずじっくり考えないと。でも、親切に言ってくれてありがとう」

「あたしが必要なら、いつでもそばにいるからね」

その瞬間、タイマーが鳴りだし、休憩時間が終了した。

「ドーナツ作りの時間です」わたしはエマに笑顔を向けた。子供のころ大好きだったドーナツのコマーシャルのまね。

「スザンヌ、あたしがドーナツショップのバイトでひとつ学んだのは、いつだってドーナツ作りの時間だということよ」

二人で仕事に戻り、五時半の開店時刻までに陳列ケースをドーナツで埋めつくしたが、外は依然として激しい雪なので、ドーナツを食べにやってくることは誰にもできそうになかった。

というか、わたしはそう思っていた。

窓の外を見たとき、スプリングズ・ドライブの向こうから轟音が聞こえたので、外をのぞくと、除雪車がのろのろと近づいてくるところだった。

わがお気に入りの除雪隊員がふたたびやってきたようだ。

ボブとアールが入ってきて、ヘルメットの雪を払い落とし、一緒にカウンターまでやってきた。

大柄で社交的なほうのボブが言った。「まいったね。また大雪だ。けさは除雪車をガレージから出すだけでひと苦労だった。なあ、アール」

華奢な体格の相棒はうなずいただけだった。これが彼の好むコミュニケーションの方法だ。ボブと組んで仕事をするうちに、たぶん、この習慣が自然と身についてしまったのだろう。なにしろ、ボブは言いたいことがあろうとなかろうと、しゃべりまくるのが大好きだ。

「さてさて」両手をこすりあわせながら、ボブが言った。「どれがうまそうかな。うーん、みんな、すごくうまそうだ。どう思う、アール?」

相棒は笑みを浮かべた。「ふむ……」

わたしは二人のためにコーヒーを注いでから、注文を受けるためにトレイを用意した。

「けさもドーナツ一ダース?」

ボブは膨張しつつあるウェストラインを叩いてみせた。「とりあえず五個にしといたほうがよさそうだ。オーバーオールがちょっときつくなってきたんでね」

相棒の背中をバシンと叩いたので、親しみのこもったこの一撃でアールが膝を突いてしまうのではないかと、わたしは内心心配したが、衝撃を受けてもアールの身体は揺らぎもしなかった。見た目よりはるかに頑丈にできていることは明らかだ。

アールは指を三本立てて、「パンプキン」と言った。

わたしはアールのドーナツをトレイにとり、つぎにボブのほうを向いた。「あなたも?」

「いつもと違うのを何か選んでくれ」

うちでいちばんのお勧めドーナツを何個か選びながら、彼に尋ねた。

「外の雪はかなりひどい?」

ボブは首をふった。「いや、まだそれほどでもないが、連邦気象局の予報によると、いまからどんどん積もるらしい。正午には、降雪量が二十センチになり、そのあと、さらにひどくなって、夜までに六十センチは積もるそうだ」

「冗談よね?」わたしは言った。六十センチの積雪なんて子供のころに経験しただけ。遠い昔の話だ。

「いいや、こういう仕事に就いてるからな、降雪量を冗談のタネにするようなことはぜったいにない」ボブは降りしきる外の雪をながめ、それからつけくわえた。「これ、悪いけど、テイクアウト用に包んでもらえるかな。長い一日になりそうな気がする」

わたしは頼まれたとおりにした。「雪が続くあいだは、コーヒーのおかわりを何杯でもサービスさせてもらうわ。いかが?」

「おれたちのせいで、店が損するぞ」ボブは眉をひそめて言った。

「冗談で言ってるの? 道路の雪をどけてくれるおかげで、うちのお客さんたちがここまで出てこられるのよ」二人に笑顔を向けてから、つけくわえた。「それに、二人がドーナツを大量に買ってくれるから、コーヒー代ぐらい、すぐにもとがとれるの」

ボブは笑った。その響きで窓が震えた。「じゃ、そうしてくれ。オーバーオールをでかいサイズに替えればすむことだ」

忍耐強く横に立っているアールに目を向けて、ボブは訊いた。「昼までずっとそこに立って無駄口を叩く気かい、相棒? それとも、雪をどけに出かける?」

「雪」アールが答え、二人は注文したドーナツを持って出ていった。町の住民のために道路の安全を確保する仕事に戻るわけだ。

そのあと七時まで客が一人もこなかったので、奥でエマの皿洗いを手伝うことにした。客がきたらわかるように、厨房と売場のあいだのドアをあけはなしておいたが、レジの現金のことは心配しなかった。マックスも、もう一度同じことをやれば、ドーナツをひっくりかえすのに使う木製の長いトングで串刺しにされかねないことを承知しているはずだ。

奥の作業をすべて終えたところで、わたしは布巾を放りだして言った。

「帰りたかったら、帰ってもいいわよ。今日はもう誰もきそうにないから」

「迷惑でなければ、もうしばらくお店にいたいんだけど」

「いてくれるのは大歓迎よ。いちおう言ってみただけ」

「家に帰ったら、父に何か用事を言いつけられるに決まってる。でも、ここにいれば、せっせと働いてるって父が思ってくれるだろうから」エマは肩をすくめ、さらにつけくわえた。

「このところ、家にいてもリラックスできなくて」

「店の盗難事件のことで、お父さんからいまもお小言なの？」

エマはうなずいた。目に浮かんだ悲しみが容易に見てとれた。

わたしはマックスの力になると約束したが、エマを傷つけてまでその約束を守るつもりはなかった。「秘密を守ることができる？」と訊いてみた。

「さあ。どんな秘密かによると思う」

「あなたの気分を軽くするのに役立つけど、ぜったい口外してはいけない秘密なの。少なくとも、いましばらくは」

エマはわたしを見て、片方の眉を吊りあげた。「オーケイ、すなおに白状するわ。知りたくてうずうずしてきた」

「このあいだのお金ね、あれ、泥棒じゃなかったのよ」

「あなたが盗ったの？」エマが訊いた。その声にはかすかに傷ついた響きがあった。

「バカ言わないで。マックスよ。あの人、店を見張ってて、あなたが奥へ消えたとたん、駆けこんできてレジのお金を盗みだしたの」

「どうしてわかったの？」

「きのう、マックスの口から聞いたのよ」

エマはこれにもびっくり仰天の様子だった。「マックスと話したの？　警察が捜してるんじゃなかった？」

「そうよ。きのう、店を閉めたあと、マックスがわたしのジープのなかに隠れてたの。でも、そのあとまた逃げてしまった。いまはどこに身を潜めてるのか、正直なところ、まったくわからない」外の雪を見ながら、わたしはつけくわえた。「どこか暖かな場所だといいんだけど」

エマは首をふった。「話してくれてありがとう。でも、やっぱり気分は重い」

「お金はいずれ戻ってくるのよ」エマの態度が理解できないまま、わたしは言った。「結局、盗まれたんじゃないんだもの」

「あたしは自分の持ち場を離れてしまった。それが問題なの」

「ここは軍隊じゃないのよ。敵に銃撃されて逃げだしたとか、そういうことじゃないでしょ」

「うちの父に言ってやって」

まあ、エマの気分を軽くするために、努力だけはしたわけだし……。

雪のなかをよたよたと店にやってくるウィルマを見て、わたしはびっくりした。常連客でもないのに。

分厚いパーカを脱いで入口のフックにかけているウィルマに、こちらから声をかけた。

「おはよう。ドーナツを買うためにこの天気に立ち向かうなんて、勇敢な人ね」

ウィルマはこちらを見ようともせずに言った。「午前中にきてくれるお客さまにドーナツをサービスしようと思って。二ダースお願いできる？　種類はなんでもいいわ。この雪のなかを、セットやカットにきてくれるお客さまがいたら、特別サービスでもしなきゃね」

わたしはカウンターの下から箱を二つとりだしながら言った。「うちのドーナツを特別なものだと思ってもらえてうれしいわ」

ウィルマがわたしに笑顔を見せた。やがて、わたしがクリスマスの飾りをいくつか並べておいたカウンターのほうへ、彼女の視線が向くのが見えた。キリストの降誕場面を描いた絵、雪をかぶった山々の立体模型、小さなライトがきらめくミニサイズのツリー、グミキャンディに覆われたツリー、キャロルを歌う人々、ぬいぐるみの雪だるま——これらを目にした瞬間、ウィルマはギョッとした様子で見直し、つぎにしげしげと見つめていたが、やがて、凝視する姿をわたしに見られていることに気づいた。

わたしは言った。「飾りすぎなのはわかってるけど、クリスマスは年に一度だけだから」

「で、思いきり飾り立ててるわけね？」

「べつにかまわないでしょ？　ねえ、ひとつ質問していいかしら。町で変な噂を耳にして、気になってるの。ダーリーンは殺されるしばらく前に、あなたと口論したそうね。あなたが殺したって言ってるわけじゃないのよ。ただ、ダーリーンが亡くなったときに、あなたたち二人のあいだにわだかまりはなかったのかしらと思って」

「円満にやってたわ」ウィルマは言った。「逆のことを言う人がいたら、嘘つきだわ」口調を少し和らげて、さらに続けた。「仕事以外では、ダーリーンとの関わりはいっさいなかったけど、一緒に仕事をするのに親友になる必要はないものね。わたしがダーリーンの家を訪ねたことは一度もなかったし、向こうももちろん、わたしの家には足を踏み入れたこともなかった。だからって、仲が悪かったわけじゃないのよ。うちで働いてる美容師のなかに、わたしの家を見たこともない子が何人いるかを知ったら、あなた、きっとびっくりするわよ。わたしはそういうやり方のほうが好きなの。相手と距離を置くことができるでしょ。ずっと以前に学んだことだけど、従業員と親しくなりすぎるのはよくないわ」

「さあ、どうかしら。エマとわたしはかなり親しくしてるけど」

「エマがおたくに遊びにきたことはある？」

わたしは考えこみ、よく覚えていないことに気がついた。「なんとも言えない」と、正直に答えた。

「ほらね、わたしの意見の正しさを証明したようなものだわ」

ウィルマのためにドーナツを箱詰めし、五十ドルを受けとり、お釣りを渡した。

「今日は予約がたくさん入ってるの？」

「スザンヌ、クリスマスまであと三日しかないのよ。クリスマス休暇のために、誰もがきれいになりたがってるわ」ウィルマはわたしのポニーテールをじっと見て、それからつけくわえた。「でも、よかったら、あなた一人ぐらい割りこませてあげてもいいのよ。お店を閉めて、うちの美容院にきたら？　そんなに長くかからないから。約束する」

「遠慮しとくわ」ウィルマのハサミ攻撃にさらされるなんて、とんでもない。「お宅のお客さまがあなたを必要とするように、うちのお客さまもわたしを必要としてるの。休日には、みんな、ドーナツを食べたがるから」

ウィルマは肩をすくめた。「もし気が変わったら、連絡してね」

「ええ、そのときはぜひよろしく」

三十分後、勇敢な人々が雪のなかを〈ドーナツ・ハート〉にやってきはじめた。

ジョージが入ってきて、帽子の雪を払い落とした。

「なんで携帯に出ないんだ？」と、非難するような口調で訊いた。

わたしはポケットを叩き、やがて、どこに忘れてきたかを思いだした。「まだ家に置いてある。ゆうべ、充電したものだから、持って出るのを忘れちゃったの」

「なるほど、そういうことか。電話をとってみてごらん」

「いま言ったでしょ。家に置いてきたって」

ジョージは顔をしかめて、わたしの背後の壁を指さした。「そっちの電話のことだよ」

受話器をあげると、いつものダイヤル音は聞こえず、ザーッ、ガーッという雑音がするだけだった。

「不通になってる」

「だから、雪のなかをこうして出かけてきたんだ。あんたのことが心配になって」

「わたしは無事よ。わざわざきてくれなくても大丈夫だったのに」

「ふざけてるのかね？　こっちは心配でおろおろしてたのに」

「それでこの雪のなかをきてくれたの？　感激だわ。ほんとよ」

ジョージは肩をすくめた。「じつは、大ニュースがあるんだ」

「新しい情報は大歓迎よ」カーラとの会話を思いだして言った。「わたしのほうもニュースがあるの」

「ならば、お先にどうぞ。聞かせてもらおう」

「殺人のあった日、レスター・ムアフィールドの生中継が一時的に中断されたらしいの。ダーリーンを殺してから中継所に戻る時間は充分にあったみたい」

「レスターが姿を消したことに、中継所の誰かが気づかなかったのかね？」

「スタッフは誰も詰めてなかったんですって。だから、レスターはいまも容疑者リストに入ったままだわ。前より容疑が深まってる」わたしはジョージを見て、それから言った。「つぎに行きましょうか。話したくてうずうずしてるようね。どんなことを探りだしたの？」

「ダーリーンのいとこのテイラーだが――ほら、大叔母さんの遺言執行者だった男――ちょっとした汚い過去を持ってることがわかった」

「なんなの？」

「膨大な数の前科がある。これまで誰も気づかなかったが、ダーリーンを殺す強力な動機があるのは間違いない」

# 14

「なんの罪で逮捕されたの？」わたしは訊いた。

「前科リストはかなり長いが、だいたいにおいて詐欺が中心だな。あの男は詐欺師で、得意な手口のひとつが、夫を亡くした女性の遺産を巻きあげることだ。その手口たるや、あんたには想像もつかんだろうな」

「興味が湧いてきたわ。もったいぶらずに話してよ」

ジョージはうなずいた。「夫を亡くしたばかりの身寄りのない女性を見つけだして、近づきになり、自分が遺言執行者として亡き夫の遺産整理を手伝おうと申しでるんだ。やつが整理を終えるころには、遺産はほとんど消えている。もし、テイラーが例の金にも手をつけていたとすると、分配する金など残っていないだろう」

「十万ドルとなれば、動機として充分ね。千ドルじゃ動機にならないとしても。よく探りだしてくれたわね、ジョージ」

「それほど大変ではなかった。やつの本名と、過去に使ったいくつかの偽名を突き止めたからね」

「これからどうする？」彼のコーヒーを注ぎ足しながら、わたしは訊いた。

「こちらで突き止めたことを、けさ、署長に伝えておいたから、署長が目下、テイラーを捜してることだろう」ジョージはわたしを見て、さらに続けた。「スザンヌ、わたしも署長に負い目があるんだ。ミュリエルの居場所を突き止めたとき、こっちが先に乗りこんでしまったからな。このへんで署長の機嫌をとっておかないと」

わたしはジョージの手を軽く叩いた。「殺人犯がつかまりさえすれば、誰がつかまえようと、わたしは気にしない。ほんとにテイラーの犯行だと思う？」

「その可能性はかなり高いと思う」ジョージはコーヒーをもうひと口飲んだ。「さてと、ここらで失礼して、警察の捜索を手伝いにいくとしよう。やつが見つかったら知らせるよ」

ジョージが出ていくと、エマが奥から売場のほうに戻ってきた。「いまの、ジョージだった？」

「ええ、そう。ダーリーンのいとこのテイラーが犯人かもしれないって。警察と一緒にテイラーを捜すために出ていったわ」

「あなたにどうしてこういうことができるのか、あたし、理解できない」エマが言った。

「こういうことって？」テーブルを拭きながら、わたしは訊いた。外を見ると、あいかわらず雪が激しく降っていた。

「殺人犯をつかまえようとすること」エマは言った。「あたし、前は、他人の生活を嗅ぎまわるのが得意だと思ってたけど、ほんとはそうじゃないことに気がついたの」

「わたしだって、何もトラブルを求めて探しまわってるわけじゃないわ。トラブルのほうがわたしを見つけるって感じなのよね」


この日の午前中は、予想もしなかったことだが、十一時半までにドーナツがほとんど売れてしまった。寒さにひるむことなく店に出てきてよかったと思った。

エマが何度も外を見ているので、ついにわたしは言った。「そろそろ帰ったら？　あとは閉店までわたし一人で大丈夫よ」

「ほんと？」エマはそう言うなり、コートをつかんだ。逃走ルートを提供されたらすぐさま飛びつくほうが利口だということを、早いうちに学んだのだ。なにしろ、物事は移ろいやすい。

「ほんとよ」わたしが答えたときには、エマはすでにドアから半分飛びだしていた。モップをとりだし、新聞紙でカバーしきれなかった床の汚れを拭きとってから、モップを片づけようとしたとき、表のドアがひらいた。

その表情からすると、レスター・ムアフィールドは午前中の休憩をとるために〈ドーナツ・ハート〉にきたのではなさそうだった。

怒りの表情だった。わたしは不意に、店にはほかに誰もいないことに気づいた。

「おはよう、レスター。まだ放送時間中じゃなかった?」

「この一時間、〈ベスト・オブ・レスト〉を流している」レスターは挨拶を返しもしなかった。「スザンヌ、いまやってることをやめるんだな。でないと、誰かが怪我をすることになるぞ」

「なんの話?」モップの置いてあるほうへじりじりとあとずさりながら、わたしは言った。武器になるとも思えないが、素手でこの男に立ち向かうよりはましだろう。

レスターが近づいてきて、数秒後には、わたしが奥へ逃げこめないように道をふさいでしまった。「よけいなことに首を突っこむんじゃない」

「なんの話だか、さっぱりわからない」わたしは言った。どうしてエマを早めに帰したりしたの? もっとも、何かあっても、エマではほとんど役に立たないだろうが、レスターがわたしに危害を加える気でいるなら、目撃者がいてくれたほうが心強い。

「どういうことか、ちゃんとわかってるはずだ」レスターが言った。その息にかすかなアルコールの臭いが混じっていた。

何秒かにらみあっていたそのとき、表のドアがあいた。吹雪に備えて厚着をした大柄な男性が入ってくると、レスターはわたしからあとずさり、何も言わずにドーナツショップを出ていった。

立ち去るその姿を見つめてから、男性がわたしに訊いた。「なんかあったのかい？」

「いえ、大丈夫よ」わたしは動揺を抑えて接客にとりかかった。レスターの行動に、自分では認めたくないぐらいショックを受けていた。女一人でドーナツショップをやっていくのが物騒なことは、前々からわかっていた。もしかしたらエマが正しいのではないか、と考えこんだ。無理はやめて、犯人逮捕はマーティン署長に任せたほうがいいのかも。ドーナツ作りに専念するほうがずっと安全だ。

でも、わたしにはできない。自分が、もしくは、自分にとって大切な人間が容疑をかけられ、無実であることが心のなかでわかっているなら、傍観してはいられない。わたしはそういう性格ではない。

でも、だからと言って、この身を危険にさらす必要はない。今日は店を早めに閉めようと決め、正午までまだ十分あったが、表のドアをロックした。このまま帰りたかったけれど、まだ掃除が残っている。掃除をせずに帰れば、明日の朝、エマと二人でいつもの二倍の仕事を抱えこむことになる。でも、デッドボルトをかけたからひと安心。戸締まりをするときに外を見たら、雪の勢いは衰える様子もなく、どんどん降りつづいていて、あたりは白いシーツに覆われたかのようだった。この悪天候、いったいどうなることやら。

トレイを片づけると、売れ残ったドーナツは一ダースもなかったので、家に持ち帰ろうと思って箱に入れた。わたしの頭にあったのは、早く掃除を終えて店を出ることだけだった。床に敷いてある汚れた新聞紙を拾い集めていたとき、カウンターに置かれたものが目に入った。朝からずっと見落としていたことに気づいた瞬間、つんのめって倒れそうになった。殺人犯が誰なのかわかった。それを示す手がかりは、ダーリーンが殺される以前から、わたしの目の前に置かれていたのだ。

ブーツをはき、ジャケットをつかみ、そこでふと思いついて、ようやく意味をなした手がかりを握りしめると、吹雪の通りへ出ていくことにした。署長はテイラーを逮捕しようと駆けずりまわっているはずだが、署長の追っている容疑者がシロであることを、わたしは不意に知ったのだった。

吹雪はすさまじかった。店を出てようやく三歩進んだとき、角のところから声が聞こえた。

「店に戻ってちょうだい」

「あら、ウィルマ、いまから帰るところなんだけど」

「そんなものを持って？」わたしが手にしたグミキャンディのツリーを指さして、ウィルマは言った。

「家の暖炉のマントルピースに飾ったほうがすてきに見えると思ってね」

「言われたとおりにして、店のなかに戻りなさい、スザンヌ」

わたしがウィルマの手の銃に気づいたのはそのときだった。

店に戻ったとたん、こちらの負けだと悟ったが、だからと言って、おとなしく降参するつもりはなかった。だらだらと時間稼ぎをすれば、誰かが通りかかるかもしれない。ジョージが戻ってくることも考えられるし、わたしを殺そうとするウィルマから隙を見て逃げだせるかもしれない。ひとつだけ確実なことがあった。ウィルマの気力に圧倒されたら、わたしの命はない。

ウィルマが言った。「あなたって思ったより利口だったわね。なかなか狡猾な罠を仕掛けてくれたじゃない」グミキャンディのツリーのほうを身振りで示した。「大胆不敵ねえ。ダーリーンの部屋からこっそり持ちだすなんて」

「信じてもらえるかどうかわからないけど、これはダーリーンのものじゃないわ。町でこれを持ってるのは、きっと、わたしたち二人だけだったでしょうね。わたしだって、二、三日前にダーリーンの部屋で同じものを見たときは、目の錯覚だと思ったほどよ」

ウィルマの表情にためらいが浮かんだ。「そんなこと、わたしが信じるとでも思ってるの？」

わたしは言った。「信じてくれてもいいでしょ。銃を持ってるのはそっちなんだし。とにかく、ツリーのことは事実よ」

「じゃ、わたしが殺したことを、どうやって見抜いたの？」

わたしはモップのほうへじりじりと移動しはじめた。モップがあれば、ウィルマの手から銃をはたき落してやれるかもしれない。少なくとも、遊園地の射撃場のブリキ缶みたいに撃たれるのではなく、自分の命を守ろうとして闘いながら死んでいけるだろう。

「カウンターに飾られたツリーを見た瞬間のあなたの反応に気づいたの。ダーリーンの住まいを訪ねたことは一度もないと言ったでしょ。何も隠すことがないのなら、どうしてそんな嘘をつくの？　あなたが殺したからだと考えるしかないわね。でも、正直な話、どうしてダーリーンを殺したの？　お金のことで、そこまで頭にきてたの？」

「お金じゃないわよ、バカね。裏切り行為のせいよ。ダーリーンにお金を盗まれても、どうにか我慢できたけど、あの子ったら、わたしや美容院に関する噂を広める見返りに、レスター・ムアフィールドから謝礼を受けとってたのよ。あんまりだわ。美容院はわたしの聖域なのに、ダーリーンはそこに土足で踏みこんだ。わたしとしては、ああするしかなかった。心臓に杭を突き刺すのが、裏切り者への報復にふさわしいと思ったの。たとえ、キャンディケインの先端であっても」

「よくまあ、誰にも見られずにすんだわね」ウィルマにしゃべらせておく必要があった。もうじきモップに手が届く。あと少し近づきさえすれば、行動に移すことができる。

ウィルマは特別豪華なクリスマスプレゼントをもらった子供みたいに笑いだした。

「じつを言うと、このわたしがいちばんびっくりしたわ。誰かに飛びかかられて地面に組み伏せられるのを、ずっと覚悟してたのに、わたしのやったことに誰一人気づいていないようだったから、そのまま立ち去ったの」

「じゃ、今日もこのまま立ち去ればいいでしょ。わたしを殺す必要はないわ。ぜったい誰にもしゃべらないから」

「おたがい、それで納得するほど単細胞じゃないと思うけど」ウィルマは言った。

「わたしを撃ったのはあなただったことに、そのうち、みんなが気づくわよ。あなたが今回の事件に関わってるのは明らかだし、マーティン署長もバカじゃないもの」

「強盗に入られて無惨な結末になったと思わせればいいのよ。この店は今週すでに一度泥棒にやられてる。そうでしょ？　残っているお金を狙って、そのときの犯人がふたたび押し入った――そう考えるのはむずかしいことじゃないわ」

たぶんウィルマの言うとおりだろうと、わたしは悟った。店のお金を盗んだのがマックスだったことは、エマのほかには誰も知らない。わたしが死んだあとで、エマがそのことを証言してくれるだろうから、未解決のまま放置される心配はないけれど。

でも、事態がそこまで進むなんてまっぴら。「ウィルマ、なんとかいい方法を考えましょうよ」

ウィルマは首を横にふった。「悪いけど、あなたの存在が目ざわりだから、片づけておきたいの。すまないわね。心から悪いと思ってるのよ」ウィルマはわたしのポニーテールを見つめ、それから言った。「やっぱり、うちでカットしておけばよかったのに。そうだわ、こうしましょう。葬儀社に話をして、わたしがボランティアで髪を担当することにする。蓋のあいたお棺に横たわっているあなたのヘアスタイルを町のみんなが見たら、あまりの美しさに息を呑むでしょうね」

こうなったら、なおさらウィルマを止めなくては。ウィルマに髪をいじられるぐらいなら死んだほうがましだ。いまからそれを証明してやる。

モップに手を伸ばしたが、それと同時にウィルマの銃声が店内に響きわたり、銃弾の起こす風がはっきり感じられた。

「動かないで」ウィルマは二発目の狙いをつけて、わたしに命じた。

ウィルマがそう言った瞬間、ドーナツショップの表の窓が割れて、キラキラ光る無数の小さなガラスの破片になった。ウィルマが通りのほうを向いたので、わたしはモップをつかむなり、渾身の力をこめてふりおろした。ウィルマの頭に命中しそこねたものの、かわりに肩にぶつかり、それと同時に二発目の銃声が響いた。銃が宙を飛び、それをとろうとして二人同時に床にダイビングした。

しかし、マックスのほうが早かった。ガラスが散乱するなかから銃を拾いあげ、ウィルマに向けた。

「立て」と命じた。「いまの光景を見たあとだからな、あんたを撃ち殺してやりたくてむずむずしてんだ。実行する口実をおれに与えないよう気をつけてくれ」

ウィルマはおとなしく立ちあがり、わたしも同じく立ちあがってマックスのそばまで行った。


「危機一髪だったわ」そう言ったとき、遠くからパトカーのサイレンが聞こえてきた。

「ウィルマがきみを無理やり店に押しこむのを目にしたんだが、その前に警察に電話しないことには、つぎの行動に移れなかった。スザンヌ、大丈夫か」

「ちょっと震えてる」わたしはすなおに認めた。「そっちは？」

「おれ？　元気そのもの」

彼の胸の上のほうから出血していることに気づいたのは、そのときだった。

「マックス」わたしは恐怖に満ちた声になった。「ウィルマに撃たれたのね」

「うん、おれも気がついてた。この銃、持っててくれないか」

言われたとおりにすると、マックスがわたしの横でふらついた。必死に彼を支えようとして視線をそらした瞬間、ウィルマが突進してきた。

「あと一歩でも動いたら撃つわよ」ぐったりしたマックスを床に横たえて、わたしはウィルマに言った。

「度胸もないくせに」

ウィルマの頭上の時計を狙って撃つと、時計はみごとに砕け散った。

「危ないじゃない」ウィルマが憤慨の声をあげた。

「もう一度やらせて。少し練習すれば、もっと正確に狙えるから」

そのあとはもう、ウィルマに手こずることもなかった。

一分後、マーティン署長がやってきた。マックスにちらっと目をやり、「死んだのか」とすぐさま訊いた。

「死んでほしくない」わたしは言った。

署長はわたしの手から銃をとりあげた。「何があったんだ？」

「ダーリーンを殺したのはウィルマで、つぎに、わたしを殺そうとしたの」

「狙いが少々それたようだな」

マックスが意識をとりもどし、署長を見あげて言った。

「よく覚えてないが、ウィルマのやつ、おれを撃つのになんのためらいもなかったようだ」

わたしがウィルマを見張っていたあいだに、マックスはポケットからバンダナをとりだして胸に押しあてていた。圧迫を加えている場所からすると、弾丸はわたしが最初に受けた印象よりも右寄りの高い位置に当たったに違いない。

「大丈夫か？」署長がマックスに訊いた。

救急医療チームが到着した。


「前よりましだ」マックスが答えたところに、ようやく、救急医療チームが到着した。

わたしはマックスのそばに膝を突き、額にキスをした。「ありがとう」

「いいんだよ。これでやっと、おれとよりを戻す気になっただろ?」

わたしは彼の目をじっと見つめて、それから答えた。「いいえ、ぜんぜん」

マックスは一瞬、傷ついた表情になった。やがて、ついに了解したのが、わたしにもわかった。

わたしたちは終わったのだ。

「それでも、きみを助けることができてよかったと思う」

「わたしも同じ気持ちよ」

署長がわたしたちの頭上で口笛を吹いた。「うーん、思った以上にタフだな」

マックスは言った。「そりゃそうさ」

「わたしはスザンヌに言ったんだ」

「あら、どうも」

「お世辞で言ったのではない」

やがて、救急救命士たちがマックスの応急手当てにとりかかった。署長がウィルマを連行し、荒らされたドーナツショップにわたしだけが残された。大きく割れた表の窓から雪が舞いこみはじめたが、もうどうでもよかった。

一度もふりかえることなく（今日の売上げがレジの引出しに入ったままだし、店内に雪が積もりはじめていたが）、店をあとにした。店を出ながら、はたしてもう一度ここに戻る気になれるだろうかと思った。

# 15

「会わせてもらえないかな」わが家の玄関先から、母に頼みこむジョージの声が聞こえてきた。

わたしはこの三日間、自宅のカウチで繭にくるまれたような気分ですごし、世間から身を隠したまま、傷が癒えるのを待った。ウィルマから肉体的な危害を受けたわけではない（彼女のほうは必死だったけれど）。しかし、わたしが受けた心の傷は、彼女の撃った流れ弾にやられたかのように疼いていた。マックスと離婚して以来、わたしはトラブルをひきよせる磁石になったようなもので、エイプリル・スプリングズが本当に自分の住むべき場所なのかどうか、疑問に思わずにいられなくなっていた。グレースが町を出ていくことと、〈ドーナツ・ハート〉で起きたさまざまなことを考えあわせると、すべてを捨てて、再出発できる場所を見つけるときがきたのかもしれない。実家に戻って以来、母の強力な庇護のもとに置かれてきたが、それはじっくり真剣に考えるために必要な時間だったのだ。

でも、いずれは友人たちと顔を合わせなくてはならない。少なくともいまなら、準備ができたような気がする。

「大丈夫よ、ママ」わたしは大声で言った。「入ってもらって」

「ほんとにいいの？」

「大丈夫だってば。でも、守ろうとしてくれてありがとう」

「母親の務めだもの」脇へどきながら、母は言った。

ジョージが入ってきて、わたしと向かいあって暖炉の前の椅子にすわりながら、笑顔をよこした。プレゼントを手にしていたので、びっくりした。プレゼント交換なんて一度もやったことがないのに。雪がようやく解けはじめ、ぬかるみだらけのクリスマスを迎えることになった。本当にクリスマスがきたことを実感したのは、このときだった。

「ちょっと待ってて、ジョージ」

部屋の端からこちらを見守っていた母のところへ行き、抱きしめた。

「メリークリスマス」と言った。「ごめんね。自分の身に起きたことで頭がいっぱいだったから、ママのことをすっかり忘れてた」

母はわたしの髪をなでながら、もうしばらく抱いていてくれた。「スザンヌ、何も謝ることはないのよ。二人で一緒にクリスマス休暇をすごせるだけで、ママは満足なの」

「愛してるわ、ママ」

「ママも」二人とも、この言葉を口にすることはあまりない――たぶん、充分というにはほど遠いだろう——でも、今日は、これがわたしから贈ることのできる、もしくは受けとることのできる、最高のプレゼントだった。

ジョージはわたしたちをずっと見守っていた。わたしがカウチまで戻ったときに彼が視線をそらした様子から、すぐにそれがわかった。

「スザンヌ、まだ話をする気になれなくても、無理はないと思う。ひとことそう言ってくれ。そしたら、退散するから」

「いずれは世界と向きあわなきゃね」わたしは言った。「メリークリスマス」

ジョージはうなずき、プレゼントを差しだした。

でも、わたしは受けとることができなかった。

「ジョージ、わたしのほうは何も用意してないのよ」

「これは、わたしと、あんたの友達の多くと、町のお客さんたちからのプレゼントだ。エマも参加してるぞ」

包み紙をはがすと、なかから出てきたのはフォトフレームだった。「きれいね」と言いながらひっくりかえしてみたら、すでに写真が入っていた。

「かつてのドーナツショップだわ」

ジョージは首をふった。「いいや、現在の姿だ。きのう撮ったばかりだよ」

わたしは写真に目を凝らした。「でも、窓ガラスがもとどおりになってる。それに、クリスマスの飾りもついてる。クリスマス休暇だっていうのに、どうやって短時間にここまでできたの？」

「みんなで力を合わせたんだ。よそへ応援を頼んでくれた者もいる。あんたが店に戻る気になったら、いつでも準備オーケイだ」

「感謝するわ」わたしはそう言いながら、フレームを二人のあいだのコーヒーテーブルに伏せた。こうしておけば、写真を見なくてもすむ。

「〈ドーナツ・ハート〉はいつ再開してくれるんだね？」ジョージが訊いた。

母のほうを見ると、明らかに何か言いたそうな様子だったので、わたしは首をふった。

「まだわからないわ」と答えた。

「みんな、寂しがってるぞ」

「優しいのね。わたしのかわりに、みんなにお礼を言っといてくれる？　さてと、申しわけないけど、ちょっと疲れたみたい」

ジョージは気を利かせてくれた。「わかるよ。会ってくれてありがとう。楽しいクリスマスを、スザンヌ」

「あなたもね」唇の上で言葉が虚しく響いた。友人たちの好意が心にしみたが、それで店を再開する気力が湧いてくるかどうかはわからなかった。

でも、かわりに何をすればいい？　この数年のあいだ、いくつかの仕事を転々としてきたが、正直に言うなら、ドーナツショップ以外はどれも性に合わなかった。いや、ドーナツがわたしの命と言っているのではない。ドーナツ作りが再開できなくても、いまのわたしはべつに気にしない。でも、ドーナツのおかげで、この商売をしていなければ会うことはなかっただろう人々と友達になることができた。その意味で、ドーナツは黄金よりも価値がある。フォトフレームの裏側を十分ほど見つめ、そのあとで表に返して、ふたたび店の写真を見た。わたしの目から見ても美しい。駅舎を改装したこの店は、どこを見ても母の家に負けない家庭的な雰囲気を持った場所に変身した。

ここを去ることはぜったいにできないと悟った。グレースがいなくなったら、もちろん、これまでと同じというわけにはいかないが、それが人生だ。絶えず変化が訪れるものだ。店でどんなことが起きたにしろ、わたしは店に戻らなくてはならない。〈ドーナツ・ハート〉こそ、わたしのハートを捧げた場所だ。不意に、これまでの苦悩も、店を捨てようとする悲嘆も、脱ぎ捨てた古いコートのように消え去り、ふたたび希望が湧いてきた。

電話が鳴り、母よりも先にわたしが受話器をとった。ずいぶん長いあいだ、母に甘えてしまった。

かけてきたのがグレースだと知って、有頂天になった。

「メリークリスマス、スザンヌ」

「上機嫌のようね」わたしは言った。町を離れることになってグレースが浮き浮きしている様子なので、ちょっと悲しくなった。

「そりゃそうよ。すべてが願ってもないぐらいうまくいったんだもの」

「じゃ、サンフランシスコが好きになったのね」

「大好きよ。でも、エイプリル・スプリングズに戻ってきたの。あなたに会えるのを待ってるところ。そっちへ行ってもいい？」

彼女の質問は無視することに決めた。正直なところ、グレースがもうじきいなくなるという事実を受け入れられないままでは、彼女と顔を合わせることはできない。

「引っ越しはいつ？」涙声にならないよう我慢しつつ、わたしは尋ねた。

「そこなのよ、すばらしいのは。じかに話をさせてくれないのなら、電話で言うことにするわ。スザンヌ、サンフランシスコへ行く必要はなくなったのよ」

聞き間違いじゃないわよね？「どういう意味？」

「辞退したの」グレースは言った。だったら、こんな浮き浮きした声になってるのはなぜ？

「どうしてそんなことを？何年も前から憧れてたポストでしょ」

グレースは笑った。「昇進の話があったのは、わたし一人じゃなかったみたい。わたしが辞退したら、ボスとそのまたボスが代案を出してきたの。うちのボスがサンフランシスコを担当し、わたしがノースカロライナを担当することになったの。スザンヌ、引っ越さなくてよくなったのよ。このエイプリル・スプリングズにとどまって仕事を続けていけるのよ」

「ごっきげん！」わたしが電話に向かって大声をあげたので、母が部屋に駆けこんできた。

「大丈夫？」

「たったいま、最高のプレゼントをもらったの」わたしは説明した。「グレースがサンフランシスコへ転勤しなくてよくなったのよ」

「まあ、うれしいこと」

「もしもし。わたし、まだここにいるんだけど」電話の向こうからグレースの声が聞こえてきた。

「じゃ、こっちにきて。お祝いしましょう」

「お宅の玄関先にいるのよ、バカ」

わたしはカウチから飛びおり、グレースと玄関で顔を合わせた。

「お帰りなさい」わたしは言った。

「同じことをあなたに言ってもいい？」

わたしはうなずいた。「いまこの瞬間にぴったりの言葉だわ」


母が用意したクリスマスのご馳走を、グレースと母とわたしが食べようとしたそのとき、玄関のベルが鳴った。

母が言った。「スザンヌ、出てくれない？　いま手が離せないから」

「クリスマスの日に訪ねてくるなんて、いったい誰かしら」

「玄関に出て確認するしかないと思うけど」

　玄関ドアをあけたときは、友達の一人か、または、キャロルの合唱団が訪ねてきたのだろうと思っていた。ところが、予想もしなかったことに、そこに立っていたのは帽子を両手で持ったジェイク・ビショップだった。


「ジェイク？　ここで何してるの？」

ジェイクはいまにも泣きだしそうな表情だったが、やがて言った。

「いまからウィルマ・ジェントリーをローリーまで護送するんだ」

「ふつう、あなたがそんな任務を命じられることはないでしょ？」

彼の目に弱々しさが浮かんでいた。「そうだね。今回はぼくのほうから申しでたんだ。きみに会いたかったから」

わたしは首をふった。「言うべきことは、おたがいにすべて言ったでしょ。さよなら、ジェイク」

「ぼくのほうには、まだ別れを言う気がないとしたら？」ドアに手をかけて支えたまま、ジェイクは言った。

「それ以外のことも言う気はないんでしょ。いいのよ、ジェイク、よくわかってるから」

「スザンヌ、自分がとんでもないバカだったことは承知している。だけど、ここにくる努力をしたんだ。わかってくれるね？　とにかく、チャンスを与えてほしい」

「チャンスなら前にもあったはずよ」わたしは言った。彼のほうにどういう理由があったにしろ、不要になった包み紙みたいに捨てられたことで、わたしはいまも傷ついていた。

「あの男が一緒なんだね？」ジェイクはそう言いながら、わたしの背後へ目をやり、家のなかを窺おうとした。

「あの男？　誰のこと？　家のなかにいる？」

「マックスだよ。家のなかにいる。ぼくにはわかる」

ジェイクに再会して複雑な思いを抱いているにもかかわらず、わたしは笑いだした。

「ジェイク、マックスとのことはもう過去のことなのよ。彼もようやくわかってくれたわ。過去をふりかえるのはもうたくさん。このへんで、将来に目を向けなきゃ」

ジェイクはわたしの告白を聞いて安堵の表情になった。

「ぼくの入る余地が少しでもあるなら、そこに加えてほしい」

「わたしにはできない。いえ、それ以上に重要なことだけど、あなたにはできないわ。あなたは過去に生きている。それが悪いと言うつもりはないけど、亡くなった奥さんと競いあうのは無理だわ」

「そんなことをさせるつもりはない」ジェイクが言い、その目に涙があふれるのが見えた。

「もう一度やりなおすチャンスがほしいんだ」

「そんなふうに簡単だといいのにね。いま初めて会ったのなら、二人のあいだにあったことをすべて拭い去ってしまえるのなら、話は違うかもしれないけど。さよなら、ジェイク」

「そうか、さよなら」

わたしは玄関を閉めた。車で走り去る彼を見る勇気がなかった。ジェイクを拒絶するのは、いままででいちばん辛いことだったが、これでよかったのだ。わたしがさっき言ったことは本気だった。新鮮な気持ちでスタートを切ることができれば、二人でやりなおせるかもしれない。でも、いろんなことがありすぎた。

人生にやりなおしはきかないのかもしれない。

キッチンに戻ろうとしたとき、またしても玄関にノックが響いた。

ゆっくりと落ち着いた歩調を心がけたにもかかわらず、わたしは玄関に向かって駆けだしていた。ジェイクがあきらめずに戻ってきてくれたのではないかと、かすかな望みをかけていた。

ふたたびジェイクが立っていた。わたしが何か言おうとすると、彼のほうが先に言った。

「どうも、ジェイク・ビショップといいます。車がぬかるみにはまりこんでしまったみたいで。電話をお借りできないでしょうか」

わたしが片方の眉をあげると、彼はさらに続けた。「あなたのお名前は?」

「スザンヌ・ハートよ」わたしはつっかえながら答えた。

ジェイクが片手を出したので、その手をとった。「スザンヌ、お会いできて光栄です」いったん言葉を切り、それから言った。「こんなことを言ってはなんですが、おいしそうな匂いですね」

わたしは感情を抑えきれなくなった。さっき彼に言ったことは全部本気だったのに、それでも戻ってきてくれた。

こちらからも歩み寄るのが、わたしにできるせめてものことだ。

「クリスマスのディナーを食べてるところなの。よかったら一緒にいかが? 母も喜ぶと思います」

「そんな図々しいことはできませんよ」まばゆい笑みを浮かべたまま、ジェイクは言った。

彼の腕をひっぱって家のなかにひきずりこんだ。「はいはい、ロールプレイングはもうおしまい。ねえ、キスしてくれる? それとも、またあなたを放りださなきゃだめ?」

ジェイクは一歩進みでると、わたしを両腕で包みこんだ。「うーん、そう言われると……」

ふたたび以前のわたしに戻れたのは、とてもうれしいことだった。

【作り方】

1. バター、バニラエッセンス、ブラウンシュガー、グラニュー糖を、完全に混ざりあうまでよく練る。
2. 1に溶き卵とピーナツバターを加えて、ふたたびよく混ぜあわせる。
3. 小麦粉と塩と重曹を合わせたものをボウルにふるい入れ、2に加えて、完全に混ぜあわせる。
4. 生地をちぎってクルミ大に丸めてから、油を塗っていないクッキーシートに並べて、190度で10分焼く。
5. ほぼ焼き上がったところで、シートをオーブンから出し、クッキーの上にキスチョコを1粒ずつのせる。それからシートをオーブンに戻して焼きあげる。
6. オーブンから出し、ラックの上で冷まして、はい、召しあがれ！

# ピーナツバター・クッキー・キス

これはわが家のお気に入り。
オーブンから出したばかりの熱々がとくにおいしい。
てっぺんにのせたキスチョコがまだ溶けてて！

【材料】(3～4ダース分)

バターかマーガリン……1カップ(室温で軟らかくしておく)
バニラエッセンス……小さじ1
ブラウンシュガー……¾カップ
グラニュー糖……¾カップ
溶き卵……2個分
ピーナツバター（粒々タイプかクリーミータイプ)……1カップ
小麦粉……3カップ
塩……小さじ⅛
重曹……小さじ2
ハーシーのキスチョコ(クッキーに一粒ずつのせる)……1袋

【作り方】

1. アップルサイダーを浅めのソースパンに入れて沸騰させ、10分間加熱して、火からおろして冷ます。
2. バターミルクとマーガリンとグラニュー糖を合わせて練り、なめらかなクリーム状にする。
3. 卵を溶いて2に加え、よく混ぜあわせる。
4. 小麦粉、ベーキングパウダー、重曹、ナツメグ、シナモン、塩を合わせてふるう。
5. 4を3に加え、かき混ぜて、すべてをしっかり混ぜあわせる。
6. 打ち粉をした作業台に生地をのせ、6～10ミリの厚さに伸ばす。丸いドーナツの形かひし形にカット、もしくは、ラビオリカッターを使って円形に型抜きする。
7. 190度に熱したキャノーラ油でキツネ色になるまで揚げる。途中で一度ひっくり返す。揚げるのに要する時間は3～5分。
8 ペーパータオルにのせて油を切り、粉砂糖をまぶす。

# アップルサイダー入りのドーナツ・ディライト

一年のどの季節に食べてもおいしいドーナツですが、うちの家族は、外がちょっと冷えこんできた時期に作ると大喜びです。とくに、最初にアップルサイダーを沸騰させるときは、キッチンがえも言われぬアロマに満たされます。それと同時に、いくつもの大切な思い出がよみがえってきます。

【材料】(約2ダース分)

アップルサイダー……¾カップ
グラニュー糖……1カップ
マーガリン……¼カップ(軟らかくしておく)
卵……2個
バターミルク……½カップ
小麦粉……4カップ
ベーキングパウダー……小さじ2
重曹……小さじ1
ナツメグ……小さじ1
シナモン……小さじ1
塩……小さじ½

【作り方】

1. リンゴの皮をむき、芯をとってから、薄切りにする。
2. グラニュー糖、小麦粉、ナツメグ、シナモン、塩を合わせてふるい、1のリンゴにふりかけて、しっかりまぶす。
3. パイ皮に詰める。
4. トッピング用の小麦粉とブラウンシュガーを混ぜあわせ、バターを切りこむ。全体にポロポロした感じになり、バターの小さな粒が残るようにする。
5. 3に4をふりかけて、220度のオーブンに入れ、パイ皮がキツネ色になり、バターナイフが上からすっと入るようになるまで、30～45分かけて焼く。

# 単純にいちばんお気に入りのアップルパイ

このパイは一年じゅうおいしく食べられますが、パイ作りに最適な季節は、秋になってリンゴが豊かに実るころです。手早く簡単に作れるデザートで、いつも大ヒット。トッピングのクラムがすばらしくおいしいです。よく冷えた牛乳と一緒に、ひと切れどうぞ！

【材料】

パイ皮……1（直径20センチぐらいの既製品）

［フィリング］
グラニュー糖……½カップ
小麦粉……大さじ3
ナツメグ……小さじ½
シナモン……小さじ½
塩……少々
リンゴ……実の硬いタルト用のものを薄切りに
（グラニースミスが向いている。ステイマンも）

［トッピング］
小麦粉……1カップ
ブラウンシュガー……½カップ
バター……½カップ、室温で軟らかくしておく

【作り方】

1. イーストとぬるま湯とグラニュー糖を混ぜる。イーストが発酵を始めるまで5分待つ。
2. 卵、バター、シナモン、ナツメグ、バニラエッセンス、塩を加えてよく混ぜ、つぎに小麦粉を手にべとべとくっつかなくなるまで加えていく。
3. 1分ほど生地をこねてから、5ミリ〜1センチの厚さに伸ばし、丸いドーナツ形やひし形にカットする。ラビオリカッターを使ってもいい。
4. 30分ほど寝かせる。
5. 180度に熱したキャノーラ油で揚げ、途中で裏返して、両面が均一に色づくようにする。
6. ペーパータオルにとって油を切り、はい、召しあがれ！

# とっても簡単な
# イーストドーナツ

このドーナツは軽くて、フワッとしていて、ほどよい甘さがあります。生地を2回発酵させる時間のないときは、このレシピでどうぞ！

【材料】

イースト……発酵の速いタイプ14g
グラニュー糖……大さじ2½
ぬるま湯……1カップ
溶き卵……1個分
溶かしバター
（またはマーガリン）……⅓カップ
シナモン……小さじ1
ナツメグ……小さじ1
バニラエッセンス……小さじ1
塩……小さじ½
小麦粉……3～4カップ

【作り方】

1. 大きなボウルにすべての材料を入れて、よくかきまぜる。
2. 密閉容器に入れて保存し、ホットチョコレートを作るときに使う。
3. 2の¼カップ分をマグに入れてから、熱い牛乳を¾カップ加え、粉末が溶けるまでかきまぜる。
4. 好みに応じて、マシュマロを浮かべてもいい。

# 最高のホットチョコレート

インスタントのおいしいココアミックスが何種類も市販されているのに、自分の手でわざわざミックスを作ろうとするなんてばかげている、と思う方もおいででしょうが、このレシピは工夫を重ねたもので、何ヶ月もかけてようやく、完璧なフレーバーが口のなかで広がるようになったのです。簡単に作れるので、このつぎの肌寒い夜に、挑戦してみてくださいね！

【材料】

脱脂粉乳……2カップ
グラニュー糖……¾カップ
ハーシーのココア……½カップ（無糖タイプ）
ハーシーのスペシャル・ダーク・ココア……½カップ（ダッチプロセス製法タイプ）
クリーミング・パウダー……½カップ（植物性脂肪のもの）
塩……少々

【作り方】

1. マーガリン、砂糖、溶き卵をなめらかになるまで混ぜあわせる。
2. べつのボウルに、小麦粉、ベーキングパウダー、塩、パンプキンパイ・スパイス、シナモン、ナツメグをふるい入れる。
3. 牛乳のなかへ1と2を交互に加えながら混ぜあわせていく。
4. お好みでレーズンを入れる場合は、ここで生地に加える。
5. マフィン型に軽く生地を流しこみ（わたしはいつもベーキングシートを敷きます）、シナモンシュガー（グラニュー糖大さじ1＋シナモン小さじ1）をふりかけてから、180度に熱しておいたオーブンに入れる。
6. 18〜22分、もしくは、マフィンの中央に竹串を刺したときに生地がついてこなくなるまで焼く。
7. ラックに並べて5分冷まし、型から抜く。

# 朝食用の
# パフィン・マフィン

揚げものばかり続いたときは、これがすてきな気分転換になります。オーブンで焼くお菓子です。軽いスナックに、あるいは、歩きながら食べるのにぴったりです。歯ざわりと風味が軽やかで、わが家では大人気。

【材料】

マーガリン、
もしくはバター……⅓カップ(軟らかくしておく)
砂糖……½カップ
溶き卵……1個分
小麦粉……2カップ
ベーキングパウダー……小さじ2
塩……小さじ¼
パンプキンパイ・スパイス……小さじ2
牛乳……¾カップ(脂肪分2%、もしくは全乳)
シナモン……小さじ1
ナツメグ……小さじ1
レーズン……50g(好みで)

# オールドファッションドーナツ

ふつうのドーナツより少々重いですが、これを食べると、いまより単純だった時代に戻れそうな気がします。ぜったい作ってみる価値あり！

【材料】

牛乳……½カップ
塩……小さじ½
イースト
……発酵の速いタイプ14g
ぬるま湯……½カップ
卵の黄身……3個分
グラニュー糖……½カップ
溶かしバター、
（またはマーガリン）……½カップ
小麦粉……4カップ

【作り方】

1. 牛乳を温めてから、グラニュー糖、塩、溶かしバターを加えたあと、冷ましておく。
2. ぬるま湯にイーストを加える。溶けたら、かき混ぜながら1に入れる。
3. 卵の黄身と小麦粉2カップを加える。
4. よく混ぜてから、生地が手にべとべとくっつかなくなるまで、さらに小麦粉を加えていく。
5. 1分間こねたのちに、6ミリ～1センチぐらいの厚さに伸ばす。
6. 180度に熱したキャノーラ油でドーナツを揚げ、こんがり色づいたらひっくり返す。揚げるのに要する時間は2～4分。
7. ペーパータオルにとって油を切り、砂糖をまぶす。もしくは、手作りのグレーズをかける。

# ピーリャ・バイト

もともとはメキシコのデザートだったようですが、何年かのあいだに、わが家でずいぶん変化してしまいました。ふつうのドーナツと違って、あまり甘くないけれど、それでもおいしいですよ。

【材料】

小麦粉……1カップ
ベーキングパウダー……小さじ½
重曹……小さじ½
塩……小さじ¼
グラニュー糖……小さじ½
バター……大さじ1（軟らかくしておく）
ぬるま湯……必要なだけ使用

【作り方】

1. 小麦粉、ベーキングパウダー、重曹、塩、グラニュー糖をふるい、そこにバターを加え、よく混ぜて生地にする。
2. パイ皮ぐらいの肌理になるまで、ぬるま湯を加えていく。
3. 20～30分ほど寝かせてから、3ミリの厚さに伸ばす。
4. ひし形、円形、ドーナツ形などにカットして、180度に熱したキャノーラ油で揚げる。あっというまに揚がるので、目を離さないこと。キツネ色になったら裏返す。
5. ペーパータオルにとって油を切り、砂糖少々をまぶすか、ハチミツをほんの少しだけ塗る。はい、召しあがれ！

# ブルーベリー・サプライズ

ブルーベリーを使ったお菓子は寒い日に食べるのにぴったりです。コーヒーかホットチョコレートを添えればとくに身体がポカポカになること間違いなし。

【材料】

ブルーベリー・マフィン・ミックス……1箱(200g)
小麦粉……¾カップ
バターミルク……¾カップ
溶き卵……1個分
生のブルーベリー（好みに応じて。
なくてもかまわないが横に添えると豪華な感じ）

【作り方】

1. 小麦粉とマフィン・ミックスを合わせ、溶き卵とバターミルクを加える。
2. 粉っぽさがなくなるまでよく混ぜあわせる。ただし、かき混ぜすぎないように。
3. 180度に熱しておいたキャノーラ油のなかに、タネを小さじ1杯ずつ投入する。
4. こんがり色づいたらひっくり返し、ペーパータオルの上に移して油を切り、好みで粉砂糖をふりかける。

# 訳者あとがき

人口五千一人の小さな町、エイプリル・スプリングズに、クリスマスの季節がやってきた。スザンヌの店に並ぶドーナツも、この季節に合わせて、赤と緑のアイシングやキラキラ光るスプリンクルで華やかに飾られる。

今日は毎年恒例のウィンター・カーニバル。スザンヌが住むこの町では、カーニバルの時期までに初雪が降ることはめったにないが、今年は町全体が白い雪に覆われて絵のように美しい。多くの人々が町に繰りだし、浮かれ気分でカーニバルを楽しんでいた。するとそのとき、町役場のほうから不意に大きな悲鳴が……。

急いで現場に駆けつけたスザンヌが目にしたのは、雪の上に倒れた女性の姿だった。

これまでは、エイプリル・スプリングズで殺人事件が起きるたびに、なぜか犯人捜しをするめぐりあわせになってしまうスザンヌだったが、毎回、警察署長を怒らせるやら、犯人に命を狙われるやら、さんざんな目にあってきたため、さすがに懲りて、今回は「事件にはもう首を突っこまないことに決めたの」と、アシスタントのエマに宣言する。

ところが……ところが……世の中は思いどおりにいかないもの。

事件とは距離を置こうと決心したのに、またしても事件の渦中に飛びこんでいかざるをえなくなる。というのも、別れた夫のマックスに殺人の容疑がかけられ、しかも彼が姿を消してしまったからだ。このままでは彼が犯人にされてしまう。欠点だらけの男だけど、人殺しができるなんてどうしても思えない。

そこで、スザンヌは別れた夫の容疑を晴らすために、今回もまたドーナツ作りのかたわら、親友グレースと、もと警官のジョージに協力してもらって、犯人捜しに奔走することになる。三月に出会って以来ラブラブだった州警察の警部、ジェイクとの仲が微妙なことになってきたり、グレースの身に大きな変化が訪れそうになったり、いろいろと気の揉める展開ではあるが、美しい雪景色を背景にして、もと夫の無実を証明しようと必死になるスザンヌの奮闘ぶりをどうか楽しんでいただきたい。

さて、四作目の *Evil Éclairs* の予告を少しだけ。これまでの三作に準レギュラー的存在で登場していた、ある人物が絞殺される。どういうわけか、スザンヌの店のエクレアが死体の口に押しこまれていた。以来、店の客が激減。スザンヌ、ピンチ！　というわけで、このシリーズ、ますます目が離せなくなってきた。

著者のジェシカ・ベックはかなり多作のようで、すでに九作まで出版されているドーナツ事件簿のほかに、ふたつのシリーズを書いている。

ひとつは、クラシック・ダイナー・シリーズ。ノースカロライナ州のジャスパー・フォークという町で〈チャーミング・ムース・ダイナー〉を経営する夫婦、ヴィクトリアとグレッグが主人公。ダイナーのメニューに出ている料理のレシピつきだそうで、どんな料理が紹介されているのか興味津々だ。現在、四作が出版されている。

*A Chili Death*（二〇一二）
*A Deadly Beef*（二〇一二）
*A Killer Cake*（二〇一二）
*A Baked Ham*（二〇一三）

もうひとつのシリーズはスタートしたばかりで、名づけてゴースト・キャット・シリーズ。二〇一三年一月に一作目の *Ghost Cat, Midnight Paws* が出版された。主人公はリサイクル店に勤めるクリスティ・ブレイクという女性。飼い猫のミッドナイトに死なれ、悲嘆に暮れていたが、彼女とミッドナイトの絆は強く、猫は幽霊となってクリスティのところに戻ってくる。

きっと、事件に巻きこまれたクリスティを陰で助けてくれるのだろう、ミッドナイトというからには真っ黒な猫だろう、などとあれこれ勝手に想像しているところである。

いずれもおもしろそうなシリーズ。ドーナツ事件簿もがんばって書いてほしいなあと思っていたら、なんと、十作目が近々出版される予定だそうだ。ジェシカ・ベックさん、すごいスピードですね。

翻訳のほうも、原著者のスピードに負けないようがんばりますので、つぎの四作目でお目にかかりましょう。刊行は二〇一四年春頃を予定しています。

コージーブックス

ドーナツ事件簿《じけんぼ》③

# 雪《ゆき》のドーナツと時計台《とけいだい》の謎《なぞ》

著者　ジェシカ・ベック
訳者　山本《やまもと》やよい

2013年　4月20日　初版第1刷発行

発行人　成瀬雅人
発行所　株式会社　原書房
〒160-0022 東京都新宿区新宿1-25-13
電話・代表　03-3354-0685
振替・00150-6-151594
http://www.harashobo.co.jp
ブックデザイン　川村哲司(atmosphere ltd.)
印刷所　中央精版印刷株式会社

落丁・乱丁本はお取り替えいたします。
定価は、カバーに表示してあります。
 ISBN978-4-562-06014-6 Printed in Japan